MIDZOMERLIEFDE

Omslag: Studio Blos

Binnenwerk: Mat-Zet bv, Soest

Drukwerk: Practicum, Soest

ISBN 978-94-6204-086-1

© 2013 Uitgeverij Cupido

Postbus 220

3760 AE Soest

www.uitgeverijcupido.nl

ELLY
KOSTER

Midzomerliefde

 Uitgeverij Cupido

"Reizen is een manier om vragen te stellen die je thuis niet stelt. Niet per se over het land in kwestie zelf maar over jezelf."

Herman de Coninck

PROLOOG

Honningsvåg, Noord-Noorwegen, 1945

Haar thuiskomst was totaal anders dan ze had verwacht. Na haar verblijf in het buitenland had ze er zo naar verlangd om haar familie in de armen te kunnen sluiten. In plaats daarvan was ze de enige levende ziel op deze plek die eens haar thuis was geweest.

Onthutst keek de jonge vrouw om zich heen. Puin, brokstukken, alles was met de grond gelijkgemaakt. Ze had het eerder gezien, in de tijd dat ze haar aandeel in de strijd tegen de vijand had geleverd, net zoals ze genoeg verhalen had gehoord over vernietiging en allerlei andere vreselijke dingen. Onderweg hiernaartoe was ze de bewijzen ervan al tegengekomen. Hele dorpen waren van de aardbodem weggevaagd. Maar nu ze met eigen ogen zag hoe háár woonplaats in een complete puinhoop was veranderd, sloeg de verbijstering pas echt toe.

De man die haar naar het eiland had gebracht, had haar gewaarschuwd dat er niets meer was overgebleven van wat eens een bedrijvig vissersplaatsje was geweest. Dat niets en dan ook niets gespaard was gebleven op het moment dat het Duitse leger zich had moeten terugtrekken en de bewoners van het eiland gedwongen werden te evacueren naar zuidelijker gelegen gebieden.

Sinds ze haar ouderlijk huis had verlaten, was ze - na alles wat ze had meegemaakt - tot de ontdekking gekomen dat ze beslist over een beschermengel moest beschikken, anders had ze hier nu niet gestaan. Maar wat trof ze aan nu ze zover was gekomen? Algehele verwoesting.

Wezenloos liet ze zich op een van de vele brokstukken neerzakken en zette de kleine, gehavende koffer naast zich neer. Ze merkte niets van de koude, snijdende wind die vanaf het water over het puin heen joeg en ze zag de donkere wolken niet die zich boven de achterliggende hoge bergen samenpakten. Als in trance probeerde ze tot zich door te laten dringen wat hier was gebeurd.

Ze voelde een rilling langs haar rug lopen en trok haar dikke, wollen jas dichter om zich heen, niet vanwege de kou, maar door de schok die de aanblik van deze troosteloze plaats haar gaf.

Waar ze nu zat was ooit het huis van haar ouders geweest. Ze liet haar hand over de verkoolde resten van de woning glijden en zag de taferelen voor zich zoals die zich hadden afgespeeld toen het leven nog zijn gewone gang was gegaan. Haar moeder achter de piano. Haar grootmoeder die naar de zacht gezongen liederen zat te luisteren. Zijzelf als klein meisje, met een pop in haar armen geklemd, een en al aandacht voor de mooie, heldere stem van haar moeder. En haar vader die houtblokken op het vuur legde, zodat er zich een behaaglijke warmte door het huis verspreidde. Haar jongere broers en zus… O, wat had ze hen gemist.

Maar haar vader was er niet meer en de rest van de familie… wie kon haar vertellen waar ze heen waren gegaan?

In haar ogen welden tranen op. Al die tijd dat ze van huis was geweest had ze zich flink weten te houden, maar nu… Met de rug van haar hand veegde ze langs haar betraande ogen.

Tussen alle brokstukken stond nog één bouwwerk overeind, als een wit baken in een zwarte zee van verwoesting: de kerk van

Honningsvåg. De witte toren leek haar te wenken en ze stond langzaam van haar naargeestige zitplaats op. Ze stapte over puin en brokstukken heen en bereikte het enige ongeschonden gebouw dat het plaatsje nog rijk was. Voorzichtig opende ze de deur alsof ze bang was dat er misschien nog iemand van de vijand was achtergebleven en liep naar binnen.

De stilte binnen in de kerk was overweldigend. Er had hier altijd stilte geheerst, maar deze keer was het anders. Het was het besef dat ze zich helemaal alleen op deze plek bevond met niets en niemand om zich heen.

Ze ging op een van de banken zitten en stelde zich voor hoe de kerk met mensen gevuld was, mensen die ze kende. Wie van hen zou ze terug zien? En wie niet?

In een opwelling opende ze haar koffer en haalde er een boekje uit. Het had een stoffen omslag en was dicht gestrikt met een rood lint. Ze drukte het boekje even tegen zich aan. Haar grootmoeder had het haar als talisman meegegeven toen ze naar het buitenland vertrok en ze had het boekje altijd bij zich gedragen, bij iedere missie die ze had moeten volbrengen, om haar eraan te herinneren dat er een plek was waar ze thuishoorde: Honningsvåg op het eiland Magerøya.

Ze had het ontelbare malen herlezen en in de periode na haar eigen afschuwelijke ongeval, toen ze niet zelf had kunnen lezen, had Holden naast haar bed gezeten en haar voorgelezen. Hij wist hoe belangrijk het boekje voor haar was. En hoewel hij geen woord had begrepen van de voor hem vreemde taal waarin het geschreven was, had hij zijn best gedaan de woorden zo goed mogelijk uit te spreken.

Even sloot ze haar ogen. Ze hoefde het boekje niet open te slaan, ze wist zo wel wat erin stond: de belevenissen van haar grootmoeder en het lied.

Zachtjes begon ze te zingen:

Wanneer de zon uit haar winterslaap ontwaakt,
met haar vurige gloed de verre horizon raakt,
zij met haar gouden stralen het eiland streelt,
dag en nacht verdwijnen, tijd geen rol meer speelt,
dan tovert zij met licht en kleurrijke regenbogen
en luister ik naar de wind en sluit mijn ogen...

Ja, op de momenten dat Holden haar had voorgelezen, had ze het eiland voor zich gezien. Het eiland waarvan ze zoveel hield en op die momenten was het alsof ze omringd werd door haar familie en iedereen ze kende.

Ze deed haar ogen weer open en zag hoe een bundel zonlicht door de ramen naar binnen viel. Blijkbaar had de zon door de dikke wolkenpartijen heen weten te breken. Het warme licht voorzag het interieur van de kerk van een bijzondere glans en gaf haar een moment een gevoel van geborgenheid. Maar het gevoel verdween weer net zo snel als dat het gekomen was, want niets was meer hetzelfde.

Voorzichtig stopte ze het boekje terug in de kleine koffer en stond op. Het had geen zin om hier te blijven. Ze moest iets ondernemen, uitvinden waar haar familie naartoe was gegaan.

Ze stond op en liep de kerk uit. Bij een van de grafstenen op het kerkhof bleef ze staan. "Dag lieve papa, ik ben thuisgekomen," fluisterde ze. "Je was zo moedig. Laat het allemaal niet voor niets zijn geweest…"

Ja, Honningsvåg was plotseling een plaats met een verhaal geworden. En de kerk was daarvan op dit moment de enige overgebleven getuige.

HOOFDSTUK 1

Delfzijl, voorjaar 2012

"Lieve help, wat heb jij veel bewaard." Annemijn keek van de berg voor haar liggende paperassen naar haar moeder die met een dienblad de keuken uit kwam lopen. Ze zat bij haar ouders aan de eetkamertafel en bladerde door een enorme stapel fotoalbums en plakboeken heen.

De albums en boeken bevatten foto's van voor Annemijn bekende, minder bekende en zelfs onbekende familieleden. Haar moeder had altijd alles bewaard wat met haar familie te maken had, van geboorte-, rouw- en trouwkaarten tot krantenberichten waarin iemand van de familie vermeld werd.

Een schat aan familie-informatie lag op tafel voor haar uitgespreid.

"Vanwaar deze plotselinge belangstelling voor de familie?" vroeg haar moeder nieuwsgierig, terwijl ze het dienblad op tafel neerzette. "Je bent anders nooit zo familieachtig." Ze overhandigde Annemijn een kop koffie.

"Dank je," mompelde Annemijn afwezig. "Eh... ik wil mijn stamboom uitzoeken... omdat ik wil weten waarom ik ben zoals ik ben."

Haar moeder fronste haar wenkbrauwen. "O?" zei ze en ze ging naast Annemijn aan tafel zitten. "En wat moet ik me daarbij voorstellen?"

"Soms voel ik me zo onrustig, wil ik weg naar... weet ik veel waar naartoe, als het maar weg is. Dan is het net alsof ik moet weten wat er achter de horizon te vinden is."

"Nou, geen pot met goud, dat kan ik je wel vertellen," merkte haar moeder zuchtend op. "Maar Annemijn... wordt het onderhand niet eens tijd dat je iemand vindt waarmee je je leven wilt delen?"

"Negenentwintig is heus zo oud nog niet, mam."

"Nee, misschien heb je gelijk. Tegenwoordig ligt dat natuurlijk anders... Maar je bent inderdaad onrustig en zo... zo..."

"Ja, en ik heb geen idee waarom," verzuchtte Annemijn. "Daar hoop ik juist een antwoord op te vinden." Ze nam een slok van haar koffie.

"Je hebt het in ieder geval niet van je vader of mij," merkte haar moeder droogjes op.

"Nee... Zeg, mam, ik loop helemaal vast bij het uitzoeken van de stamboom van jouw kant."

Annemijn had - op haar laptop - op diverse websites naar haar voorouders gezocht. Er waren oude, in zwierige letters geschreven aangiftes van meer dan een eeuw geleden op haar beeldscherm verschenen, zoals die in het digitale archief van de burgerlijke stand bewaard werden. Maar ergens miste er een deel van haar familie.

"Dat zou kunnen kloppen," knikte haar moeder. "Mijn vader, jouw opa dus, was van Noorse afkomst, dus over hem zul je verder niet veel informatie vinden."

"Wat jammer dat opa en oma er niet meer zijn," zei Annemijn spijtig. "Dan had ik hun nog eens iets kunnen vragen."

"Ja, dat is zeker jammer. Er moet in Noorwegen nog ergens familie zijn, maar waar precies… Mijn vader onderhield altijd contact met hen en soms hoorde je wel eens een naam, maar verder…" Annemijns moeder haalde even haar schouders op en praatte toen weer door. "Wat ik wel weet is dat mijn overgrootmoeder, Meike, een dienstbode schijnt te zijn geweest die plotseling verdwenen was en niemand wist waarheen. En daar houdt het verhaal dus ook op. Vroeger werd er in families niet over dat soort dingen gesproken, tenminste niet waar de kinderen bij waren, dus ik weet ook niet precies hoe alles in elkaar steekt. Maar volgens mij was Meike in Holwierde geboren en was haar achternaam Van den Borgh."

"Aha," zei Annemijn hoopvol. "Dan heb ik misschien een aanknopingspunt." Ze tikte de naam op haar laptop in en worstelde een aantal zoekresultaten door. "Hier heb ik een geboorteaangifte uit 1879 van Meike van den Borgh uit Holwierde, met de handtekening van haar vader eronder."

Annemijns moeder boog zich naar het beeldscherm toe. "Ja, dat zou onze Meike wel eens kunnen zijn," knikte ze.

Annemijn was onder de indruk van het stukje familiegeschiedenis dat op haar beeldscherm te zien was. "Als dat zo is, dan is Meike mijn bet-… eh, eens even zien… ja, betovergrootmoeder. Misschien zijn er zelfs nog oudere aktes te vinden." Er overviel haar een verwachtingsvol gevoel over wat ze zou vinden als ze zich verder in haar familie zou verdiepen. Ze vroeg zich af hoever ze terug zou kunnen zoeken en of ze voorouders zou tegenkomen met wie iets bijzonders aan de hand was geweest. En ze was razend benieuwd of ze zich zou kunnen identificeren met een van hen, al was het maar een klein beetje.

"Het enige wat ik je nog kan vertellen is, dat er een grote boerderij naast de kleine boerderij van mijn familie stond," vertelde haar moeder. "Die staat er nog steeds. De Ezingaheerd heet die." Ze zuchtte diep. "Jammer genoeg bestaat het boerderijtje van mijn familie niet meer. Er is tijdens de laatste oorlog veel verloren gegaan."

"Dat is zeker jammer. De Ezingaheerd, zei je?" Annemijn noteerde de naam van de boerderij in een notitieboekje en las daarna de akte nog eens goed door. "Dus als jouw overgrootmoeder Meike van den Borgh was, zou er iets te vinden moeten zijn van een trouw- of overlijdensakte van haarzelf." Ze tikte opnieuw gegevens op haar laptop in. "Wat raar, ik kan daar niets van vinden." Ze typte nog eens ergens anders Meikes naam in. "Nee... helemaal niets."

Annemijns moeder nam peinzend een slok van haar koffie. "Ik zei net al dat Meike plotseling verdwenen scheen te zijn. Er emigreerden nog wel eens Groningers naar het buitenland, in de hoop op een beter leven. Het leven kon hard zijn en sommigen leefden in bittere armoede. Misschien dat er zoiets is gebeurd."

"Dan zou ik daar iets van terug moeten kunnen vinden. Een lijst met namen van mensen die het land hebben verlaten, of zoiets," meende Annemijn. "Of misschien heeft het toch iets met opa te maken... Hij kwam uit Noorwegen, zei je?"

Haar moeder knikte. "Ik heb trouwens nog een foto van het boerderijtje van mijn familie in Holwierde en ook nog eentje van mijn overgrootmoeder Meike met een kind. Eens even zien..." Ze rommelde tussen de stapel fotoalbums. "Aha, hier heb ik het." Ze trok een oud album met een versleten, stoffen omslag tussen de stapel vandaan en bladerde het door. "Kijk," zei ze, toen ze had gevonden wat ze zocht. Ze schoof het album naar Annemijn toe.

Annemijn keek naar de sepiakleurige foto van een piepklein boerderijtje. De dakrand bedekte bijna de bovenkant van een lage deur en zo te zien moest je bukken om binnen te komen. Maar vroeger schenen de mensen kleiner te zijn geweest dan tegenwoordig, peinsde ze, terwijl ze nog eens goed naar het kleine, popperige gebouwtje keek.

"Waarschijnlijk hoorde het vroeger bij de Ezingaheerd en werkte mijn familie voor de familie Ezinga," zei haar moeder. "Later werd het eigendom van mijn familie. En hier…" Ze sloeg een bladzijde van het fotoalbum om. "Hier is de foto van mijn overgrootmoeder Meike samen met een klein meisje."

Een slanke, jonge vrouw met opgestoken haar, net zo blond als dat van Annemijn, poseerde zittend op een bankje voor de fotograaf, samen met een meisje van een jaar of drie. De vrouw was gekleed in een nette, enkellange jurk waarvan een hoge kraag haar hals omsloot en de lange mouwen bij de schouders poften.

Het meisje leunde staand tegen de vrouw aan en zag er aandoenlijk uit met een grote strik in haar blonde haar. Ze droeg een jurkje, eveneens met pofmouwen, en een wijd uitlopende rok tot halverwege haar kuiten. Op de achtergrond was een onduidelijk landschap te zien. Het leek op water met bergen, maar het kon net zo goed iets anders zijn.

Annemijn bestudeerde de foto aandachtig. "Als dat meisje haar dochtertje is, dan is dat mijn overgrootmoeder en jouw grootmoeder."

"Ik kan me niet echt herinneren dat ik mijn grootmoeder ooit gezien heb," zei haar moeder. "En ik weet niet eens zeker of dat meisje haar kind is." Voorzichtig haalde ze de foto uit het album en draaide die om. Op de achterkant van de foto stond iets in een ouderwets handschrift geschreven.

Annemijn keek met haar moeder mee. "Meike van den Borgh," mompelde ze. "Geen naam van het kindje helaas. Geen stempel van de fotograaf of een plaatsnaam."

Ze pakte een losse zwart-wit foto van een jonge, aantrekkelijke vrouw die een ouderwetse vliegenierscap op haar hoofd had. De vrouw was gekleed in een warm gevoerd vliegeniersjack. "En wie zou dit zijn?"

"Ik heb geen idee." Haar moeder haalde opnieuw haar schouders op. "Die zat tussen de foto's van mijn ouders. Het lijkt op iets uit de tijd van de Tweede Wereldoorlog, maar ja…"

"Een vrouwelijke vliegenier?" Annemijn bestudeerde de foto aandachtig.

"Misschien is het nog ergens te achterhalen wie de vrouw op deze foto is en wat er met Meike is gebeurd," peinsde haar moeder hardop. "Al denk ik dat het wat Meike betreft een moeilijke opgave wordt. Iedereen die in diezelfde tijd als zij leefde moet inmiddels wel overleden zijn."

"Of ze moeten de leeftijd van ver over de honderd bereikt hebben," constateerde Annemijn. Nee, het was niet waarschijnlijk dat er nog iemand te vinden was die haar het antwoord kon geven op de vraag hoe het haar betovergrootmoeder vergaan was. Ze zou ook graag willen weten wie de vrouw in vliegenierskleding was.

Misschien moest ze maar eens afreizen naar Holwierde en zien of daar nog een mogelijkheid lag om via oude verhalen van de dorpsbewoners meer aan de weet te komen...

HOOFDSTUK 2

Holwierde had sinds zijn eeuwenlange bestaan al heel wat ontberingen moeten doorstaan. Van plunderingen en watersnoden tot aan hevige beschietingen en gevechten tijdens de bevrijding in de Tweede Wereldoorlog, waarbij het dorp voor een groot deel verwoest achterbleef. Ook de omringende boerderijen werden voor het merendeel verwoest en de paar boerderijen die daaraan wisten te ontkomen, raakten zwaar beschadigd.

De Ezingaheerd viel onder de laatste categorie, maar de afstammelingen van de familie Ezinga hadden de monumentale boerderij na de oorlog langzamerhand weer in zijn oude glorierijke staat weten terug te brengen. Nu straalde het bouwwerk weer één en al statigheid uit, precies zoals in de eeuwen daarvoor het geval was geweest.

Binnen in de boerderij liep Hedde Ezinga met grote passen door de hal naar de ouderwetse buitendeur, achtervolgd door het geluid van driftig tikkende hakken op de zwart met wit betegelde halvloer.

"Het is niet eerlijk, Hedde!" klonk een schelle vrouwenstem achter hem. "Jij gaat altijd maar je eigen gang en ik kan hier geduldig wachten totdat jij eindelijk weer eens op komt dagen."

Hedde draaide zich om en keek naar de knappe jonge vrouw met het halflange, rode haar die nu, op nog geen meter afstand, voor hem stond. "Toen we een relatie kregen, heb ik je gewaarschuwd dat ik veel weg zou zijn. Of je mocht met mij mee of je zou thuisblijven. Daar heb je zelf mee ingestemd," zei hij zacht, maar dreigend.

"Ja, maar wist ik veel dat je zó vaak weg zou zijn? Ik verveel me suf. Wat moet ik met al die tijd? En die tante van jou is ook niet bepaald een gezellige gesprekspartner."

"Je zou eens een baan kunnen zoeken in plaats van op mijn portemonnee te teren, Lisa," stelde Hedde met een sarcastische ondertoon in zijn stem voor. "En houd tante Janna erbuiten! Je mag blij zijn dat ze je hier tolereert!"

"Huh!" deed Lisa neerbuigend. "Dat zij hier de baas is, wil nog niet zeggen dat ze zich qua gedrag maar alles kan veroorloven!"

"Als het je hier niet bevalt, ga je maar weg. Ik houd je niet tegen." Hedde keek haar koeltjes aan. "Want om eerlijk te zijn, heb ik schoon genoeg van jouw gezeur."

Lisa's donkere ogen schoten vuur. "Oké…" zei ze met nadruk. "Dus onze relatie eindigt hier. Prima! Ik pak mijn spullen en ga ervandoor, want ik heb ook meer dan genoeg van jou!" Ze draaide zich om en stormde, voor zover haar hoge hakken dat toelieten, de trap op naar boven. Halverwege bleef ze staan en keek van bovenaf op Hedde neer. "Dan ga ik eindelijk eens écht van het leven genieten in plaats van mijn leven te moeten delen met een of andere nep-avonturier, een surrogaat Indiana Jones, een…een…" In haar woede kon ze zo gauw niet op het goede woord komen en met een hartgrondig 'Puh!' stormde ze verder de trap op.

Hedde keek haar na totdat ze uit het zicht was verdwenen. Boven hoorde hij een deur slaan en hij slaakte een diepe zucht. Diep in zijn hart had hij wel geweten dat Lisa niet echt bij hem paste. In het begin was ze leuk, aantrekkelijk en een tikje eigengereid geweest. Later was dat 'tikje' uitgegroeid tot een behoorlijke hoeveelheid gezeur en egocentrisch gedrag. Toch hadden ze samen een leuke tijd gehad. Lisa bezat een bepaalde charme waarvoor hij steeds weer gevallen was en ze had hem tussen de lakens veel plezier bezorgd. Maar hij besefte nu wel dat het geen goede basis voor een relatie was als het er alleen op aankwam of iemand een plezierige bedpartner was.

Van boven kwam een hoop gestommel en haastig besloot hij dat het maar beter was zich uit de voeten te maken. Hij opende de buitendeur en stapte de frisse lucht in. Een stevige bries maakte zijn altijd al warrige haardos nog wilder dan het al was toen hij uitkeek over de grote, perfect verzorgde tuin die de boerderij omsloot en die aan uitgestrekte, groene landerijen grensde.

Er hadden eeuwenlang Ezinga's op de boerderij gewoond, zo lang als men terug kon zoeken in de geschiedenis. Die wetenschap bezorgde hem altijd een gevoel van trots. Toch was hij een van de weinige Ezinga's – zoniet de enige – die niet honkvast bleek te zijn en voortdurend de onrust voelde om de wereld te verkennen. Maar iedere keer wanneer hij van zijn reizen terugkeerde op de Ezingaheerd voelde hij dat hij thuiskwam. Dat kwam natuurlijk ook door tante Janna die hem iedere keer weer vol begrip en met liefde opving.

Hedde was een reiziger. Iemand die zijn dromen wilde verwezenlijken en alles uit het leven wilde halen wat erin zat. Hij had keihard gewerkt om samen met zijn beste vriend Jorn te kunnen investeren in een prachtig oud, zeewaardig zeilschip, de tweemastschoener

'Wendelina'. Ze hadden het schip opgeknapt en ervoor gezorgd dat het van alle gemakken voorzien was, zodat het de meereizende passagiers aan boord aan niets zou ontbreken. Nu voeren Jorn en hij met betalende gasten en een klein aantal bemanningsleden met de 'Wendelina' naar allerlei interessante, vooral noordelijke bestemmingen toe.

Het was hard werken tijdens de zeilreizen, maar Hedde en Jorn genoten volop van het leven op zee en de mogelijkheid om hun enthousiasme met anderen te kunnen delen en daar bovendien ook nog van te kunnen leven.

Helaas waren zijn ouders het beslist niet met zijn manier van leven eens. Tot hun grote schrik had hij er na het voortgezet onderwijs voor gekozen om een opleiding aan de zeevaartschool te volgen. Daar had hij Jorn leren kennen. Nadat hij de benodigde papieren had behaald, had hij een aantal jaren als stuurman op een zeeschip de wereldzeeën bevaren. Zijn ouders hadden echter veel liever gezien dat hij voor rechter of advocaat had gestudeerd of anders toch zeker een gevierd zakenman zou zijn geworden. Aanzien stond bij hen hoog in het vaandel, maar aanzien was voor Hedde totaal niet belangrijk.

De situatie thuis bij zijn ouders was daardoor in die tijd onhoudbaar geworden en hij had zijn hart gelucht bij zijn tante Janna, zoals hij wel vaker deed. Zij stelde voor dat hij, als hij dat wilde, bij haar op de Ezingaheerd kon intrekken voor zo lang als het nodig was en Hedde had dankbaar van haar aanbod gebruikgemaakt. En zo was de Ezingaheerd zijn vaste verblijfplaats geworden wanneer hij zich aan wal bevond.

Hij liep de tuin in en vond Janna op een bankje in de boomgaard. Op de grond stond een rieten mand gevuld met bloeiende bloesemtakken en naast haar op het bankje lagen een paar tuinhandschoenen en een snoeischaar. Glimlachend schoof Hedde ze aan de kant en ging naast zijn tante zitten.

"Dus Lisa gaat ervandoor?" zei Janna, zonder hem aan te kijken.

"Ja, ze heeft er genoeg van." Hedde vroeg zich al niet eens meer af hoe Janna dat wist. Ze scheen altijd alles op te merken.

"Mooi, dan ben je daar weer makkelijk vanaf gekomen. Ze was toch niet de juiste persoon voor je," merkte Janna op. Nu keek ze Hedde met een schrandere blik in haar intens blauwe ogen – dezelfde ogen als die van hem – aan. Ze glimlachte en trok haar wenkbrauwen vragend omhoog. "Toch?"

"U hebt gelijk, tante, ik ben niet zo goed in relaties."

"Vertel me niet iets wat ik al weet, jongeman. Waar gaat je volgende reis naartoe?"

"Het Hoge Noorden. De kustlijn van Noorwegen, verdeeld in verschillende trajecten, zodat er iedere keer een nieuwe groep passagiers kan opstappen. Een prachtige reis."

"Gelukkig niet in gebieden met piraterij," verzuchtte Janna opgelucht. "Toen je nog over de wereldzeeën zwierf, maakte ik me wel eens zorgen over je."

Hedde glimlachte. "Dat had u niet hoeven doen, tante."

"Nee, misschien niet, maar jij bent nu eenmaal mijn lievelingsneef." Janna haalde haar mollige schouders op. "Ach, waar is die tijd gebleven van stoere, gespierde en gebruinde piraten met witte fladderende overhemden, een doek om hun golvende, donkere haren geknoopt en een oorbel in een van hun oren," mijmerde ze hardop. "Ruige mannen met een hart van goud die er uiteindelijk met een knappe vrouw vandoor gaan."

"Volgens mij kijkt u te veel ouderwetse films." Heddes glimlach werd breder.

"Ik weet het, ik weet het. Maar neem nou die, hoe heet hij ook alweer... John... iets met Dep, dat is toch geen echte piraat met zijn vrouwelijk maniertjes," vond Janna. "Maar ik kan toch wel kostelijk om hem lachen als ik naar zijn films kijk. En hoe dan ook, ik zou niet protesteren als hij mij zou meenemen op zijn schip, want hij heeft wel iets. Vind je niet?"

Hedde lachte nu hardop. "U bedoelt Johnny Depp in *Pirates of the Caribbean*?"

"Ja, die bedoel ik," knikte Janna geestdriftig. "Maar tegenwoordig maaien piraten je met machinegeweren neer. Niks geen romantiek meer van kletterende zwaarden en aan touwen slingerde mannen." Afkeurend schudde Janna haar hoofd.

Hedde legde lachend zijn arm om de schouders van zijn tante heen. "Als u het goed vindt, ga ik nu naar Delfzijl, naar de haven, om nog het een en ander aan mijn schip te doen." Hij drukte een kus op haar wang en stond op. "Dan ben ik met het avondeten terug."

Hij zwaaide nog een keer naar Janna voordat hij de boomgaard verliet en liep naar zijn auto die voor de ouderwetse houten schuur geparkeerd stond. Jammer genoeg kwam hij daar tegelijk met Lisa aan. Ze liep bepakt en bezakt naar haar eigen auto die naast de zijne stond. Zonder Hedde een blik waardig te keuren propte ze er haar bagage in.

"Lisa?" Hij kon het niet over zijn hart verkrijgen haar zonder nog iets te zeggen weg te laten gaan.

Lisa reageerde niet.

"Lisa?" probeerde Hedde nog een keer. Hij haalde diep adem. "Ik wil je zeggen dat ik toch ook een fijne tijd samen met jou heb gehad."

Lisa propte haar laatste tas in de auto en gooide de achterklep met een smak dicht. Ze draaide zich langzaam naar hem om. "Meneer heeft toch ook nog een fijne tijd met mij gehad? Nou, dat is dan weer mooi meegenomen."

"Je weet net zo goed als ik dat onze relatie geen echte kans van slagen had," zei Hedde, inmiddels alweer lichtelijk geïrriteerd. Ze konden gewoon geen normaal gesprek meer met elkaar voeren zonder ruzie te krijgen.

"Dat lag heus niet alleen aan mij," bitste Lisa vinnig. "Je houdt meer van je boot dan van mij of van welke andere vrouw dan ook."

Er blonken plotseling tranen in haar ogen en Hedde moest zijn best doen zich daardoor niet te laten vermurwen. Niets zo erg als vrouwentranen. "Het is helaas over, Lisa, voorbij. Het is jammer, maar onze relatie werkt niet meer... Eigenlijk al een hele tijd niet. Het is beter als we ieder onze eigen weg gaan."

"O, wat kan meneer de avonturier het weer mooi verwoorden!" Lisa veegde wild langs haar ogen. "Je bent gewoon een sukkel die geen relaties kan onderhouden!"

"En jij bent een berekenende bitch!" beet hij haar toe. Dat had hij niet willen zeggen, maar het was eruit voordat hij er erg in had. Dit had geen zin. Hij kon maar beter uit haar gezichtsveld verdwijnen.

"Dag, Lisa, het ga je goed." Hij wilde weglopen maar een vreemde stem hield hem tegen.

"Eh, hallo…" klonk het wat aarzelend achter hem.

Hij draaide zich om en stond oog in oog met een slanke, jonge vrouw met lang, witblond haar. Zowel het lange haar als de ragfijne, witte blouse van de vrouw fladderden heen en weer in de stevige bries, zodat het leek alsof iemand een ventilator op haar gericht hield. Hedde nam haar met een koele blik van top tot teen op. "Kan ik iets voor je doen?" vroeg hij, met een nog boze klank in zijn stem.

De vrouw voelde zich duidelijk ongemakkelijk onder zijn blik en sloeg haar ogen neer. "Misschien kan ik beter een andere keer terugkomen," zei ze schuchter.

"Nee, wacht. Je hoeft niet weg te gaan," zei Hedde nu iets vriendelijker.

De vrouw twijfelde. "Misschien kan ik toch inderdaad beter later…" Ze maakte aanstalten zich om te draaien en weg te lopen.

"Nee, nee… wacht!" zei Hedde nog eens en hij liep naar haar toe. "Het komt omdat ik op het punt sta weg te gaan, maar als je met me meeloopt, dan breng ik je naar iemand toe die je misschien verder kan helpen."

"Natuurlijk," mompelde Lisa verongelijkt. "Hedde loopt wel weer even mee."

Lisa's opmerking negerend loodste hij de vrouw mee naar de tuin achter de boerderij. Daar stak hij zijn hand uit. "Ik ben trouwens Hedde Ezinga, neef van mevrouw Ezinga, eigenaresse van deze boerderij, de Ezingaheerd."

De vrouw schudde hem de hand. "Annemijn Luyten, aangenaam. Maar als het echt niet goed uitkomt dat ik…" Onzeker keek ze hem aan.

"Mijn tante wil je vast wel te woord staan. Ze is dol op gesprekken met mensen die ze nog nooit ontmoet heeft. Ik neem tenminste aan dat jullie elkaar niet kennen." Hij glimlachte vaag. "Mag ik zo vrij zijn om te vragen wat jou hiernaartoe brengt?"

"Ik ben mijn familiestamboom aan het uitzoeken en het schijnt dat mijn familie in een kleine boerderij naast de Ezingaheerd heeft gewoond. Maar die boerderij bestaat niet meer en ik dacht dat iemand van de Ezingaheerd misschien iets over mijn familie kon vertellen," legde Annemijn uit.

"O, maar dan ben je aan het goede adres," lachte Hedde. "Tante Janna is zo'n beetje de historica van deze omgeving."

"Echt?" Er verscheen een hoopvolle blik in Annemijns ogen.

Janna had inmiddels het bankje in de boomgaard verruild voor de moestuin. Zodra ze Hedde en de onbekende vrouw in het oog kreeg, trok ze haar tuinhandschoenen uit en liep langzaam op het stel af.

"Zo, Hedde," zei ze plagerig. "Dat heb je snel gedaan. De ene vriendin is het erf nog niet af of je staat alweer op het punt om de volgende aan mij voor te stellen."

Annemijn keek verschrikt van Janna naar Hedde. "Ik ben zijn vriendin helemaal niet."

Hedde voelde zich knap opgelaten. Ook dit was tante Janna, ze kon je met gemak in een gênante situatie terecht laten komen, iets waarvan ze met volle teugen genoot.

Janna barstte in lachen uit bij het zien van zowel Heddes als Annemijns verschrikte gezicht.

"Wat kan ik voor je doen?" vroeg ze vriendelijk aan Annemijn zodra ze was uitgelachen. Om vervolgens, zonder haar neef nog een blik waardig te keuren, Annemijn bij de arm te nemen en haar verder mee te voeren, de tuin in.

Hedde keek de beide vrouwen verbouwereerd na. Janna babbelde gezellig met Annemijn en die knikte af en toe bij wat Janna haar vertelde.

Een leuke, bijna verlegen vrouw, was zijn eerste indruk. In een ongelooflijk strakke spijkerbroek waarin haar figuur goed uitkwam, maar daar had hij nu even geen boodschap aan. Er was nog maar net een eind aan zijn niet bijster goede relatie gekomen en dat stemde hem niet al te vrolijk. Bovendien ging hij binnenkort op reis. Dus voor vrouwen was er voorlopig geen tijd en geen plaats in zijn leven.

Hij liep terug naar zijn auto en zag nog net hoe Lisa het erf af reed en de smalle weg op draaide. Met samengeknepen ogen staarde hij de steeds kleiner wordende auto na en keerde zich nog een keer om naar de tuin, waar op hetzelfde moment Annemijn over haar schouder naar hem keek. Ze glimlachte en Hedde glimlachte automatisch terug voordat hij haastig in zijn auto stapte. O nee, een vrouw paste nu beslist niet in zijn leven!

HOOFDSTUK 3

Na een korte wandeling door de tuin en de bijbehorende boomgaard ging Janna Ezinga haar gaste voor naar een ouderwetse, stijlvolle zitkamer.

Vanuit een met rood velours beklede oude leunstoel keek Annemijn door de grote ramen uit op de tuin vol borders met voorjaarsbloemen.

"Dus je loopt vast bij het uitzoeken van je familieverleden?" vroeg Janna.

"Ja, en daarom hoop ik dat u mij er iets meer over kunt vertellen." Annemijn grabbelde in haar tas om de zwart-wit foto van de vrouw in vliegenierskleding en de oude foto van Meike van den Borgh met het kleine meisje – die afkomstig waren uit haar moeders fotoalbum – tevoorschijn te halen. Ze liet de beide foto's aan Janna zien.

Janna tikte met haar wijsvinger op de foto van Meike en knikte. "Ik heb ooit gehoord dat Meike een affaire heeft gehad met een zoon van haar werkgever, de rijke rederijfamilie Mennenga uit Delfzijl. Maar niemand wist dat met zekerheid te zeggen. Meike scheen haar hart regelmatig te luchten bij mijn overgrootmoeder Jakobina Ezinga. Daar zou ze een goede band mee hebben gehad."

Janna glimlachte even voordat ze verder vertelde: "Mijn overgrootmoeder was nogal rebels aangelegd en hield er moderne opvattingen op na die niet strookten met de algemeen heersende opvattingen dat vrouwen alleen maar moesten trouwen, het huishouden doen en kinderen krijgen. Ze moedigde de jongedames van toen juist aan om dingen te doen die voor die tijd nogal vooruitstrevend waren." Ze kuchte en stond op. "Je wilt vast wel iets drinken."

"Graag," knikte Annemijn.

Terwijl Janna naar de keuken liep, liet Annemijn haar blik nieuwsgierig door de kamer dwalen. Ze waande zich tientallen jaren terug in de tijd: dikke houten balken aan het plafond; een grote rijk versierde schouw waarboven een portret hing van een vrouw in kleding van een paar eeuwen terug; een buffetkast met daarin een oud maar mooi uitziend servies; een antieke met houtsnijwerk versierde secretaire en niet te vergeten het grote Perzische vloerkleed op de donkere, houten vloer.

Janna keerde vanuit de keuken terug met een schaal gemberkoek en twee glazen zelfgemaakt rabarbersap. Ze overhandigde Annemijn een glas sap. Verbaasd constateerde Annemijn dat het nog lekker smaakte ook.

"Gemaakt van rabarber uit eigen tuin," zei Janna en nam een slok uit haar eigen glas, waarna ze het wegzette en opstond om naar de antieke secretaire te lopen. Ze opende een van de vele laatjes, trok het laatje er helemaal uit en zette het boven op de secretaire neer. Aan de achterzijde van het vak waar het laatje had gezeten, schoof ze een paneeltje opzij en stak haar hand in de ruimte erachter. Toen haar hand weer tevoorschijn kwam, hield ze iets vast wat op een oud, met een stoffen omslag bekleed boekje leek, dicht gestrikt met een verschoten rood lint. Daarna haalde ze uit de secretaire nog een klein buideltje van gebloemde stof, dat door middel van een smal koordje open en dicht getrokken kon worden.

"Dit is wat Meike van den Borgh mijn overgrootmoeder Jakobina toegestuurd heeft omdat ze, zoals ik net al zei, een goede band met elkaar hadden," deelde Janna Annemijn mee. "Hierin…" Ze tikte met haar vinger op het boekje. "…vind je misschien antwoorden op je vragen en wie weet zelfs wel meer dan dat." Met een geheimzinnige glimlach overhandigde ze het boekje aan Annemijn.

Die pakte het boekje verwonderd en met de nodige eerbied aan. Ze realiseerde zich dat het iets betrof wat van haar betovergrootmoeder was geweest en dus daadwerkelijk al erg oud moest zijn.

"Ik ga er verder niets over zeggen, je moet zelf maar ontdekken wat erin staat," zei Janna, alweer met die geheimzinnige glimlach. "Ik denk alleen dat de tijd nu rijp is om er iets mee te doen." Ze gaf Annemijn het gebloemde buideltje. "En dit heeft Meike mijn overgrootmoeder ook toegestuurd. Weet je… ik hoop dat het je geluk zal brengen." Ze kneep even in Annemijns hand.

Nog steeds verwonderd en ook een beetje nieuwsgierig pakte Annemijn het buideltje aan.

"En wat die foto van de vrouw in vliegenierskleding betreft, ook daar valt vast en zeker een antwoord op vinden."

Annemijn kreeg het vage vermoeden dat Janna meer wist dan ze kwijt wilde.

Na nog een glas rabarbersap en een plak gemberkoek nam ze afscheid van Janna en bedankte haar hartelijk voor haar gastvrijheid.

"Mocht je in de buurt zijn, dan ben je hier altijd welkom," zei Janna voordat Annemijn naar buiten stapte.

"Ik zal het onthouden," zei Annemijn, blij dat ze resultaat geboekt leek te hebben in haar zoektocht naar haar familieverleden. Ze liep naar haar auto terug die ze ergens langs de kant van de weg had geparkeerd.

Janna's neef, Hedde, was in geen velden of wegen meer te bekennen. Niet dat het haar iets uitmaakte natuurlijk… al was Hedde een leuke vent om te zien met zijn wilde bos krullen. Ze was net op het moment aangekomen dat zijn relatie zo'n beetje uit elkaar gespat was. Best wel gênant dat zij deels getuige was geweest van de ruzie met zijn ex-vriendin.

Maar Hedde had wel gelijk gehad, peinsde Annemijn. Zijn tante Janna was inderdaad de historica van de omgeving.

Annemijn brandde van nieuwsgierigheid naar de inhoud van het boekje en het stoffen buideltje en kon bijna niet wachten tot ze thuis was om alles uitgebreid te onderzoeken.

*

Zodra Annemijn terug was in haar kleine, maar knusse tweekamerappartement viste ze het boekje en het buideltje meteen uit haar tas en installeerde zich met een kop thee tussen de grote hoeveelheid felgekleurde sierkussens op haar zitbank.

Voorzichtig trok ze het koordje van het buideltje los. Tot haar verbazing bleek er een zilveren ketting in te zitten. Ze haalde de ketting tevoorschijn en zag dat er een eveneens zilveren hartvormige hanger aan hing waarin sierlijke bloemen gegraveerd stonden. Ze onderwierp het sieraad aan een nauwkeurige inspectie en ontdekte een piepklein scharniertje en een sluitinkje. Het was vast een medaillon, dacht ze, nieuwsgierig naar wat ze er binnenin zou vinden.

Voorzichtig peuterde ze aan het sluitinkje en het medaillon ging open. De rechterbinnenkant bleek een zwart-wit portretje van een jonge vrouw te bevatten. Een vrouw met een vlot pagekapsel. Om haar hoofd droeg ze een brede band van glanzende stof waaraan een grote bloem van dezelfde stof bevestigd zat. Haar ogen waren donker omlijnd en het was duidelijk te zien dat ze lippenstift droeg. Ze zag eruit als iemand uit de jaren twintig.

In de linkerbinnenkant van het medaillon stond een naam gegraveerd: Aurora.

Mooie naam, dacht Annemijn, en ze keek peinzend naar het portretje. Zou Aurora de naam van de afgebeelde vrouw zijn?

Ze bestudeerde het allemaal nog eens goed en liet het medaillon daarna langzaam in het buideltje terugglijden. Misschien viel er in het boekje iets over Aurora te vinden. Had Janna Ezinga niet gezegd dat ze daarin misschien antwoorden op haar vragen zou vinden?

Ze legde het buideltje naast zich neer en pakte het boekje op. Benieuwd naar wat ze zou aantreffen maakte ze het verschoten, rode lint los waarmee het boekje was dicht gestrikt. Het boekje viel open en het eerste wat haar opviel was het stuk papier dat los voorin lag. Er stond met een ouderwets handschrift in al net zo ouderwetse inkt iets op geschreven.

Behoedzaam pakte Annemijn het papier tussen duim en wijsvinger beet. Het was een korte brief gericht aan Jakobina Ezinga. Dat moest de overgrootmoeder van Janna Ezinga zijn, besefte Annemijn. Ze begon te lezen:

Dit dagboek zend ik u toe zodat u weet waar ik mij bevind en hoe het mij is vergaan. En als er iemand komt die oprecht in mij geïnteresseerd is, mag u dit boek aan diegene overhandigen zodat diegene de mogelijkheid heeft mijn belevenissen te lezen of misschien zelfs mij te kunnen bezoeken. En als dit dagboek wordt bewaard en doorgegeven, misschien voor later, voor verwanten die op zoek zijn naar de familiehistorie, dan komen ze te weten dat er iemand is die vanuit Holwierde op reis is gegaan, op zoek naar de ware liefde. Ik heb zelfs een lied voor mijn ware liefde geschreven...

Annemijn keek naar de handtekening onder aan de brief: Meike van den Borgh, en ze moest even iets wegslikken bij het zien van de door haar betovergrootmoeder geschreven naam en woorden, beiden ruim een eeuw geleden op papier gezet.

Dus Meike was vanuit Holwierde op reis gegaan om haar ware liefde te zoeken? Nu brandde ze helemaal van nieuwsgierigheid. Ze sloeg de eerste bladzij van het dagboek voorzichtig om en voor ze het wist was ze zo verdiept in het leven van haar betovergrootmoeder Meike dat ze alle besef van tijd verloor. Pas nadat ze het helemaal gelezen had, klapte ze het boekje met een brok in haar keel dicht.

Wat een bijzonder verhaal! Achterin stond inderdaad een prachtig lied geschreven met de titel 'Midzomernachtlied' en het kon zeer zeker als liefdeslied bestempeld worden.

Maar… voor wie had Meike het eigenlijk geschreven, vroeg Annemijn zich af. Wat ook zo leuk was: haar eigen doopnaam was Anne Meike, maar haar ouders hadden haar Annemijn als roepnaam gegeven. Er waren meer Meikes in de familie, dus die naam werd waarschijnlijk steeds doorgegeven.

Ze schonk nog een kop thee voor zichzelf in en liet alles een poosje bezinken. Langzaam ontstond er een plan in haar hoofd. Een spannend, gewaagd idee…

Maar hoe zou ze dat nu het beste ten uitvoer kunnen brengen?

Annemijn legde het boekje voorzichtig opzij. Het eerste wat ze moest doen was zo snel mogelijk haar ouders en natúúrlijk haar vriendin Nadine op de hoogte brengen van het bestaan van dit dagboek. Al was het maar om hen meteen te kunnen vertellen wat een geweldig idee er bij haar was opgekomen!

*

"Wacht even," zei Nadine en ze stak haar hand op alsof ze een stopteken gaf. "Je gaat je vakantie spenderen aan het uitzoeken van je familieverleden. Oké, tot zover snap ik het, maar je wilt een reis maken met dit dagboek als leidraad?" Ze wees naar het dagboek dat voor haar op het tafeltje lag en keek Annemijn daarbij aan alsof die haar zojuist een oneerbaar voorstel had gedaan.

Ze zaten in hun favoriete lunchroom waar de aantrekkelijke en nogal Italiaans uitziende eigenaar met de – volgens Nadine – totaal niet passende naam Augustijn hen van broodjes had voorzien.

"Tja, ik had het kunnen weten, jij met je avontuurlijke, onrustige bloed…" vervolgde Nadine. "Maar wordt het niet eens tijd dat je je gaat settelen in plaats van in je familieverleden te wroeten?"

"Je lijkt mijn moeder wel." Annemijn kauwde nadenkend op een stukje brood.

Nadine haalde haar schouders op. "Voor je het weet ben je de dertig gepasseerd en heb je nog geen leuke vent gevonden. Niet dat ik er al een gevonden heb, maar goed…" Ze glimlachte charmant naar de langslopende Augustijn.

Die veranderde onmiddellijk van koers en stevende recht op hun tafeltje af. "Alles naar wens?" Zijn donkere ogen bleven op Nadine rusten.

"Ja, hoor. Dank je." Nadine glimlachte hem breeduit toe.

"Jullie zitten hier wel vaker, hè?"

Nadine knikte. "Ja, we komen hier graag."

"Oké, dat is goed om te horen. Als jullie nog iets willen bestellen, laat het even weten." Augustijn liet een trage, sensuele glimlach zien en vervolgde zijn weg door de lunchroom.

"O, hij is zóóó…" Nadine keek Augustijn met een verlangende blik in haar ogen na voordat ze zich weer tot Annemijn richtte. "Maar waar waren we gebleven? O ja, settelen. Wat ik wilde zeggen: je bent een onwijs aantrekkelijke vrouw, Annemijn, en je kunt de leukste kerels krijgen. Ik zou een moord doen voor jouw lange blonde haar en hemelsblauwe ogen." Zelf in het bezit van een weerbarstige, donkere bos haar en bruine ogen, liet ze haar blik enigszins jaloers over Annemijns witblonde kapsel dwalen.

"Wat wil je nog meer?"

Annemijn wist wel dat haar vriendin het allemaal goed en beslist niet afgunstig bedoelde, maar ze begreep zelf ook niet waarom haar relaties steeds mislukten. De keren dat ze een vriend had gehad, mocht de naam 'relatie' niet eens dragen, want binnen een mum van tijd was het steeds op niets uitgelopen.

"Ik wil juist uitzoeken waar dat onrustige bloed vandaan komt, vandaar het idee van deze reis. Lees het dagboek en je zult het begrijpen," zei Annemijn met dezelfde geheimzinnigheid die Janna bij haar tentoongespreid had. "Het is niet zomaar een dagboek. En als je zin hebt om die reis samen met mij te ondernemen, lijkt me dat geweldig en als je dat niet wilt, begrijp ik dat volkomen. Even goede vrienden," zei ze erachteraan om Nadine, wat hun jarenlange vriendschap betrof, niet ongerust te maken.

"Hmm…" Nadine was nog steeds niet overtuigd.

"Aangezien de rest van mijn familie over een totaal ander karakter beschikt, moet ik het vast en zeker in het verleden zoeken," probeerde Annemijn nog maar eens.

Nadine fronste. "Iets met genen en zo, bedoel je? Eh…geloof je daarin?"

"Weet ik nog niet," gaf Annemijn toe. "Ligt eraan wat ik tegenkom."

"Tja, als jij denkt dat.." zei Nadine weifelend.

"Lees het dagboek dan eerst," drong Annemijn voor de tweede keer aan. "En beslis dan of je mee wilt doen aan deze expeditie, om het zo maar eens te noemen."

Terwijl ze nadacht verscheen er een rimpel in Nadines voorhoofd.

Ze keek eens naar de ketting met het medaillon dat naast het dagboek op de tafel lag. "Het zou een avontuur kunnen worden…" Annemijn knikte enthousiast naar haar vriendin.

"En je weet dat ik aan dit soort dingen geen weerstand kan bieden," zei Nadine zuchtend. "Het is bijna een soort chantage dat je me zoiets vraagt."

"Dus?"

"Dus… ik doe mee!" riep Nadine nu ook enthousiast uit. "Natuurlijk doe ik mee!"

"Wil je niet eerst het dagboek lezen?"

"Dat lees ik wel stukje bij beetje als we aan deze expeditie beginnen. Lijkt me spannend om nog niet alles van tevoren te weten."

"Geweldig dat je meegaat!" riep Annemijn blij uit. "Dit gaat echt een bijzondere reis worden, dat voel ik gewoon. Een reis naar het verleden…" Annemijn staarde dromerig voor zich uit.

"Ja, een avontuur waarvan we niet weten hoe het zal eindigen." Nadine knikte. "Tenminste, ik weet niet hoe het eindigt en jij wel, dankzij het dagboek."

"Ik weet het ook niet precies, Nadine," waarschuwde Annemijn. Nadine wilde net weer een hap van haar broodje nemen toen ze het broodje liet zakken en Annemijn fronsend aankeek. "Er zit toch wel een einde aan het boek?"

"Ja… nou…"

"Nou?"

Ja, het dagboek bevatte een einde maar Annemijn had werkelijk geen idee wat ze met dat einde aan moest.

HOOFDSTUK 4

Maiken Dahlberg keek uit over het water. De wind speelde met haar goudbruine haren en blies een lange lok in haar gezicht. Maiken drukte de lok haar achter haar oor en haalde uit een van haar jaszakken een gebreide muts. Ze zette de muts op haar hoofd zodat haar haren niet meer alle kanten opdwarrelden en haar het zicht belemmerden.

In de verte baanden kleine, kleurrijke vissersboten zich dapper een weg door het woelige water van de Risfjorden, het water dat direct aansloot op de Barentszee.

Olof bevond zich op een van de boten. Maiken was al jaren verliefd op hem, op die stoere, hardwerkende visser met zijn door weer en wind getekende gezicht, die het harde leven op zee als een roeping zag. Olof was een man van weinig woorden en de blik die hij Maiken met zijn heldere, lichtgrijze ogen soms toewierp deed vermoeden dat hij wel iets in haar zag, maar daar bleef het dan ook bij.

Ze waren op hetzelfde Noord-Noorse eiland, Magerøya, en in hetzelfde kleine dorp, Skarsvåg, opgegroeid en naar dezelfde school gegaan, maar Olof had, sinds hij volwassen was, nog nooit zijn ware gevoelens aan haar getoond. Maiken had hem als tiener liefdesbriefjes gestuurd en veelvuldig naar hem geglimlacht, maar Olof leek dan altijd snel een andere kant uit te kijken. En tegenwoordig was er helaas niet veel verbetering in de situatie gekomen.

Maiken zuchtte diep. Olof was een niet te peilen man en ze wist niet hoe ze hem aan het verstand kon brengen dat ze diepere gevoelens dan alleen verliefdheid voor hem koesterde.

Ze daalde de bergachtige helling af. Beneden haar was Skarsvåg – naar men zei het meest noordelijke vissersdorp ter wereld – zichtbaar, bestaande uit een aantal rijen kleurige huizen. Op de achtergrond lag de haven, de thuisbasis van de plaatselijke vissersvloot. Achter de haven, aan de overkant van de Risfjorden, rezen grijsgroene bergen uit het water omhoog, bedekt met lage, schrale begroeiing, net zoals de ondergrond waarop zij nu liep.

Het klimaat hier, met zijn korte zomers en lange winters, zorgde ervoor dat er geen enkele boom groeide en de begroeiing die er was, werd meestal niet veel hoger dan een paar decimeter. In de zomermaanden zwermde een enorme kudde rendieren over het eiland uit om zich vol te grazen voor de daaropvolgende winter, die de dieren vervolgens weer op het vasteland doorbrachten.

Niet alleen rendieren bevolkten 's zomers Magerøya, het eiland werd dan ook overspoeld door toeristen. Meestal met maar een doel voor ogen: het bezoeken van de Noordkaap, het zogenaamde noordelijkste punt van Europa. Niet ver daarvandaan lag het werkelijk noordelijkste punt van Europa, Knivskjellodden. Maar ach, waarom zou iemand daar moeilijk over doen?

Maiken hield van het boomloze, rotsachtige eiland met zijn barre klimaat, van de ruige ongereptheid, de steile kusten, de piepkleine vissersplaatsjes en het bijna magische noorderlicht dat *Aurora Borealis* werd genoemd en tijdens donkere winternachten als een mysterieuze, gekleurde sluier langs de hemel kon dansen. Ze hield vooral ook van het jaargetijde dat de zon niet onderging. De midzomernachtzon zorgde er dan voor dat het ook 's nacht licht bleef. Ja, ze hield van alle aspecten van het eiland en zijn bevolking.

En ze vond het prachtig om het eiland vanuit de lucht te kunnen bekijken. Ze was pilote op binnenlandse vluchten en het vliegveld van Honningsvåg, een stadje aan de zuidkant van het eiland, was het vertrekpunt van haar vliegreizen.

"Lieve help, Maiken," had haar vader gezegd toen ze haar vliegbrevet had gehaald, "iedereen waarschuwt altijd dat je kinderen vroeg of laat uitvliegen, maar jij neemt dat wel heel letterlijk."

"Ach, Nils, wees blij dat vrouwen tegenwoordig net zo vrij zijn in het kiezen van een beroep als mannen," had haar moeder opgemerkt en ze had Maiken gefeliciteerd en een zoen op beide wangen gegeven. Haar vader had goedkeurend geknikt en daarna meteen voor haar eerste officiële vlucht geboekt, omdat hij wilde laten zien dat hij volledig op zijn dochter vertrouwde. Maiken glimlachte bij de herinnering.

Naast haar beroep als pilote trad ze op het eiland zo nu en dan als zangeres op. Soms reisde ze voor een optreden af naar grotere plaatsen zoals Hammerfest of Alta, niet direct naast de deur, maar ze hield van het zingen. Het was iets waarin ze veel gevoel kwijt kon. Thuis stond een oude piano waar ze graag achter kroop om te zingen of om een nieuw lied te componeren.

Maiken had het dorp bereikt en liep de straat in naar haar grijsblauw gekleurde woning, het huis van haar ouders. Haar ouders waren een paar jaar geleden naar Honningsvåg verhuisd en sinds die tijd woonde Maiken alleen in het huis. Olof was daarna wel eens bij haar langsgekomen, maar het was alsof hij zich bij haar nooit echt op zijn gemak had gevoeld.

Maiken ging naar binnen, hing haar jas aan de kapstok en liep de gezellige woonkamer in. Ze hield van snuisterijen. Oude ingelijste prentjes en gehavende boeken vulden aan de wand bevestigde planken en boven op een al even oud kastje stond een verzameling ouderwetse vazen en kommen uitgestald. Een vrolijk gekleurd kleed sierde de houten vloer en over haar tweezitsbank lag een gehaakte plaid in zeeblauwe tinten.

Haar blik viel op het boekje dat naast een kom met groene planten op de salontafel lag. Het boekje met de stoffen omslag was dichtgeknoopt met een rood, verschoten lint. Ze had het van haar, ook in Skarsvåg wonende, oudtante Anne-Sofie gekregen, die het op haar beurt weer van haar moeder had.

Ze zette een kop koffie voor zichzelf en nestelde zich in een oude, versleten fauteuil, de lievelingsfauteuil van haar vader. Toen haar ouders verhuisd waren, vond haar vader dat er iets wat bij dit huis hoorde voor Maiken moest achterblijven. Stel dat zijn fauteuil heimwee naar dit huis zou krijgen, had hij gegrapt. Dan kon het meubelstuk maar beter hier bij Maiken blijven en had haar vader, wanneer hij op bezoek kwam, een comfortabele zitplaats met prachtig uitzicht over de Risfjorden.

Ze nam een slok van haar koffie, zette de mok op de tafel neer en pakte het oude boekje op. Het was niet in het Noors geschreven, maar in het Nederlands. En omdat haar familie een aantal generaties terug vanuit Nederland naar Noorwegen was gekomen, had haar moeder erop gestaan dat haar kinderen naast de Noorse taal ook Nederlands zouden leren, zoals Maikens moeder van haar moeder had geleerd en haar moeder weer van Maikens overgrootmoeder. Het was een traditie geworden.

Maiken had het boekje een tijdje terug met veel interesse gelezen, van begin tot eind. Ze had zich eigenlijk nooit echt in haar familie verdiept. En nu bezat ze plotseling een dagboek van een van haar familieleden van lang geleden. Haar oudtante had gezegd dat zij, Maiken, behalve Maikens ouders, nog de enige was die op het eiland was blijven wonen waar het dagboek geschreven was en dat ze het daarom aan Maiken had gegeven. Maiken was de volgende generatie aan wie het werd doorgegeven.

Maiken trok het iets gerafelde, rode lint los en opende het boekje. Er lag een brief voorin, inktgeschreven in een ouderwets handschrift, en zo las de tekst voor de zoveelste keer:

Dit boek moet in mijn familie blijven en daarom geef ik het door aan mijn kinderen, die het op hun beurt zullen doorgeven aan hun kinderen, als zij die mogen krijgen, of naaste familie. En als er iemand komt die oprecht in mij geïnteresseerd is, misschien verwanten op zoek naar de familiehistorie, mag dit boek aan diegene overhandigd worden zodat diegene de mogelijkheid heeft mijn belevenissen te lezen. En misschien komt diegene nooit of misschien over een jaar of jaren, misschien over een eeuw, als ik er niet meer ben...

Maiken staarde naar de tekst op het stuk papier. Iemand die oprecht geïnteresseerd was naar de schrijfster van dit dagboek? Waarom zou iemand na meer dan een eeuw daarnaar op zoek gaan?

Toen ze het dagboek had gelezen, had ze het gevoel gekregen dat ze een begin miste.

Natuurlijk had het dagboek een begin, het begon zelfs met iets van een lied. Wel een lied met een mooie tekst, dat moest ze toegeven, maar toch miste ze een begin. Alsof ze plotseling midden in het leven van iemand stapte en niet wist wat er aan de hand was.

HOOFDSTUK 5

Holwierde, 10 april 1899

Vandaag heb ik afscheid moeten nemen van mijn lief, mijn Onne.
Ik zou wensen dat hij geen zeemansbloed in de aderen had stro-
men, niet de drang zou hebben om te willen ontdekken wat er ach-
ter de horizon te vinden zal zijn, maar dat is juist wat hem zo bij-
zonder maakt. Ik weet dat naast zijn liefde voor mij, er altijd zijn
liefde voor het reizen zal zijn. Hij is op het schip de Hadewich van-
uit Delfzijl uitgevaren naar het koude noorden en ik weet niet
wanneer ik hem terugzie. Ik mis Onne nu al...
Onnes ouders, meneer en mevrouw Mennenga, mogen niets
van onze relatie afweten, anders raak ik mijn betrekking als
dienstbode bij hen kwijt. Onne en ik ontmoetten elkaar stiekem
op de schaarse momenten dat ik vrijaf had. Op die momenten
zei Onne hoe mooi hij mijn lange, witblonde haar vond dat bij-
na tot mijn middel reikt. Hoe bijzonder mijn blauwe ogen zijn
die hem doen denken aan de kleur van de zee in verre oorden.
En ik, ik hou van zijn gezicht dat er door weer en wind ouder
uitziet dan hij in werkelijkheid is, maar zeker niet minder aan-
trekkelijk, en de manier waarop hij mij met zijn mooie, grijze
ogen aankijkt...
Misschien is het dom en onnadenkend om iets te beginnen met ie-
mand ver boven mijn stand, maar valt echte liefde tegen te hou-
den?

"Wat zijn we nu uiteindelijk wijzer geworden?" vroeg Nadine zich fronsend af. Ze keek nog eens naar het opengeslagen dagboek dat op haar schoot lag en graaide ondertussen een koekje van het schaaltje met koekjes dat Annemijn op de tafel had neergezet. Ze waren bij Annemijn thuis om het een en ander voor te bereiden voor hun zogenaamde dagboekreis.

Een paar dagen geleden was Annemijn samen met Nadine naar het Noordelijk Scheepvaartmuseum in Groningen geweest om er in het archief na te trekken of er in 1899 inderdaad een schip met de naam 'Hadewich' vanuit Delfzijl was vertrokken en of er iemand met de naam Onne Mennenga op de lijst van bemanningsleden voorkwam.

En ja, dat was inderdaad het geval. De connectie tussen de rederijfamilie Mennenga, waar Janna Ezinga haar over verteld had, en Annemijns familie was hiermee gelegd.

Annemijn haalde haar schouders op. "We weten nu zeker dat het om de juiste Onne gaat. Meike had een geheime relatie met hem."

"Nou, volgens mij heb jij jouw rusteloze karakter van die Onne geërfd. Die Meike en hij zijn vast en zeker getrouwd en hebben massa's kinderen gekregen, waaronder jouw vorouders, dus hoeven we eigenlijk niet meer verder te zoeken," vond Nadine, die vandaag duidelijk haar dag niet had.

"O jawel, er zijn nog genoeg vragen waarop ik antwoord wil hebben, maar als je geen zin meer hebt om mee op reis te gaan, dan ga ik wel alleen verder."

"Nee, nee, zo bedoel ik het niet," zei Nadine snel. "Ach, let niet op mij, ik zeur vandaag alleen maar." Ze knabbelde een stukje van haar koekje af.

"Denk er maar aan dat we straks heerlijk een aantal weken vrij zijn en daar gaan we eens goed van genieten," vond Annemijn.

"Helemaal mee eens. Zo, nu moet ik nog even wat lezen." Nadine sloeg een bladzijde van het dagboek om. "Want ik moet wel een klein beetje weten waar onze reis naartoe gaat. Hoe kan ik anders weten wat ik allemaal mee moet nemen?"

Annemijn kreeg een flashback van de loodzware koffers en reistassen die Nadine op andere gezamenlijke reizen had meegesleept. "Volgens mij neem jij altijd genoeg mee op reis," grinnikte ze. "Iets vergeten doe jij vast niet."

Nadine begon te lachen. "Je moet toch overal op voorbereid zijn. Nietwaar?"

Terwijl Nadine zich weer in het dagboek verdiepte, dacht Annemijn terug aan haar ontmoeting met Hedde Ezinga. Haar gedachten dwaalden regelmatig die kant uit en ze had werkelijk geen idee waarom. Ja, Hedde was een leuke man, voor zover ze dat had kunnen beoordelen tijdens hun korte ontmoeting bij zijn tante Janna, maar een leuke man met een net verbroken relatie, dus niet verstandig je daarmee in te laten.

Zuchtend pakte ze ook een koekje van het schaaltje.

*

Misschien moest ze de stoute schoenen eens aantrekken, dacht Maiken, en Olof vragen of hij zin had om bij haar thuis te eten. Al die jaren dat ze elkaar kenden had hij haar waarschijnlijk meer als een familielid gezien dan als een leuke vrouw met wie hij zou kunnen daten. Het werd tijd dat daar verandering in kwam.

Vanuit het raam in haar woonkamer zag ze zijn schip tussen de andere vrolijk gekleurde schepen in de haven liggen. Olof was nog op het dek aan het werk. Als ze snel was, kon ze hem nog net bij de haven opvangen. Ze zou natuurlijk ook bij hem thuis kunnen aanbellen, maar een wandelingetje naar de haven was minder opvallend. Ze ging wel vaker naar de haven toe als ze haar benen even wilde strekken.

Maiken liep naar de hal, trok haar jack aan en zette voor de zekerheid haar gebreide muts op haar hoofd. Ook al was het half mei, het kon nog behoorlijk koud zijn buiten. Ze trok de voordeur achter zich dicht en wandelde naar de haven.

Olof merkte niet dat ze eraan kwam en ging rustig door met zijn bezigheden aan boord. Met haar handen in de zakken van haar jack gestoken bleef Maiken er een poosje naar kijken totdat Olof haar plotseling zag en heel even stopte met zijn werkzaamheden.

"O… hoi, Maiken," zei hij met iets wat op een vage glimlach leek. Hij schoof zijn muts, die zijn donkere haren bedekte, iets naar boven.

Maiken glimlachte terug. "Hoi, Olof." Het bleef even angstvallig stil. "Goede vangst gehad?" Ze moest toch iets zeggen?

Olof knikte en ging weer door met zijn werk.

Maiken schraapte haar keel. "Heb je zin om vanavond bij mij thuis te komen eten?"

De heldere, grijze ogen van Olof bleven een moment op Maiken rusten. "Geldt dat als een date? Want dan wil ik je ook wel mee uit eten nemen in Honningsvåg als je dat liever wilt."

Maiken zuchtte. Waarom zei hij nou niet gewoon dat hij graag bij haar kwam eten? "Nee, Olof, ik vind het leuk om voor je te koken, dus…"

Olof keek even over zijn schouder in de richting van het water, alsof hij toestemming vroeg om zijn boot te mogen verlaten. "Oké, dan is het goed," zei hij, weer naar Maiken kijkend. "Ik kom met etenstijd wel naar je toe." En dat was dat. Wat Olof betrof was het gesprek afgelopen.

Maiken opende haar mond om nog iets te zeggen, maar bedacht zich. "Tot straks dan maar," zei ze alleen nog. Ze keerde zich om en liep naar huis terug. Tja, Olof was nu eenmaal Olof, een man van weinig woorden. Maar ze hoopte echt nog eens dat ze de ware Olof te zien zou krijgen.

*

Voor haar deur stond een man in schone kleding, gewassen, geschoren en met een frisse, prikkelende geur van aftershave om zich heen in plaats van de doordringende vislucht die meestal aan zijn werkkleding hing. In niets leek hij nog op de visser van eerder die dag.

Er was niets mis met zijn vissersoutfit, peinsde Maiken, zelfs dat stond hem goed, omdat hij een goed figuur had met brede schouders en slanke heupen. Zijn donkere haar en de soms donkere stoppels op zijn gezicht gaven hem een stoer, ruig uiterlijk. Maar zoals hij er nu uitzag, met een leuke jeans en een vlot sweatshirt erboven, zag ze hem niet zo vaak. Het maakte hem… anders. En heel aantrekkelijk.

Glimlachend liet Maiken hem binnen. Het was de eerste keer dat hij bij haar kwam eten en ze voelde zich een beetje nerveus, want ze wist nooit waar ze met Olof aan toe was en of ze de juiste dingen tegen hem zei. Soms reageerde hij zo anders op iets wat ze zei dan ze verwacht had.

Ze liet hem haar woonkamer binnen. "Leuk dat je er bent, Olof. Wil je iets drinken?"

Olof knikte. "Graag."

"Koffie of iets van alcohol?"

"Doe maar een biertje," zei Olof terwijl hij een beetje ongemakkelijk in de kamer bleef staan.

"Ga zitten," zei Maiken snel. "Maakt niet uit waar." Voordat hij zou vragen of zij een vaste zitplaats had, zoals bijna iedereen vroeg die bij haar op bezoek kwam. Ook al was hij hier al vaker geweest, hij vroeg altijd nog waar zij ging zitten.

Olof liet zich op de tweezitsbank zakken en schoof een beetje onhandig met de sierkussens heen en weer.

"Leg ze maar naast de bank, hoor, als je er last van hebt."

Olof deed wat Maiken zei en legde een stapeltje kussens naast de bank op de vloer neer.

Maiken liep naar de keuken en haalde een flesje bier uit de koelkast. Voor zichzelf schonk ze een glas rode wijn in. Ze zette de oven aan waarin een schaal lasagne stond. Ze wist niet of Olof van lasagne hield, ze schatte hem meer in als een man van een bord vol aardappels en groente. Als dat zo was, werd het hoog tijd dat hij eens iets anders probeerde, was haar filosofie.

Ze liep naar de woonkamer terug en zag Olof bij het raam staan, naast de oude fauteuil van haar vader. Hij stond met zijn handen in zijn zakken gestoken naar buiten te kijken. Op een tafeltje naast de fauteuil lag het oude dagboek en toen Olof zich naar haar omdraaide, viel zijn blik op het boekje. "Dat ziet er oud uit," mompelde hij.

"Dat is het ook," zei Maiken en ze overhandigde hem het flesje bier dat hij met een knikje aannam. "Het is een dagboek dat ruim honderd jaar geleden geschreven is door een van mijn voorouders." Ze vertelde hem van wie ze het gekregen had en waarover er in het dagboek werd geschreven. Ze pakte het dagboek en ging met het boekje en haar glas wijn op de tweezitsbank zitten. "Kom, dan laat ik het je zien."

Olof nam naast haar plaats en Maiken bladerde het boekje door terwijl ze beurtelings een slokje wijn nam en hier en daar een stukje van de ouderwetse tekst voorlas. Ze merkte dat Olof van opzij naar haar keek en stopte met lezen om hem aan te kunnen kijken. "Je vindt het maar niets, hè?"

Olof schudde zijn hoofd. "Nee, nee, dat is het niet… Het is… Je hebt gewoon een mooie stem. Je kunt prachtig voorlezen, net zoals je prachtig kunt zingen. Daarom moest ik naar je kijken."

"O?" Er was nog nooit een man geweest die vond dat zij mooi kon voorlezen. Nu moest ze toegeven dat ze voor geen enkele man ooit zoiets had gedaan. Maiken nam nog een slokje van haar wijn, klapte het boekje dicht en legde het op de salontafel neer.

Olof zette zijn bierflesje ernaast. "Weet je, Maiken…" Hij hief zijn hand op en liet die een ogenblik naast haar gezicht zweven voordat hij voorzichtig haar wang aanraakte. Zijn lichtgrijze ogen waren nu een tint donkerder van kleur geworden en de blik waarmee hij naar Maiken keek, liet haar hart sneller kloppen.

Ging hij haar zo meteen kussen? Er kroop een aangename kriebel door haar buik, maar aan de andere kant voelde ze zich nerveus door deze onverwachte ontwikkeling. Olof had nog nooit een stap als dit durven zetten en nu het zover was, moest zij het niet verpesten door iets verkeerds te doen of te zeggen. Haar groene ogen waarin gouden spikkeltjes dansten, keken hem verwachtingsvol aan.

"Misschien kan ik beter niets zeggen," mompelde Olof, "en het op een andere manier doen." Hij boog zich langzaam naar Maiken toe. Net op het moment dat hij haar wilde kussen klonk er een pingelend geluid vanuit de keuken.

Maiken sprong van de bank op. "Dat zal de oven zijn. De lasagne is klaar!" Ze stormde de keuken binnen en leunde met luid bonzend hart tegen het aanrecht aan. Wat was er met haar aan de hand? Al die tijd had ze erop gewacht dat Olof zoiets als dit zou doen en nu vluchtte ze als een regelrechte angsthaas van hem weg. Nou, dat had ze weer eens goed verprutst! Wat moest Olof nu van haar denken? Alsof ze een onervaren puber was en nog nooit door een man was gekust!

Ze griste de ovenhandschoenen van het haakje aan de muur en haalde de bloedhete schaal met lasagne uit de oven. De schaal kon wel even afkoelen op het aanrecht terwijl zij een salade maakte en brood in dikke stukken sneed en in een mandje deponeerde. Uit de koelkast haalde ze een bakje eigengemaakte kruidenboter en husselde daarna de ingrediënten van de salade nog een keer – geheel overbodig – door elkaar heen. Ze bleef als een gek in de salade staan spitten, totdat ze plotseling een stem achter zich hoorde.

"Kan ik ergens mee helpen?"

Maiken liet van schrik haar slabestek vallen en de spetters sladressing vlogen alle kanten op. Olof was de keuken binnen gekomen en keek met een stoïcijnse blik naar haar gestuntel. Tenminste, het leek alsof hij onverstoorbaar bleef onder haar geklungel, maar ergens meende ze pretlichtjes in zijn ogen te zien dansen.

"Eh, nee... eh, ik bedoel... ja," stotterde Maiken. "Misschien wil jij de schaal met lasagne op de eetkamertafel zetten? Ik heb de tafel al gedekt, dus..."

"Ha, lasagne! Lekker!" zei hij glimlachend. "Dat maak ik thuis ook wel eens. Makkelijk op te warmen als ik weer eens bij nacht en ontij thuiskom. Ik ben trouwens gek op Italiaans eten."

Olof trok de ovenhandschoenen aan, pakte de schaal lasagne van het aanrecht en verliet opgewekt de keuken, een verbijsterde Maiken achterlatend. Hoezo iets anders proberen dan aardappels en groente? Blijkbaar had hij de mediterrane keuken allang ontdekt terwijl zij, Maiken, in de veronderstelling was geweest dat Olof nog ergens in de middeleeuwen leefde én dat hij nooit een poging zou wagen dichter bij haar te komen dan een enkele, afstandelijke glimlach of een iets warmere blik in zijn ogen.

Daar had ze zich dus mooi in vergist! Ze kende hem al haar hele leven, maar wat wist ze eigenlijk van hem?

De ontdekking dat Olof toch een totaal andere kant bezat dan ze jarenlang had gedacht, maakte haar in de war. Haar wens echt nog eens de ware Olof te zien te krijgen was eerder in vervulling gegaan dan ze had durven hopen en nu het eindelijk zover was gekomen, wist ze, in plaats van blij te zijn met deze ontwikkeling, niet eens precies hoe ze ermee om moest gaan. Belachelijk toch?

HOOFDSTUK 6

Holwierde, 12 mei 1899

Ik heb een brief van Onne gekregen. Het is goed dat hij ze naar Ja-
kobina Ezinga van de Ezingaheerd stuurt, zoals ik hem gevraagd
heb, anders kreeg ik zijn brieven waarschijnlijk nooit onder ogen.
Onne is onderweg naar het uiterste noorden van Europa, dat de
Noordkaap wordt genoemd. Hij wil daar tijd doorbrengen om de
omgeving te verkennen. Het liefst zou ik naar Onne toe willen rei-
zen. Ik mis hem zo erg…

Ik heb geld van Jakobina Ezinga gekregen, ik weet niet waarom,
maar ik mocht het geld gebruiken zoals ik wilde, vooral om mijn
hart te volgen. Ik weet niet precies waarop Jakobina met dat laat-
ste doelde, maar ze zegt altijd dat als de mogelijkheid er is, je
moet proberen datgene te doen wat je graag wilt doen. Dus is er
een plan bij mij opgerezen: ik ga Onne opzoeken. Ik weet dat er
vanuit Delfzijl een schip naar het Noorse Kristiansand vertrekt…
Misschien ligt er in het verre noorden iets beters en mooiers in het
verschiet in plaats van voor altijd dienstbode te blijven of een man
te moeten trouwen waar ik niet van hou. Ik moet proberen het be-
ste uit mijn toekomst te halen, want het kan toch niet zo zijn dat er
alleen voor rijke mensen een speciale toekomst is weggelegd?
Nee, dat wil ik niet geloven.

"Dus we zijn nu in Kristiansand?" Nadines stem schalde dwars
door het geluid van de autoradio heen.

"Sst! Ik probeer naar het weerbericht te luisteren," siste Annemijn.

"Kun jij iets van dat Noors verstaan dan? Daar valt toch geen touw aan vast te knopen?"

"Ik doe een poging, ja?" zei Annemijn lichtelijk geïrriteerd.

"Oké, oké, ik hou mijn mond al."

"Ja, nu hoeft het niet meer. Het nieuws is al voorbij." Annemijn zuchtte. Nadine trok ook altijd op de verkeerde momenten haar mond open. Ze zou er inmiddels aan gewend moeten zijn, maar dat was nog steeds niet het geval. Maar waarschijnlijk was Nadine opgelucht dat ze zich weer aan vaste wal bevonden en uitte ze dat met veel rumoerigheid. Nadine en boten waren geen ideale combinatie. Ja, een luxe cruiseschip, daar viel misschien nog over te praten...

Hun vakantie was begonnen en Annemijn en Nadine waren per auto naar Noord-Denemarken gereisd om van daaruit de veerboot naar het Noorse Kristiansand te nemen. Daar startte hun zogenaamde dagboekvakantie.

Annemijn had Janna Ezinga een leuke kaart gestuurd waarin ze Janna nogmaals bedankt had voor haar gastvrijheid en uiteraard ook voor het dagboek en het medaillon. Annemijn had besloten de ketting met het medaillon te dragen. Het zou zonde zijn zo'n mooi sieraad weg te stoppen en er niet naar te kunnen kijken. Ze vond het een bijzonder idee dat ze iets gekregen had wat met haar voorouders te maken had en ze was er dan ook uiterst zuinig op.

Ze had Janna meteen gemeld dat ze op reis ging en dat ze de beschreven route in het dagboek ging volgen. En Kristiansand was de eerste plaats in Noorwegen die in het dagboek werd genoemd. Zou Hedde haar kaart ook lezen? vroeg Annemijn zich af, om daarna direct tegen zichzelf te zeggen dat het haar helemaal niets kon schelen of Hedde haar kaart las.

Waarom had ze dan een kaart uitgezocht waarvan ze hoopte dat Hedde die ook mooi zou vinden? Dat sloeg echt nergens op. Ze had Hedde één keer vluchtig ontmoet en dat was dat. Ze moest zich niet van die rare dingen in haar hoofd halen.

"Die Meike, dat ze zomaar naar Noorwegen is vertrokken…" Nadine schudde haar hoofd.

"O, eh… ja, de liefde laat mensen dingen doen die ze anders niet zo snel zouden doen," stamelde Annemijn en ze stuurde haar gedachten snel een andere kant op. "Maar als je echt van iemand houdt…"

"Ja, dat zal wel. Dan volg je diegene desnoods naar het andere einde van de aarde."

"Precies," knikte Annemijn. "Zullen we hier in de stad nog iets leuks gaan doen, nu we toch een nachtje blijven?"

"Zoals?"

"Ze kunnen ons in het hotel vast wel informatie geven."

Nadine haalde een folder tevoorschijn waarop een plattegrond stond afgebeeld met de locatie van het kleine hotel waar ze een nacht zouden doorbrengen. "Maar waar blijft dat hotel? Het moet hier in de buurt zijn."

"Misschien kunnen we beter de weg aan iemand vragen," stelde Annemijn voor. "Mijn navigatie laat me voortdurend rondjes rijden."

"Goed idee." Nadine keek speurend in het rond. "Stop!" riep ze plotseling. "Kun je hier aan de kant gaan staan!" Ze wees driftig naar een inham langs de kant van de weg.

"Er geldt hier een stopverbod." Annemijn keek naar het verkeersbord dat duidelijk aangaf dat stilstaan verboden was.

"Heel even maar," smeekte Nadine.

Zuchtend deed Annemijn wat haar gevraagd werd. Snel schikte Nadine nog iets aan haar kleding voordat ze uit de auto stapte. Niet dat er veel te verbeteren viel aan een spijkerbroek met T-shirt, dacht Annemijn, toegeeflijk glimlachend. Jacks, truien, spijkerbroeken en outdoorkleding, dergelijke kledingstukken vormden aankomende weken hun vakantiegarderobe.

Ze zag hoe Nadine een gesprek aanknoopte met een man van ongeveer haar eigen leeftijd en hem de folder liet zien. De man gebaarde met zijn hand in tegenovergestelde richting en lachte daarbij naar Nadine, die natuurlijk stralend teruglachte.

Annemijn trommelde ongeduldig met haar vingers op het stuur. Ze mocht hier niet staan en ze had geen zin in een torenhoge boete. Ze had gelezen dat het hier wat verkeersboetes betrof om forse bedragen ging.

Na wat een paar eindeloze minuten leken stapte Nadine weer in de auto. "Raad eens wat?" riep ze enthousiast uit. "Hij gaat voor ons uit rijden zodat wij hem kunnen volgen tot aan het hotel."

"Weet je zeker dat hij ons naar het hotel zal leiden en niet naar een of andere achterbuurt waar we overvallen en beroofd worden?" vroeg Annemijn wantrouwend.

"Hij mag mij beroven en dan nog fouilleren ook," grijnsde Nadine.

"Nee, jij zou er geen enkel bezwaar tegen hebben als hij je vroeg ook nog je ondergoed uit trekken," merkte Annemijn met een scheve grijns op. "En je weet natuurlijk al of hij single is, van vrouwen houdt en wat voor baan hij heeft…"

Sinds Nadine de film *P.S. I love you* gezien had, vroeg ze dit aan iedere man die haar geschikt leek, net zoals een van de actrices in de film dat deed.

"Wat is het toch heerlijk om een vriendin te hebben die me zo goed kent," zei Nadine, breed teruggrijnzend. "O, kijk! Daar is hij!" Ze wees naar een donkerblauwe Hyundai die vanaf een parkeerplaats voor hen de weg op reed. "Volg hem!" commandeerde ze alsof ze een of andere geheim agent op missie was. "En laat hem niet ontglippen, want ik wil hem wel eens beter leren kennen!"

Tot Annemijns opluchting kwamen ze niet veel later bij een klein, wit geschilderd houten hotel aan dat net buiten het centrum bleek te liggen. Ze checkten in en brachten de bagage naar hun kamer.

Nadine had Tom, zoals de man heette, als dank iets te drinken aangeboden en ging met hem aan een tafeltje in de bijbehorende gezellige tuin zitten. Ze zou ongetwijfeld al haar flirtkunsten op hem loslaten.

Annemijn liet haar maar begaan. Nadine en aantrekkelijke mannen: een combinatie waar geen speld tussen te krijgen was.

*

Ja, Hedde was een reiziger. Dat had hij al geweten toen hij nog een kleine jongen was en hij voor het eerst de zee had gezien. Het grote water bleek een magische aantrekkingskracht op hem te hebben en die magie was nooit meer overgegaan. Hij had al varend heel wat van de wereld gezien, maar de indrukwekkende Noorse fjorden en de schilderachtige eilandengroepen voor de kustlijn met de imposante, hoog boven de waterlijn uitrijzende bergen vormden een wereld apart.

De tweemastschoener 'Wendelina' lag in de knusse binnenhaven van de Noorse stad Ålesund. Hedde stond aan de reling en keek naar de direct aan het water grenzende huizen, waarvan de gekleurde varianten de vrolijke noot vormden tussen hun witte soortgenoten. Ålesund was gebouwd op drie eilanden en was wat bouwstijl betrof anders dan andere Noorse steden, wat een gevolg was van een stadsbrand ruim honderd jaar geleden. De stad was na de brand namelijk opnieuw in Jugendstil opgebouwd.

De groep passagiers was van boord gegaan om de stad te verkennen en Hedde had ze attent gemaakt op allerlei bezienswaardigheden. Voorlopig zouden de passagiers zich wel vermaken.

Zijn vriend Jorn, mede-eigenaar van de 'Wendelina', kwam vanuit de kajuit het dek op lopen. "Zo, iedereen van boord?" Jorn knikte in de richting van de kade waar nog twee jonge, vrouwelijke passagiers over hun schouder giebelend naar Hedde omhoog keken. "Je hebt weer een paar bewonderaars."

"Ach, hou op," verzuchtte Hedde. "Sommige vrouwen schijnen het romantisch te vinden om met de schipper te flirten. Trouwens, ik zag ook een van de vrouwen naar jou lonken, jongen." Hedde keek zijn vriend met een scheve glimlach aan.

"Gelukkig ben ik al bezet. Mijn vriendin is mijn alles, dat weet je."

"Tja, jij hebt het heel wat beter getroffen dan ik met Lisa," zei Hedde mismoedig.

"Ach ja, Lisa…" Jorn klakte met zijn tong. "Maar jouw tijd komt ook nog wel, ouwe reus." Hij sloeg Hedde kameraadschappelijk op de rug. "Dan vind je de vrouw van je leven."

"Misschien past er geen vrouw in mijn leven."

"O ja, dat is ook zo, Hedde Ezinga heeft het altijd te druk met andere zaken," merkte Jorn licht spottend op. "Ik heb toch ook een vrouw gevonden en ik meen dat ik hetzelfde beroep uitoefen als jij."

"Ja, ja…" mompelde Hedde. Zijn gedachten gleden naar Annemijn, de vrouw die naar de Ezingaheerd was gekomen voor informatie over haar familie. Op de een of andere manier lukte het hem maar niet haar uit zijn hoofd te zetten. Die ene toevallige ontmoeting bij tante Janna betekende toch helemaal niets, dus waarom hij steeds aan haar moest denken was een volkomen raadsel.

Blijkbaar had ze nogal indruk op hem gemaakt, maar hij was wel zo wijs geweest dat niet aan tante Janna te vertellen. Hij zag haar al hoofdschuddend zeggen: "Hedde, Hedde, heb ik dan toch gelijk dat je ene vriendin het erf nog niet af is of de volgende dient zich alweer aan?"

Nee, hij kon Annemijn maar beter zo snel mogelijk uit zijn hoofd zetten, voordat zijn gedachten zich de hele tijd bij een onbekende vrouw bevonden in plaats van bij het werk waarop hij zich hier moest concentreren.

"Heb ik het goed begrepen dat vandaag die nieuwe kok aan boord komt?" vroeg hij, zijn gedachten naar een ander onderwerp sturend. Hij had wel weer lang genoeg bij zijn hopeloze liefdesleven stilgestaan.

"Ja," knikte Jorn. "En hij is erg enthousiast om met ons aan boord te kunnen werken."

"Wacht maar totdat hij op open zee zit, dan piept hij wel anders," meende Hedde.

"Hij schijnt wel iets gewend te zijn."

"O, nou, in dat geval kan hij bij ons zijn hart ophalen," zei Hedde.

Hij had de nieuwe Noorse kok alleen een keer vluchtig gezien. Het aannemen van personeel was de afdeling van Jorn. Uiteraard bespraken ze de mogelijke kandidaat uitvoerig, wanneer Jorn iemand gevonden had die aan hun eisen voldeed, maar uiteindelijk was het Jorn die de beslissing nam. Ze hadden een taakverdeling die het beste bij ieder van hen paste en dat beviel goed.

"Aha," zei Jorn. "Daar zul je hem hebben."

Op de kade liep een man met een grote plunjezak. Bij de loopplank van de 'Wendelina' bleef hij staan en keek omhoog naar Hedde en Jorn.

"Hallo!" riep Jorn. "Kom aan boord!" Hij gebaarde naar de man dat hij aan boord kon komen en de man liep de loopplank op.

"Goedemorgen," zei de man glimlachend zodra hij aan boord stond. Hij stak zijn hand uit naar Jorn.

"Welkom aan boord," zei Jorn. "Dit is Hedde." Jorn knikte naar Hedde. "Jullie hebben elkaar al eens ontmoet."

"Hallo, Hedde," zei de man, Heddes hand schuddend.

"Espen was het toch, als ik het me goed herinner?" vroeg Hedde. De man knikte. "Ja, Espen Rognes."

"Welkom aan boord. Jorn wijst je zo je hut en neemt het eetsche-
ma met je door. En daarna mag je je uitleven in de kombuis."
"Prima," zei Espen. "Ik heb er zin in."
Jorn nam Espen mee naar binnen en Hedde keek de beide mannen
na. Espen leek een goede keus. Hij had een plezierige en vriendelijke uitstraling en dat was naar de passagiers toe ook belangrijk.
Ja, hij had het getroffen met een vriend als Jorn. Iemand die zelf-
standig beslissingen kon nemen en waarmee goed viel samen te
werken. En ze deden beiden wat ze het liefst deden: de wereld vanaf het water verkennen. Wat wilde een mens nog meer?

HOOFDSTUK 7

Het uitzicht was weergaloos en iedere keer weer anders. Maiken keek vanuit haar vliegtuigraam naar het onder haar door glijdende landschap. De immense uitgestrektheid van de dunbevolkte gebieden rond de Barentszee gaven haar steeds weer het gevoel bevoorrecht te zijn dat ze in een stukje wereld woonde dat met niets anders te vergelijken viel.

Grillige, donkere rotspartijen rezen steil en hoog uit het water op alsof de aarde zich op dit punt in stukken had gespleten om duidelijk de rand van Europa te kunnen vormen. Alleen de eilandengroep Spitsbergen scheidde hen nog van de Noordpool.

In de bergen landinwaarts lagen nog restanten sneeuw, helder oplichtend door een stralende zon. Een zon die ruim twee maanden niet meer onder zou gaan. Maar dat betekende niet dat de weersomstandigheden altijd meezaten. Storm, regen, uit zee opdoemende mistbanken, temperaturen ver beneden de waarden die bij het seizoen hoorden... ook dat was Noord-Noorwegen.

De gemiddelde zomertemperatuur op Magerøya was tien graden Celsius en al waren de winters mild te noemen op deze breedtegraad, dat nam niet weg dat er sneeuwstormen konden woeden en er ook gevaar voor lawines aanwezig was. Op zulke momenten mocht er op de wegen van het eiland alleen op vaste tijdstippen in konvooi gereden worden. Een rij auto's met een sneeuwschuiver voorop.

Dit alles deerde Maiken niet. Zelfs de twee maanden per jaar dat de zon niet meer boven de horizon uitkwam, nam ze voor lief. Natuurlijk was dat niet de meest aantrekkelijke periode van het jaar, maar in haar huis was het warm en gezellig en ze zorgde ervoor dat ze altijd wel iets om handen had, zoals het zingen dat ze graag deed, zodat die donkere maanden niet zo lang leken te duren.

Ze keek even opzij naar Terje, haar nieuwe collega en co-piloot, en stak glimlachend haar duim omhoog. Terje glimlachte terug. Het was zijn eerste vlucht bij deze luchtvaartmaatschappij en hij leek er net zo van te genieten als zij.

Ze vlogen van Mehamn, dat op een schiereiland op ongeveer gelijke hoogte met Magerøya lag, naar Honningsvåg. De vlucht duurde zo'n twintig minuten en voordat ze er erg in hadden, waren ze alweer veilig geland en hadden de passagiers het vliegtuig verlaten.

"Heb je vanavond iets te doen?" vroeg Terje toen ze naar hun auto's liepen.

Maiken wist wat er ging komen. Hij zou haar vragen of ze zin had om iets met hem te gaan drinken of ergens een hapje te eten. Er waren al meerdere mannelijke collega's geweest die haar hetzelfde hadden gevraagd, maar Maiken had deze uitnodigingen altijd afgewimpeld, wat haar in de ogen van mannen alleen maar begerenswaardiger maakte.

"Het spijt me, maar vanavond ben ik al bezet," zei Maiken, voorzichtig glimlachend. Ze mocht Terje wel, maar niet op de manier waarop hij hoopte.

"Jammer." Terje haalde zijn schouders op. "Ik dacht, misschien kunnen we samen een wandeling maken, iets lekkers meenemen en de middernachtzon vanaf een mooi uitzichtpunt bekijken."

Zijn vriendelijke, bruine ogen keken haar spijtig aan.

"Dat klinkt aanlokkelijk, maar helaas kan ik echt niet mee."

Terje was afkomstig uit het zuiden van Noorwegen waar de zon 's nachts wel onderging en niet, zoals hier, boven de horizon bleef hangen. Maiken vond het wel een beetje sneu voor Terje, want hij vond het spotten van de middernachtzon steeds weer een belevenis. En zij hield van wandelen door het ruige landschap van Magerøya, maar dat zou ze het liefst samen met Olof doen.

"Nou ja, misschien een andere keer dan." Gelukkig nam Terje haar afwijzing sportief op. "Ik zie je morgen weer. Tot dan!" Hij stak zijn hand op en liep van haar weg.

"Tot morgen!" riep Maiken hem na. Ze stapte in haar auto en reed naar huis over een stijgende weg met fenomenale vergezichten over het water en de daaruit oprijzende, hoge bergen. Hier en daar liepen groepjes rendieren op het rotsachtige terrein van de karige begroeiing te grazen. Het was nog maar zo kort geleden dat alles met sneeuw bedekt was geweest.

Bij een splitsing nam ze de afslag naar Skarsvåg. De andere weg leidde naar de Noordkaap en zou binnenkort steeds drukker en drukker worden vanwege alle toeristen die de kaap wilden bezoeken in de hoop een glimp van de middernachtzon op te vangen. Dat de middernachtzon ook op genoeg andere plekken te zien was scheen niemand wat uit te maken.

Maiken draaide haar auto de oprit naast haar huis op en keek automatisch in de richting van de haven waar Olofs schip lag. Sinds het etentje bij haar thuis had Olof weinig of niets meer van zich laten horen. Het etentje was heel gezellig geweest en Olof had zich de lasagne goed laten smaken, maar hij had niet meer geprobeerd haar nog een keer te kussen en dat was haar eigen schuld geweest. Wie greep nou een stom ovenklokje als excuus aan om niet gekust te hoeven worden? Ze wilde juist door Olof gekust worden! Maiken begreep niets meer van zichzelf en nam het Olof ook niet kwalijk dat hij geen verdere toenaderingspogingen meer ondernomen had.

Zuchtend stapte ze haar huis binnen en liep meteen door naar haar slaapkamer waar ze zich omkleedde in makkelijk zittende kleding.

Op het nachtkastje naast haar bed lag het dagboek. Ze had er gisteravond, voor het slapen gaan, nog even in gelezen. Ze pakte het boekje van het kastje op en ging op de rand van haar bed zitten.

Op de eerste pagina stond het lied. Er stonden zelfs hier en daar wat bijna weggevaagde muzieknoten bij genoteerd. Maiken las de tekst nog eens door:

MIDZOMERNACHTLIED

Wanneer de zon uit haar winterslaap ontwaakt,
met haar vurige gloed de verre horizon raakt,
zij met haar gouden stralen het eiland streelt,
dag en nacht verdwijnen, tijd geen rol meer speelt,
dan tovert zij met licht en kleurrijke regenbogen
en luister ik naar de wind en sluit mijn ogen,
wetend dat jij en ik bij elkaar horen, wij twee,
als zonlicht bij midzomer, als het tij bij de zee.

Met de maan in de rug, de zon op mijn gezicht,
zingt mijn hart een lied over liefde, over licht,
over steile kusten en de zee waar ik van hou,
maar altijd zingt mijn hart over mijn liefste, over jou.
Mijn liefde voor jou is als de zon in de midzomernacht,
tijdloos, zonder einde, stralend, vol van vuur en kracht.
Ja, mijn hart zingt over waar ik het meest van hou,
Mijn hart zingt over mijn allerliefste, over jou...

Eigenlijk was het een prachtige liefdesverklaring, peinsde Maiken. Het dagboek ging immers over een vrouw die op dit eiland woonde en veel van haar geliefde hield. Ze neuriede aarzelend de melodie mee, voor zover ze de vervaagde noten nog kon lezen.

Er borrelde heel langzaam een idee in haar op en met een nadenkende frons op haar gezicht kwam ze langzaam overeind en liep naar de woonkamer. Daar kroop ze achter de piano en zette het dagboek voor zich neer.

Niet veel later was de kamer gevuld met klanken van een ruim honderd jaar oude melodie. Maiken zong zacht de tekst mee, maar naarmate het lied vorderde werd haar stem krachtiger.

*

Maikens oudtante Anne-Sofie woonde een paar huizen verderop en was, vanwege het mooie weer, buiten rondom haar eigen huis bezig. Ze hoorde vanuit de richting van Maikens huis een krachtige, heldere stem, begeleid door pianospel, naar haar toe zweven en luisterde aandachtig. Er brak een glimlach op haar gerimpelde gezicht door zodra ze herkende wat Maiken zong en ze sloot een moment haar ogen om mee te wiegen op de voor haar bekende melodie.

Maar al snel werd de melodie overspoeld door het angstaanjagende geluid van een neerstortend vliegtuig. Er drong een beeld bij haar op van het steeds dichter naderende aardoppervlak, de allesoverheersende angst en het besef dat ze het niet zou overleven en haar familie nooit meer terug zou zien. En daarna het beeld van haar vader die werd neergeschoten en haar moeder die werd weggevoerd en alles wat er nog over was van een verwoest Honningsvåg waar iedereen die ze kende was verdwenen…

Die beelden doken te pas en te onpas bij haar op en Anne-Sofie had zich erbij neergelegd dat ze daarmee had moeten leren leven. Ze voelde een hand op haar schouder en opende haar ogen, daarmee de overweldigende herinneringen naar de achtergrond verdrijvend. Holden draaide haar naar zich toe en nam haar in zijn armen. De oude man liet zijn hand troostend over het grijze haar van Anne-Sofie glijden en ze genoot van zijn aanraking.

Holden was echt het beste dat haar ooit was overkomen.

HOOFDSTUK 8

Bygland, 29 mei 1899

Vanuit Kristiansand reis ik in noordelijke richting door een dal dat de naam Saetersdal draagt. Het dal ligt erg afgesloten van de buitenwereld en wordt omringd door prachtige natuur met hoge bergen, meren en een rivier die door het dal stroomt. Ik kan de bewoners hier niet verstaan, maar sommige van mijn woorden komen bijna overeen met de taal die zij spreken, en anders spreken we met gebaren. Al lijken ze het vreemd te vinden dat een vrouw alleen reist, ze zijn behulpzaam en vriendelijk.

Haukelisaeter, 12 juni 1899

De reis vanuit het Saetersdal naar Haukelisaeter was een moeizame reis. Haukelisaeter is een overnachtingplaats voor reizigers met een indrukwekkend uitzicht op een meer en de bergen. Hier kan ik even op adem komen, maar niet te lang, want de reis is nog ver. Ik begin langzamerhand te begrijpen waarom Onne wil reizen. Het is hier weliswaar eenzaam, maar bijzonder mooi.

Iemand heeft geprobeerd mij uit te leggen dat er een scheepvaartmaatschappij langs de Noorse kust vaart. Hurtigruten wordt het genoemd. Het schip vertrekt vanuit een plaats met de naam Bergen naar een plaats genaamd Hammerfest, ver noordwaarts. Misschien moet ik overwegen met het schip mee te reizen, want ik wil voordat de winter invalt op de plek aankomen waar Onne verblijft.

"Dus Tom en jij hebben verder niets meer afgesproken?" vroeg Annemijn.

"Nee alsjeblieft, zeg." Nadine rolde dramatisch met haar ogen. "Ik had je toch al verteld dat hij zijn handen niet kon thuishouden?"

"Tja," grinnikte Annemijn. "Dat krijg je ervan als je mannen van de straat oppikt. Zullen we hier even stoppen?" Ze knikte naar een verkeersbord waarop een picknickplaats werd aangegeven. "Ik heb wel zin in iets eetbaars." Ze zette haar richtingaanwijzer aan en verliet de weg.

Op de parkeerplaats haalden ze een koelbox met etenswaren uit de auto en liepen naar een picknickbank toe. Annemijn spreidde een kleedje over de tafel uit en stalde hun lunch erop uit. Samen genoten ze van hun middageten met uitzicht over een zonovergoten Haukelifjell, een bergachtig gebied dat nog deels met sneeuw bedekt was. Hier en daar murmelde een waterstroompje tussen de rotspartijen door en aan de overkant van de weg lichtten, in een lager gelegen deel van het onherbergzame terrein, kleine meren op waartegen grillige silhouetten van nog bijna kale berkenboompjes donker afstaken.

"Wat is het hier mooi, hè?" Nadine nam genietend een hap van haar broodje.

"Ja, nogal indrukwekkend," beaamde Annemijn. "En dan te bedenken dat Meike dit ook gezien moet hebben."

"Ja, gek idee, hoor. Zag je trouwens in het Setesdal die oude, houten gebouwen met gras op het dak? Leuk dat dat bewaard is gebleven."

Annemijn knikte. "Dat komt omdat het dal lange tijd moeilijk toegankelijk is geweest. En behalve oude gebouwen hebben ze daardoor ook nog allerlei tradities in stand weten te houden."

"En nu zijn we dus dicht bij Haukeliseter." Nadine bekeek een van de folders die ze bij een toeristenbureau hadden opgehaald. "Vroeger schreven ze seter met een 'a' ertussen. En het Setesdal had ook een iets andere naam als we het dagboek mogen geloven."

"Ja, de taal verandert in de loop der tijd." Annemijn stond van de picknickbank op en keek om zich heen. "Ik ga eens op zoek naar een geschikte plasplek, want ik plof bijna. Hmm, veel bomen staan hier niet." Ze liep vanaf de parkeerplaats de natuur in. Een groot rotsblok bood uitkomst. Verscholen achter het enorme gevaarte kon niemand haar vanaf de weg zien.

Opgelucht liep ze even later naar Nadine terug en constateerde dat haar vriendin niet meer op haar plek aan de tafel zat. In plaats daarvan zag ze een kleine kudde geiten zich tegoed doen aan de restanten van de lunch. De geiten stonden niet alleen op de banken, maar zelfs boven op de picknicktafel.

"Ksst! Ksst!" riep Annemijn, wild met haar armen zwaaiend, maar de geiten trokken zich niets van haar dreigende uitlatingen aan en aten met smaak door.

Nu pas viel het Annemijn op dat een ander deel van de kudde rond hun auto stond.

Een van de autoportieren stond half open en ze zag Nadine verschrikt in de auto zitten, terwijl ze angstig probeerde om een geit af te weren. Het dier stond al met haar voorpoten binnen en Nadine kon duwen wat ze wilde, maar de geit weigerde te vertrekken.

"Ga weg!" riep Nadine paniekerig en ze deed nog een vergeefse poging de geit weg te duwen. "Help, Annemijn! Ze vreten overal aan, zelfs aan mijn tas en aan mijn schoenen… en aan de folders! Ik wilde alleen maar even mijn fotocamera pakken en toen werd ik aangevallen door een kudde vraatzuchtige geiten!"

Annemijn bekeek het tafereeltje op haar gemak. Het was werkelijk een komisch gezicht, al die om de auto heen drommende geiten die Nadine het leven zuur maakten. Ze barstte in lachen uit. "Het ziet er niet uit!" hikte ze.

"Ja, lach jij maar!" bromde Nadine. "Help me alsjeblieft, in plaats van me uit te lachen. Laat me raden, ze hebben vast ook al de rest van de lunch opgegeten."

"Ach, dan eten we straks nog wel iets in Haukeliseter," lachte Annemijn.

Het lukte Nadine eindelijk om de geit uit de auto te verwijderen. Snel stapte ze uit en sloot het portier. Omsingeld door een groepje verwachtingsvolle, naar hen opkijkende geiten liepen ze naar de picknickbank terug. Op hetzelfde moment kwamen er vier motorrijders op glanzende, zwart met chroom afgezette motoren de parkeerplaats op rijden, waardoor de geiten al mekkerend de aftocht bliezen.

"O, o, ook dat nog, een stelletje Hells Angels. Kan er ook nog wel bij," mopperde Nadine, in de richting van de motorrijders kijkend.

Annemijn volgde haar blik. "Volgens mij valt het allemaal wel mee. En nu zijn we in ieder geval van die geiten verlost."

De motorrijders parkeerden hun motoren en stapten van hun lawaaimakende gevaartes af. Helmen werden afgezet, hand-schoenen uitgetrokken en handen door de haren gehaald totdat er vier mannen in de richting van Annemijn en Nadine kwamen lopen.

Nadine nam het viertal onbeschaamd van top tot teen op. "O wauw, stoere mannen in strakke, zwarte pakken. Kijk toch! Het lijkt wel een reclamespot."

"Sst," siste Annemijn. "Straks horen ze je nog."

"Ach, ze kunnen mij toch niet verstaan."

"Het zijn Nederlanders. Kijk maar naar hun nummerplaat."

"O nou, ze mogen het heus wel horen," vond Nadine.

De mannen liepen langs de picknickbank waar de geiten een rava-ge van de lunch hadden gemaakt. Een van hen trok zijn wenkbrau-wen op. "Wat is hier gebeurd? Wat een zootje zeg."

"Geiten," verklaarde Annemijn, zodra ze dichterbij waren geko-men.

"Hé, Nederlandse dames," merkte een van de mannen op.

"Ja, heb je niet op hun nummerplaat gelet?" zei een andere.

"Geiten?" vroeg de man die zijn wenkbrauwen had opgetrokken.

"Ja, geiten. Er loopt hier een kudde rond die het op alles en ieder-een voorzien heeft," legde Annemijn uit.

"Aha," zei de man glimlachend.

"Zijn jullie hier ook met vakantie?" mengde Nadine zich in het gesprek.

De man van de wenkbrauwen knikte. "Ja, samen met mijn broer en twee vrienden. We wilden altijd al eens door Noorwegen toe-ren. Al die spectaculaire wegen…"

"Een paradijs voor motorrijders," voegde een van de mannen naast hem eraan toe.

"Als het mooi weer is, tenminste. En jullie? Ook op rondreis?"

"Ja," knikte Nadine ijverig. "We zijn op weg naar Haukeliseter."

"Daar gaan wij ook naartoe!" riep een van de motorrijders enthousiast uit. "We willen daar nog een beetje rondwandelen en zo, natuur opsnuiven zonder helm."

"Dan zien we elkaar daar wel weer," zei Annemijn, voordat Nadine zich nu al helemaal vast zou klampen aan de strak geklede heren. "En dan gaan wij nu deze bende opruimen." Ze gebaarde naar de overblijfselen van hun lunch.

"Oké, tot straks dan," zei de enthousiaste motorrijder. De overige mannen knikten instemmend en daarna liepen ze door naar de volgende picknickbank.

Annemijn en Nadine zochten hun boeltje bij elkaar en brachten het naar hun auto terug.

"Jippie, ze gaan ook naar Haukeliseter," grijnsde Nadine. "Dat wordt een gezellig avondje."

Annemijn zuchtte hoorbaar, maar zei verder niets. Nadine en mannen…

Plotseling hoorden ze een luide kreet en zagen ze de mannen naar hun motoren terugrennen. De kudde geiten had zich rond de voertuigen verzameld en knabbelde aan alles wat los en vast zat. De mannen probeerden met luide uitroepen en gebaren de dieren te verjagen. Helaas tevergeefs.

Annemijn en Nadine stapten lachend in hun auto.

"Tot straks!" galmde Nadine door het open zijraam op het moment dat ze langs hen heen reden. "Als jullie die monstertjes tenminste van je af kunnen schudden!"

*

Het was avond en de zon stond nog volop aan de hemel. De zonnestralen weerkaatsten in het spiegelgladde meer dat zich voor de donkergebeitste houten gebouwen van Haukeliseter uitstrekte. Lang geleden was Haukeliseter een boerderij geweest voordat het een overnachtingplaats voor reizigers werd. Op sommige van de gebouwen groeide, net als bij de oude bouwwerken in het Setesdal, gras op het dak.

Annemijn had een zitplaats gevonden aan de oever van het meer en genoot van de stilte en de imposante natuur om zich heen. De ertegenover gelegen bergen weerspiegelden in het gladde wateroppervlak en Annemijn keek naar het verstilde landschap dat zich als een op de kop staand schilderij in het meer aftekende. Bij alles wat ze zag moest ze aan Meike denken, die meer dan een eeuw geleden hetzelfde had gezien als zij nu zag en ze vroeg zich af of Meike net zo onder de indruk van het landschap was geweest als zij.

Bij het horen van een geluid achter zich keek ze over haar schouder. Het was Bas, een van de motorrijders.

"Vind je het goed als ik bij je kom zitten?"

"Natuurlijk," zei Annemijn glimlachend. Bas was de oudste en rustigste van het stel en hij leek haar een aardige man. Het was moeilijk in te schatten hoe oud hij precies was, want zijn gezicht vertoonde hier en daar diepe groeven, wat hem er waarschijnlijker ouder deed uitzien dan hij in werkelijkheid was. Hij had wel wat weg van de tv-kok Gordon Ramsay, maar dan grijzer.

Bas ging naast haar aan de oever zitten en keek een ogenblik zwijgend voor zich uit. "Het is leuk, hoor, met mijn broer en vrienden op stap, maar soms moet je ook even tijd vrijmaken voor jezelf of voor een praatje met iemand anders." Hij keek Annemijn even van opzij aan.

"Je hebt gelijk," zei Annemijn. "Ik ben hier met mijn vriendin, maar voel ook wel eens de behoefte om me even terug te trekken." Ze keek naar Nadine die in de verte met de andere drie motorrijders hun motoren stond te bewonderen. Alsof motoren haar iets interesseerden, maar ja, de bijbehorende mannen des te meer. Annemijn glimlachte.

"Je vriendin is een totaal ander type dan jij bent," merkte Bas op, in de richting van het groepje knikkend.

"Ja, maar ondanks dat kunnen we goed met elkaar overweg." Annemijns blik viel op een glinsterende trouwring aan de rechterhand van Bas.

Bas zag haar ernaar kijken. "Ja, ik ben getrouwd en ik heb geen bijbedoelingen," zei hij met een guitige lach die hem jaren jonger deed lijken. "Alleen maar een praatje maken."

"Dus je mag van je vrouw zomaar met je vrienden op stap?" vroeg Annemijn, nu ook lachend.

De lach van Bas verdween en hij keek ernstig voor zich uit. "Ze stond erop dat ik er eens tussenuit zou gaan. Ze heeft kanker gehad, zie je."

"O, wat afschuwelijk." Annemijn keek Bas geschrokken aan. "Maar…"

"Maar na een lange, slopende tijd van kuren en bestralen is ze genezen verklaard." Bas perste zijn lippen op elkaar alsof de herinnering aan die tijd hem te machtig werd.

"Wat zullen jullie ongelooflijk opgelucht zijn geweest bij dat nieuws."

Bas knikte. "Het voelt als een wonder. En ze vond dat ik eens rust moest nemen na de hectische tijd die we samen hadden doorgemaakt. Naast mijn werk zorgde ik altijd voor haar… natuurlijk met alle liefde… Dus vandaar dat ik nu hier zit."

Annemijn moest even iets wegslikken. Als je genas van zo'n vreselijke ziekte, dan was dat zeker een wonder te noemen. "Wat lief van haar dat ze je op reis stuurt."

Bas glimlachte weer, maar zijn ogen glansden verdacht. "Ja, ze is de liefste vrouw die ik me kan wensen. Ze is nu zelf met haar moeder er even tussenuit en als alles meezit gaan we dit jaar ook nog samen een keer met vakantie. Een soort inhaalrace zou je het kunnen noemen."

Annemijn knikte en begreep plotseling waar de diepe groeven in zijn gezicht en zijn grijze haren vandaan kwamen. "Wel Bas, dan hoop ik dat je erg zult genieten van deze reis en van de reis straks samen met je vrouw."

"Dat ben ik zeker van plan, ja." Bas zweeg even. "En jij? Alleen met je vriendin op reis? Geen vriend achtergelaten?"

"Nee," antwoordde Annemijn resoluut. "Relaties zijn bij mij van korte duur en negen van de tien keer ligt dat aan mij."

"Zo, dat is een heel eerlijk antwoord," merkte Bas op. "Maar, eh… wat mankeert er aan jou, als ik vragen mag? Het ligt in ieder geval niet aan je uiterlijk," zei hij, breed grijnzend.

Annemijn glimlachte naar Bas. "Mijn uiterlijk is mijn valstrik. Daarnaast ben ik altijd rusteloos, heb ik de neiging om altijd weer iets nieuws te willen ontdekken en dan bedoel ik niet op het gebied van mannen, maar in het leven zelf. Ik kan me op de een of andere manier niet settelen." Ze keek peinzend over het meer uit.

"En dat is niet altijd leuk," vulde Bas aan.

Annemijn schudde zwijgend haar hoofd en voelde zich plotseling een beetje verloren. Zat ze hier zomaar met een gelukkig getrouwde man te praten over haar liefdes en haar leven? Voor een man van het type 'Bas' zou ze haar best wel willen doen om haar leven te veranderen, maar zelfs dan was het nog maar de vraag of dat haar rusteloosheid kon verjagen.

Ze draaide haar hoofd weer naar Bas toe en keek hem aan. "Ik ben hier ook met een doel." Ze vertelde Bas over het dagboek, haar zoektocht naar haar voorouders en de antwoorden die ze hoopte te vinden met betrekking tot zichzelf.

"Dat is een mooi streven, om uit te zoeken waar je vandaan komt," vond Bas. "Velen van ons zijn alleen maar bezig met het uitstippelen van hun toekomst, maar ik kan je zeggen dat de toekomst vaak iets anders voor ons in petto heeft." Bas grimaste. "Vooruit kijken is absoluut niet verkeerd, maar er vallen ook antwoorden in het verleden te vinden." Hij legde een moment zijn hand op Annemijns arm en keek haar ernstig aan. "Dus hoop ik dat je iets zult vinden waarmee je in de toekomst verder kunt."

"Dat is heel erg aardig van je," vond Annemijn. Bas trok zijn hand terug en Annemijn glimlachte nog een keer naar hem. Ze bedacht dat de leukste mannen, zoals Bas, meestal al bezet waren. Maar natuurlijk was ze nu niet op zoek naar een man. Eerst moest ze zelf het juiste spoor zien te vinden, zowel letterlijk als figuurlijk. Dat leek haar een wijs idee voordat ze zich weer halsoverkop in een tot mislukken gedoemde relatie stortte.

Plotseling werd de stilte doorbroken door vrolijke kreten. Iets verderop renden twee mannen met alleen een handdoek om hun middel naar het meer toe. Bij de oever aangekomen gooiden ze de handdoek van zich af en sprongen met een luide kreet naakt in het water.

"Aha, die zijn in de sauna geweest. Moet ik ook eens proberen," merkte Bas op.

"En dan in je blootje in het ijskoude meer springen?" Annemijn fronste haar voorhoofd.

"Tja…" Bas krabde eens op zijn hoofd. "Het water is wel erg koud, hè?"

Nadine kwam hun richting uit gesneld. "Zag je dat?" Haar ogen waren groot van verbazing. "Naakte mannen! Ze kwamen zomaar voorbij rennen!" Ze keek naar de beide mannen die inmiddels in het water rondploeterden. "Dit moet het paradijs zijn, dat kan niet anders." Ze gebaarde om zich heen. "Zoveel natuurschoon, de zon die schijnt, heerlijk eten, naakte mannen… Ik wil hier voor altijd blijven."

Zonder een antwoord af te wachten begaf ze zich dichter naar de oever van het meer en voelde met haar hand in het water hoe koud het was, daarbij vrolijk lachend naar de naakte mannen zwaaiend.

"Ja, jouw vriendin is zeer zeker een ander type dan jij bent," merkte Bas voor de tweede keer op.

"Tja, Nadine is gewoon Nadine. Ze waardeert wel degelijk het natuurschoon om ons heen, maar op een andere manier dan wij doen," lachte Annemijn, in de richting van de naakte mannen kijkend.

Bas grijnsde. "Ach, doen we dat niet allemaal op zijn tijd?"

HOOFDSTUK 9

Het was een gok, dat wist Maiken, maar zodra ze weer een keer op moest treden had ze besloten de proef op de som te nemen. Ze had het Midzomernachtlied, dat in het dagboek stond geschreven, thuis op de piano gespeeld en was onder de indruk geraakt van de ontroerende melodie. Ze had het lied in het Engels vertaald en verder uitgewerkt. Hier en daar had ze er nog een eigen muzikale draai aan gegeven en nu was het zover dat ze het eens voor publiek wilde zingen.

Maiken keek vanuit het hoekje waar zij stond de kleine zaal in. Het publiek was gefocust op het podium waar nu nog een bekende populaire Noorse artiest stond, Leif Bjorge. Hij was geboren en getogen op Magerøya en bracht nu een van zijn songs ten gehore. Hij was zelfs bezig naam te maken buiten Noorwegen en tussen alle andere optredens was hij dan ook de hoofdact van de avond. Met zijn zang en gitaarspel trakteerde hij het publiek op zijn muzikale kunnen en de mensen in de zaal hingen aan zijn lippen. En was dat niet om zijn zang, dan was het wel om zijn ranke, soms een tikkeltje excentrieke, verschijning.

Tussen het publiek zag Maiken hier en daar een bekend gezicht. Haar ouders en haar vriendin Kjersti waren er en haar oudtante Anne-Sofie met haar echtgenoot Holden. Een beetje geschrokken ontdekte ze ook haar collega Terje tussen de mensen, maar Olof had ze helaas nog niet gezien. Ze had gehoopt dat hij er zou zijn. Hij wist dat ze haar nieuwe lied ging lanceren.

Normaal gesproken was ze nooit heel erg nerveus, maar nu begonnen de zenuwen haar toch parten te spelen. Ze was een goede zangeres en zong bijna altijd eigen composities. Bestaande songs voorzag ze van een heel eigen tintje, maar dit lied dat ze zo meteen ten gehore zou brengen was een heel ander geval. Het was écht, lang geleden geschreven door iemand die de liefde van haar leven bezong en dat maakte het verschil.

Het publiek begon luid te applaudisseren. Leif Bjorge verliet het podium en verdween achter de coulissen bij Maiken. "Succes, hè!" In het voorbijgaan knipoogde hij naar Maiken en nam met een waarderende blik haar nauwsluitende, zwarte broek met topje op waarin ze er, zonder dat ze er zelf erg in had, ontzettend sexy uitzag.

"Dank je," zei Maiken glimlachend. Ze hoorde dat ze werd aangekondigd en haalde diep adem. Vergezeld van een vrolijk applaus liep ze het podium op en ging achter een inmiddels gereedstaande piano zitten.

Tientallen gezichten keken haar verwachtingsvol aan, iets wat haar in andere situaties niet zoveel zou kunnen schelen, maar nu...

Ze boog haar hoofd iets naar de microfoon toe en keek tegelijkertijd de zaal in. "Goedenavond," wist ze toch met krachtige stem uit te brengen. "Het eerste lied wat ik ga zingen is nieuw in mijn repertoire en ruim honderd jaar geleden door een ver familielid van mij, speciaal voor haar geliefde, geschreven." Ze wachtte een paar tellen voordat ze verder sprak. "Het heet Midzomernachtlied."

Maiken plaatste haar vingers op de toetsen van de piano en het geroezemoes in de zaal verstomde. Ze sloeg de eerste noot aan en daarna ging het vanzelf. Haar zenuwen verdwenen en ze zong en speelde vol overgave, één wordend met degene die het liefdeslied had geschreven.

Zodra de laatste noot was weggestorven bleef het even stil in de zaal. Maiken hield een moment haar adem in en durfde bijna niet naar het publiek te kijken. Plotseling barstte er een oorverdovend applaus los en gleed er een enorme last van haar schouders. Ze stond van de pianokruk op en nam met een stralende lach het applaus in ontvangst. Het publiek was zelfs gaan staan en tussen alle enthousiaste gezichten ving ze de bewonderende blik van Terje op. Snel keek ze een andere kant uit; hoe vleiend het ook was, ze had liever een bewonderende blik van Olof gezien.

Nadat het applaus verstomd was, nam ze weer plaats achter de piano en bracht nog een paar nummers ten gehore. Na het laatste nummer kwam ze tot de conclusie dat dit haar beste optreden tot nu toe was. Ze had de aandacht van de aanwezigen goed vast weten te houden en het publiek was na het Midzomernachtlied oprecht enthousiast gebleven.

Aan het einde van haar optreden verliet ze, begeleid door een daverend applaus, het podium. Achter de coulissen stond tot haar grote verrassing Leif Bjorge haar met een brede glimlach op zijn gezicht op te wachten. Ze had verwacht dat hij allang vertrokken zou zijn. Hij was een gewilde zanger en had altijd genoeg optredens op zijn programma staan.

"Maiken Dahlberg," zei hij hoofdschuddend zodra ze zich binnen gehoorsafstand bevond, "volgens mij ben jij de ster van de avond.

Fantastisch zeg, dat eerste lied. Je zingt trouwens sowieso prachtig." Hij keek Maiken met zijn donkere ogen ernstig aan.

"Dank je," zei Maiken, vereerd met zo'n compliment van een nationale beroemdheid.

"Je zou met dat Midzomernachtlied een hit kunnen scoren als je dat wilt," meende Leif. Hij leek even na te denken. "Ik zou je kunnen helpen om de juiste wegen te bewandelen."

"O, eh…" Maiken was met stomheid geslagen. Bood dé Leif Bjorge haar zijn hulp aan om meer bekendheid te krijgen? "Ik, eh… Ik weet niet wat ik moet zeggen… Geweldig!"

Leif overhandigde haar een visitekaartje waarop een naam en een telefoonnummer stonden. "Het telefoonnummer is van mijn manager, maar omdat ik graag zelf iets met je wil afspreken, moet je gewoon naar mij vragen. Ik laat hem wel weten dat je misschien contact zult opnemen. Denk er eens over na. Je bent een juweeltje tussen alle zangeressen."

Maiken knikte gedwee, nog steeds sprakeloos door het plotselinge succes van haar nieuwe lied. "Ik zal erover nadenken," beloofde ze.

"Oké," zei Leif. "Ik hoop dat je er iets in ziet om met mij in zee te gaan, maar nu moet ik ervandoor. Nog een optreden… Dus, wie weet, tot ziens." Hij draaide zich om, waarbij zijn lange, in een staart bij elkaar gebonden, donkerbruine haar zichtbaar werd.

"Tot ziens," prevelde Maiken verbouwereerd tegen zijn verdwijnende rug.

Leif bood haar een kans uit duizenden! Maar wilde ze dat wel? Haar familie had er al eens op aangedrongen om met een talentenjacht op tv mee te doen, maar dat zag ze helemaal niet zitten. Als ze al ontdekt zou worden, dan moest dat volgens haar op een spontane, onverwachte manier gebeuren en niet met duizenden mensen die haar zingend op de beeldbuis auditie zagen doen. Nou, dit was zo'n spontane, onverwachte manier...

Veel tijd om daar verder over na te denken kreeg ze niet, want haar collega Terje kwam de ruimte binnen lopen. Hij hield een hand achter zijn rug en grijnsde van oor tot oor.

"Hallo, juweeltje," zei hij plagend. "Ja, sorry hoor, ik ving toevallig op wat Leif zei, maar hij heeft helemaal gelijk. Wat een stem... en wat een vrouw ben jij..." Hij wierp voor de tweede keer deze avond een bewonderende blik op Maiken. "En daarom," vervolgde hij, "wil ik je dit geven, omdat je de schoonheid bezit van een prachtige bloem. Een schoonheid die verder ontluikt zodra jij gaat zingen."

Terje haalde een in folie verpakte donkerroze roos achter zijn rug tevoorschijn, waar vrolijke, witte en roze gekrulde linten omheen dansten en overhandigde de bloem aan Maiken.

"O, Terje..." Maiken was alweer met stomheid geslagen. Ze vond het ontzettend lief en attent dat Terje zoiets voor haar had meegenomen en zijn lovende woorden zouden iedere andere vrouw waarschijnlijk niet onberoerd laten, maar haar hart ging uit naar Olof. Ze zou zo graag dat soort woorden uit de mond van Olof horen.

"Dank je wel..." stamelde Maiken. "Wat een prachtige roos."

"Net zo prachtig als jij bent," liet Terje haar nog een keer weten. Hij boog zich voorover en kuste haar teder op haar wang. "Gefeliciteerd met dit succes. Ik hoop voor je dat je echt door zult breken."

"Maiken?"

De stem die haar naam noemde was de stem waarop ze hele avond gehoopt had. Olof verscheen binnen haar blikveld. Hij keek van Maiken naar Terje en nam de laatste met een wantrouwende blik op.

"Olof, dit is Terje, een van mijn collega's," zei Maiken snel bij het zien van de blik in Olofs ogen. "Terje, dit is Olof, een goede vriend en dorpsgenoot van mij." De beide mannen schudden elkaar de hand, daarbij taxerende blikken op elkaar werpend.

"Goed," zei Terje, "dan ga ik ervandoor. Ik heb morgen een vroege vlucht." Hij drukte nog een kus op Maikens wang en knikte naar Olof voordat hij verdween.

Olof had het tafereeltje met gemengde gevoelens gadegeslagen. "Was het nou nodig dat hij jou twee keer kuste?" bromde hij op het moment dat Terje de ruimte had verlaten.

Maiken moest een glimlach onderdrukken. Olof was jaloers…

Ze haalde haar schouders op. "Hij wilde mij feliciteren."

"Met je aanpappen, zul je bedoelen." Hij keek nog eens in de richting waarin Terje verdwenen was.

"Je hebt het gemist," zei Maiken plotseling, licht verwijtend. "Mijn nieuwe lied."

Olof keek Maiken schuldbewust aan. "Ja, het spijt me. Ik had problemen met mijn boot. Ik had je graag horen zingen. Je weet dat ik je stem mooi vind… Meer dan mooi zelfs… Het spijt me echt heel erg."

"Het geeft niet," zei Maiken, nu toegeeflijk glimlachend. "Wat is er met je boot?" Zijn boot was natuurlijk wel een onderdeel van zijn bron van inkomsten en als daar iets mee aan de hand was betekende het dat hij niet kon uitvaren.

"O, dat is gelukkig alweer opgelost," wuifde Olof haar vraag weg. "Daarna ben ik zo snel mogelijk hierheen gekomen, maar helaas was ik te laat voor jouw optreden."

"Als je met mij mee naar huis gaat, kruip ik speciaal voor jou nog een keer achter de piano en laat jou mijn nieuwe lied horen," stelde Maiken voor. "Een privéoptreden."

"O, dat is…" Olof wreef onzeker met zijn hand langs zijn nek. "Ik weet niet of…"

"Dat is een heel goed idee, vind ik zelf," hielp Maiken hem te beslissen. "Ik meld hier nog even dat ik wegga en daarna gaan we gezellig bij mij thuis iets drinken en zal ik voor je zingen."

Ze vond haar eigen idee briljant. Samen met Olof in een intieme sfeer bij haar thuis. Sinds de laatste keer dat hij lasagne bij haar had gegeten, hadden ze samen niets meer afgesproken. Het werd tijd dat ze weer eens een poging deed hun relatie te verbeteren. En dan niet alleen op het gezellige vlak, maar vooral op liefdesgebied.

O ja, ze kon zich er na het incident met haar ovenklokje eindelijk weer eens op verheugen een man over de vloer te hebben. En wat voor een man! Een stoere, hardwerkende en zelfs sexy man. Het was alleen jammer dat Olof zelf niet doorhad wat voor effect hij op vrouwen had. Ze hoopte dat hij vanavond in de stemming zou zijn om nog eens een toenaderingspoging te wagen. Zij was dat in ieder geval wel!

Thuis haalde Maiken voor Olof en zichzelf een biertje uit de koelkast en vertelde hem over haar ontmoeting met Leif Bjorge. Daarna ging ze achter de piano zitten. Ze speelde eerst zomaar een riedeltje voordat ze met het Midzomernachtlied begon. Olof stond in een hoek van de kamer met het biertje in zijn hand en terwijl ze begon te spelen zag Maiken hem vanuit haar ooghoeken naar haar kijken. Af en toe nam hij een slok van zijn bier.

Zodra ze begon te zingen zong ze met al haar gevoel, alleen voor Olof. Ze sloot haar ogen en concentreerde zich op de tekst. Ze schrok niet eens toen ze na een paar regels zijn handen op haar schouders voelde en Olofs mond zacht langs haar haren voelde strijken. Ze zong en speelde uiterlijk rustig door, maar genoot van zijn strelende handen langs haar schouders en zijn lippen die nu heel even teder haar wang raakten. Ze moest de neiging onderdrukken zich om te draaien, hem naar zich toe te trekken en hem onder talloze, hartstochtelijke kussen te bedelven.

De laatste klanken van haar lied galmden door de kamer heen en Maiken bleef een ogenblik stil en met gesloten ogen op de pianokruk zitten, Olofs handen warm en stevig op haar schouders voelend.

"Maiken?" hoorde ze hem met schorre stem zeggen. "Dat was prachtig. Ik begrijp heel goed dat die Leif iets in je ziet."

Langzaam draaide Maiken zich naar hem toe. "Dank je." Ze keek glimlachend naar hem op. In zijn mooie, grijze ogen meende Maiken een verlangen te zien smeulen, maar zeker weten deed ze het niet. Ze opende haar mond om iets te zeggen, maar Olof was haar voor. Tergend traag boog hij zich naar haar toe en kuste haar. Een kus zo licht als een veertje, maar waarin na een paar tellen de passie al snel de overhand kreeg.

Maiken beantwoordde zijn kus maar al te graag. Dit was de Olof die ze graag beter wilde leren kennen, de Olof waarnaar ze verlangd had. Tussendoor keek ze hem een moment ademloos aan. "Olof," fluisterde ze. "Weet je hoelang ik al…"

Olof smoorde haar woorden met een nieuwe kus en keek haar daarna weer met een intense blik in zijn ogen aan. "Er dansen kleine, gouden sterren in je ogen, Maiken. Als ze aan het heelal zouden staan, zouden ze het helderste schitteren van allemaal."

"O, Olof…" Maiken kreeg een brok in haar keel bij zijn mooie woorden. Zoiets gevoeligs had ze totaal niet achter hem gezocht. Ze stond van de pianokruk op en pakte Olofs hand beet. Dit was het moment waarop ze al zo lang gewacht had en ze wilde niet nog langer wachten. Ze wilde meer dan alleen een kus.

"Kom," fluisterde ze. "Laten we naar boven gaan, naar mijn slaapkamer…"

Maar Olof bleef staan waar hij stond.

"Maiken," zei hij zacht, "Ik zou heel graag willen, maar… ik kan dit niet. Ik…" Er verscheen een droevige blik in zijn ogen.

"O jawel, Olof, je kunt dit juist heel erg goed." Maiken glimlachte en probeerde hem de woonkamer uit te loodsen, maar dat lukte niet.

Olof maakte zich van haar los. "Het spijt me… Het kan gewoon niets worden tussen ons."

Maiken keek Olof verbaasd aan. "Hoe bedoel je?" Ze kreeg het vervelende voorgevoel dat Olof weer tussen haar vingers door glipte.

Olof haalde met een gepijnigd gezicht zijn schouders op. "Misschien is het beter als we gewoon vrienden blijven en niet meer dan dat," zei hij op vlakke toon.

Maiken schudde niet-begrijpend haar hoofd. "Waarom zouden we niet meer dan vrienden kunnen worden?"

"Het spijt me," zei Olof nog een keer. Hij liep de kamer uit en ze hoorde de voordeur achter hem dichtvallen.

Maiken staarde verbijsterd voor zich uit. Wat was er aan de hand? Had ze iets verkeerds gedaan of gezegd? Kon ze misschien niet goed genoeg kussen naar zijn zin? Ze had wel eens wat losse vriendjes gehad, maar veel oefenmateriaal was het niet geweest. Haar leven was zo druk dat er weinig tijd over was voor een relatie. Bovendien had ze eigenlijk altijd alleen Olof maar gewild. Met Olof was het anders... vóélde het anders dan met iedere andere man...

Maiken zuchtte diep. Er moest een verklaring voor zijn waarom Olof opeens was weggelopen. Er moest meer aan de hand zijn. Hij had gezegd dat hij heel graag zou willen maar het niet kon. Wat bedoelde hij daarmee?

Verdrietig ging Maiken op de pianokruk zitten. Juist nu ze zo dicht bij de 'echte' Olof was gekomen, was het op niets uitgedraaid.

Met een woest gebaar zette ze haar vingers op de toetsen en begon te spelen.

Een paar tellen later zong ze met de melodie mee.

*

Oudtante Anne-Sofie liep samen met haar man Holden langs
Maikens huis. Ze waren met een van de buren meegereden naar
het optreden van Maiken en hadden daarna bij dezelfde buren nog
een hartversterkend drankje genuttigd.

Anne-Sofie had een traantje moeten wegpinken op het moment
dat Maiken het Midzomernachtlied ten gehore had gebracht. Het
deed haar denken aan de keren dat haar moeder en grootmoeder
het hadden gezongen. Anne-Sofie was toen nog een klein meisje
geweest die, met een pop in haar armen geklemd, naar de mooie
melodie had geluisterd.

Maar nu hoorde ze Maiken op een andere manier zingen en zo te
horen klonk het alsof Maiken een probleem had. In plaats van dat
haar stem mooi en helder door de avondhemel zweefde, klonk de
stem boos en afgemeten.

Olof, dacht Anne-Sofie. Ja, daar moest Olof de oorzaak van zijn.
Wanneer ging die jongen nou eens inzien dat hij een geweldige
vrouw kon krijgen, dacht Anne-Sofie zuchtend.

Ze keek Holden aan en hij trok zijn smalle, oude schouders op.
Hoofdschuddend schuifelden ze hand in hand door naar hun eigen huis. Nee, ze mocht dan wel oud en rimpelig zijn en eruit zien
als een breekbaar, bejaard dametje, maar ondanks haar hoge leeftijd ontging er Anne-Sofie beslist niet veel.

HOOFDSTUK 10

Het schip gleed, iets overhellend, als een grote, statige watervogel door de golven en de crèmekleurige zeilen staken als enorme vleugels tegen de wolkenhemel af. Op de rotsachtige kust spatten aanrollende golven in een explosie van wit schuim uit elkaar en eilanden in allerlei formaten leken als een onverwachte verrassing uit zee op te doemen.

Hedde stond achter het roer van de 'Wendelina' en genoot met volle teugen, zoals hij iedere keer weer genoot wanneer hij zich op zee bevond en de zoute zeewind in zijn haren en langs zijn gezicht voelde blazen.

Op het dek was Jorn samen met een van de andere bemanningsleden bezig uit te leggen hoe de passagiers die dat wilden, behulpzaam konden zijn bij het hijsen en neerhalen, dat strijken werd genoemd, van de zeilen. Espen was in de kombuis een maaltijd aan het voorbereiden en leek veel plezier in zijn nieuwe baan te hebben. En behalve dat, had hij gelukkig zeebenen.

Hedde glimlachte. Dit was wat hij voor ogen had: zijn, en ook Jorns passie op een ontspannen en gemoedelijke manier delen met de mensen aan boord.

De twee jonge, giebelende vrouwen die, volgens Jorn, een oogje op hem schenen te hebben, giebelden niet zo hard meer. Een van hen zat wit weggetrokken op een houten bankje langs de reling van het schip naar de deinende horizon te staren en de andere hing, met een spuugzak in haar handen geklemd, zelfs half over de reling heen. Tja, dat kreeg je ervan als je te veel benedendeks verbleef omdat je de nieuwe kok heel erg leuk vond. En, o nee, pilletjes tegen zeeziekte hadden zij niet nodig, hoor, hadden ze met veel bravoure gezegd...

Niet iedereen beschikte over zeebenen en een sterke maag. En het was geen plezierreisje waaraan je deelnam in de hoop een aantrekkelijke man te versieren. Dan bevond je je op de 'Wendelina' niet helemaal op de juiste plek, maar was een of ander zuidelijk strand meer iets voor je.

Hedde was in ieder geval blij dat hij weer vrij man was. Met Lisa was het toch nooit echt iets geworden. Zij kon zich niet in zijn manier van leven verplaatsen. Maar kon hij zich eigenlijk wel in de manier van leven van een vrouw verplaatsen, dook ergens in zijn hoofd een stemmetje op. Misschien was een relatie helemaal niets voor hem en was hij gedoemd om voor altijd alleen over de zeeën te zwerven, want - zoals Lisa hem al eens verweten had - niet een vrouw, maar de zee en zijn schip waren zijn grote liefde.

Hedde trok even met zijn schouders. Wat een onzin! Hij hoefde toch niet zijn leven lang alleen te blijven alleen omdat hij zijn droom wilde verwezenlijken? Nee, vrouwen hadden op dit moment niet zijn prioriteit, maar hij zou vast wel eens iemand tegen het lijf lopen die hem accepteerde zoals hij was: een zeevarende man, die met hart en ziel van zijn werk hield, maar net zo goed passie voor een vrouw kon voelen. Hij was alleen nog niet de juiste vrouw tegengekomen, maakte hij zichzelf wijs, terwijl hij uit alle macht probeerde niet aan Annemijn te denken.

Espen kwam vanuit de kombuis het dek op klauteren en meldde

dat er zo meteen een heerlijke lunch geserveerd ging worden. Straks zouden ze in een beschutte, kleine baai aanmeren en daar het middageten nuttigen.

Het woord 'lunch' had bij de over de reling hangende vrouw niet het gewenste effect dat Espen voor ogen had. Met kokhalzende geluiden bukte ze zich nog verder over de reling heen. Gelukkig reageerden de andere passagiers een stuk enthousiaster bij Espens mededeling en verheugden zich op een lunch in een schilderachtige omgeving, waar kleine, houten huizen in vrolijke kleuren de kust opsierden en nog deels met sneeuw bedekte bergen als grote, grijs-witte reuzen het landschap domineerden.

Hedde slaakte een diepe, tevreden zucht. Wie had er een vrouw nodig bij zoveel moois om zich heen? Ja, het was natuurlijk heel plezierig als er een vrouw in bed op je lag te wachten. Maar het zien van de dan weer woeste, dan weer ingetogen schoonheid van de zee en al het andere overweldigende natuurschoon om hem heen viel toch altijd weer in het nadeel van een vrouw uit.

Ja, de vrouw die hem net zo kon boeien als het avontuurlijke leven dat hij nu leidde, dat zou de vrouw zijn die bij hem hoorde.

*

Vossevangen, 26 juni 1899
Wat een reis! Op de bergweg vanaf Haukelisaeter stortte, achter ons rijtuig, een rotsblok naar beneden waarvan de paarden net zo schrokken als ik deed. Gelukkig zijn we allemaal ongedeerd gebleven. Soms is het zo koud in de bergen dat het wel winter lijkt en

doen mijn handen en voeten pijn van de kou. En ook al heb ik zo
veel mogelijk warme kleding meegenomen, soms vraag ik me af
waaraan ik begonnen ben. Maar ik mag niet opgeven. Op die mo-
menten denk ik aan Onne en zorgt de herinnering aan het vuur
van onze liefde ervoor dat ik de kou vergeet. Ja, de natuur is hier
van een ongekende schoonheid, maar ook van een onverwachte
verraderlijkheid.
De tocht voerde langs een bijzonder indrukwekkende waterval.
Het waren er zelfs twee naast elkaar. Daarna ging het langs een
langgerekt, smal water dat fjord wordt genoemd en schilderachti-
ge uitzichten op de omringende bergwereld bood.

"O, bah! Het lijkt wel of het regent!" riep Nadine boven het geraas
van de waterval uit. Ze stond op een parkeerplaats en keek naar de
Låtefoss, een waterval, die vanaf zo'n 165 meter hoogte naar beneden stortte. "Volgens mij zie ik dubbel, ik zie er twee!"
"Volgens mij heb jij nog een kater van gisteravond," plaagde Annemijn haar.
"Ja, ik weet ook wel dat ik gisteravond beter niet zoveel had kunnen drinken, maar het was onwijs gezellig!"
Ze hadden vanmorgen bij Haukeliseter afscheid genomen van
Bas en de andere motorrijders en dat vond vooral Nadine heel
jammer. De mannen bleven daar nog een dag om de omgeving
rond Haukeliseter te voet te verkennen.
"Maar, eh… het zijn toch echt twee watervallen, hè?" Nadine
keek nog eens fronsend naar de wilde waterstromen.
"Maak je geen zorgen, er is niets mis met je ogen," stelde Anne-

mijn haar vriendin gerust. "Ze noemen de waterval niet voor niets de tweelingwaterval."

"O, gelukkig," zei Nadine opgelucht. "Ik dacht echt even dat ik nog niet helemaal goed wakker was. Maar indrukwekkend, zeg." Ze keek naar boven waar vanuit de bergen de twee watervallen dicht naast elkaar naar beneden kwamen denderen. De watermassa perste zich met geweld tussen de bogen van een stenen brug door, waarover de weg liep, en raasde daarna verder naar de naast de weg gelegen rivier.

Annemijn veegde voor de zoveelste keer de lens van haar fotocamera droog. De door de waterval veroorzaakte nevel zorgde er telkens voor dat ze bijna niets meer scherp in beeld kon krijgen. Er waren nog meer toeristen gearriveerd en Annemijn maakte snel een paar foto's voordat er allerlei mensen voor haar camera heen en weer gingen lopen

"Dit is de waterval waarover Meike in haar dagboek schreef," zei Annemijn tegen Nadine toen ze naar hun iets verderop geparkeerde auto terugliepen. Annemijn voelde een vreemd soort verbondenheid met Meike en de plek waar ze zich nu bevond. Meike die felle kou en waarschijnlijk nog zoveel andere ontberingen had moeten doorstaan. Nee, de reis die Nadine en zij nu maakten was niet te vergelijken met Meikes reis. De wegen waren vroeger nog onverhard en een traject werd in dit gebied alleen met paard en wagen, een rijtuig of te voet afgelegd. Auto's waren hier in die tijd vast alleen voor de rijken weggelegd. Ze was dan ook heel erg benieuwd naar de rest van de reis. Ze wist dan wel hoe het verhaal in het dagboek verliep, maar kon zich geen voorstelling maken van de omgeving waar het zich afspeelde en ze keek ernaar uit de plaatsen te bezoeken die Meike ook had bezocht. Ja, dit was nu al een speciale reis en ze waren nog maar net op weg.

"Ik mis Daan wel een beetje, hoor," mopperde Nadine. Daan was een van de motorrijders, vrijgezel en nogal gecharmeerd van Nadine. "Dat is het nadeel van reizen, dat je allemaal weer een andere kant op gaat."

Annemijn vond het ook jammer Bas niet meer te kunnen spreken. Hij was een plezierige gesprekspartner gebleken, maar zo ging dat als je op reis was. Je ontmoette mensen en daarna ging je weer ieder je eigen weg.

"Je had bij Daan achter op de motor kunnen springen en met hem verder kunnen reizen," merkte Annemijn op.

"Nee joh!" riep Nadine uit. "Ik laat jou echt niet alleen, hoor. Ik ben veel te nieuwsgierig naar de reis in het dagboek."

Annemijn en Nadine stapten in hun auto en reden vanaf de parkeerplaats de weg weer op. Ze genoten zwijgend van het natuurschoon dat als een steeds wisselend schilderij door hun voorruit zichtbaar was.

"Maar stel dat je de ware tijdens deze reis zou tegenkomen?" vroeg Annemijn op een gegeven moment. "Zou je dan bij hem blijven of zou je dan toch nog met mij meereizen?"

"Als het echt de ware is dan wacht hij wel totdat ik weer terug ben van deze reis. Zoveel geduld moet hij wel kunnen opbrengen," meende Nadine.

"En als jijzelf nu eens niet het geduld kunt opbrengen om zo lang te wachten?" Annemijn kende haar vriendin al langer dan vandaag.

"Zeg, is dit een kruisverhoor of zo? O, kijk!" Nadine wees naast de weg waar een lang, smal fjord zichtbaar was en ontweek daarmee handig Annemijns vraag. "Wat mooi! Kijk die hoge bergen. Er ligt nog sneeuw bovenop en die spiegeling in het water!"

"Ja, ja, praat er maar overheen… Jemig, het is hier echt smal!" Annemijn stuurde de auto zover mogelijk naar de kant van de weg om een touringcar uit tegenovergestelde richting te kunnen passeren. "Gelukkig zitten we aan deze kant van de weg en niet aan de waterkant." Nadine leunde iets naar voren om naar de andere kant van de weg te kunnen kijken. "Volgens mij zijn deze wegen nog steeds op rijtuigen afgestemd."

"Tja, ze hebben hier nu eenmaal niet altijd zoveel ruimte om wegen aan te leggen als bij ons. En volgens mij is het ook nog eens een zoveel jarenplan als ze daaraan beginnen."

"Als je het erover hebt…" Nadine wees naar een bord waarop wegwerkzaamheden werden aangegeven. Iets verderop reden werkvoertuigen heen en weer op een stuk opgebroken weg. "Ho! Een stoplicht!"

Het licht stond op rood en Annemijn stopte keurig als eerste in de rij. Vanuit tegenovergestelde richting kwam een rij auto's over het stuk opgebroken weg aangereden en zodra de rij hen gepasseerd was, sprong het stoplicht op groen. Langzaam hobbelden Annemijn en Nadine over het stuk onverharde weg heen dat bezaaid lag met stenen van het formaat tennisbal.

"Tjonge, er komt geen eind aan," mompelde Nadine. "Hè? Wat is dat voor geluid?"

Ergens vanaf de voorkant van hun auto klonk een raar, bonkend geluid.

Annemijn fronste haar wenkbrauwen. "Nee zeg, het lijkt op een lekke band."

"Een lekke band?" echode Nadine. "Hier op dit smalle stuk weg waar niemand ons kan passeren en wij niet aan de kant kunnen gaan staan? En het licht straks weer voor de andere kant op groen springt?" voegde ze er met een licht paniekerige stem aan toe.

Annemijn liet de auto tot stilstand komen.

"Wat doe je nou? Kun je niet doorrijden tot we van dit rare stuk weg af zijn?" vroeg Nadine met nog iets meer paniek in haar stem.

"En dan mijn hele band en misschien zelfs mijn velg kapot rijden op al deze stenen?" Iemand van de wegwerkers begon te gebaren dat ze moesten doorrijden, maar Annemijn was niet van plan daar gehoor aan te geven. Daar kwam nog bij dat ze geen kant op konden. Aan de ene kant was een rotswand waar de wegwerkzaamheden aan de gang waren en aan de andere kant lag, een heel stuk lager, de fjord.

De wegwerker, een man van middelbare leeftijd met een flinke buik, kwam naar hen toe lopen en Annemijn liet het autoraam zakken.

"Zou u door willen rijden? U houdt het verkeer op," deelde de man hen in het Engels mee. Blijkbaar had hij hun nummerbord gezien.

"Het spijt me, maar ik denk dat ik een lekke band heb," antwoordde Annemijn.

De man keek naar de onderkant van de auto, liep er omheen en knikte toen. Bij het open raam aangekomen meldde hij dat de rechtervoorband inderdaad lek was.

"O, verdraaid!" verzuchtte Annemijn.

"En nu?" vroeg Nadine aan de man.

De man krabde zich eens in zijn nek, keek in de richting van zijn collega's en leek na te denken. Een van zijn collega's had door dat er iets aan de hand was en Nadine ging meteen rechtop zitten zodra hij naar hen toe kwam lopen.

"Ooo, *my…*" Met ogen zo groot als schoteltjes keek ze naar de lange, goedgebouwde man die steeds dichterbij kwam. "Ik droom…"

Annemijn volgde Nadines blik en kon het eigenlijk alleen maar met haar vriendin eens zijn. De man, gekleed in een lange, stoere werkbroek, waar aan een riem het een en ander aan werkattributen hing, had vanwege het warmere weer boven zijn broek alleen maar een fluorescerend hes aan, waardoor zijn gespierde, zongebruinde armen en schouders zichtbaar waren. Op zijn hoofd droeg hij een veiligheidshelm, wat zijn sexy uiterlijk alleen maar versterkte.

Annemijn stelde zich voor hoe hij, als in een film, in slow motion naar hen toe kwam lopen, compleet met bijpassende, zwoele muziek en moest even slikken.

Bij de auto aangekomen zei hij iets tegen zijn collega en lachte een rij perfecte tanden bloot, oogverblindend wit afstekend tegen zijn gebruinde gezicht.

"Knijp eens in mijn arm," siste Nadine tegen Annemijn. "Dit kan niet echt zijn." Daarna lachte ze verleidelijk naar de man, die nu met een arm op de rand van het openstaande autoraam leunde en naar binnen keek.

"Ik ga jullie naar de dichtstbijzijnde garage brengen," meldde hij. "Als jullie uit zouden willen stappen dan kan dat zo snel mogelijk geregeld worden, zodat we het verkeer niet langer ophouden." Er was inmiddels een lange rij auto's achter hen ontstaan.

"Ja, eh… ja, natuurlijk," hakkelde Annemijn, een beetje van haar stuk gebracht door deze onverwacht zeer prettige verschijning.

Nadine stond al buiten de auto en drentelde naar de man toe. Annemijn volgde haar voorbeeld en voor ze goed en wel wisten wat er gebeurde, werd hun auto op een van de grote werkauto's gesleept, waarop normaal gesproken werkvoertuigen vervoerd werden, en zaten Annemijn en Nadine voor in de cabine naast hun droomman. Nadine zat natuurlijk in het midden en raakte af en toe 'per ongeluk' zijn arm aan als ze over een obstakel reden of een bocht maakten.

"En Daan dan?" mompelde Annemijn onderweg.

"Daan?" Nadine trok haar wenkbrauwen op. "Wie was Daan ook alweer?" Ze liet een ondeugende grijns zien en legde uitdagend een hand op de gespierde arm van haar nieuwe vlam.

Annemijn schudde glimlachend haar hoofd en keek de rest van de weg naar het imponerende landschap dat aan hen voorbijgleed. Eigenlijk veel interessanter dan de man die achter het stuur zat. Want al zag iemand er nog zo aantrekkelijk uit, het was maar afwachten wat voor karakter hij had. Soms kwam het karakter niet helemaal overeen met de veelbelovende buitenkant. Was ze daar niet zelf het levende bewijs van, dacht Annemijn met de nodige zelfspot. Dat was precies wat ze Bas verteld had.

HOOFDSTUK 11

Stalheim, 29 juni 1899

Op een gegeven moment moest ik beslissen of ik naar de stad Bergen zou afreizen om met een schip van de Hurtigruten mee naar het noorden te varen of dat ik verder over land zou gaan en later in een andere plaats op het schip zou stappen.

Ik heb besloten voor het laatste omdat ik een aardige, Noorse jongeman heb leren kennen en al kan ik hem niet goed verstaan, ik heb begrepen dat hij ook op doorreis is, omdat hij ergens als schoolmeester is aangenomen, en we misschien samen zouden kunnen reizen. Misschien is het niet gepast om met een vreemde man te reizen, maar het lijkt mij dat hij geen bijbedoelingen heeft en het geeft mij een veiliger gevoel.

Vandaag heb ik brieven verstuurd naar mijn familie en Jakobina Ezinga. Gelukkig beleef en zie ik hier zoveel dat ik bijna niet aan thuis hoef te denken. Ook mijn lieve Onne heb ik een brief geschreven dat ik naar hem toe kom. Ik kan bijna niet wachten...

Nu bevind ik mij in een hooggelegen hotel in Stalheim. Het landschap is zo dramatisch en adembenemend mooi dat er zelfs kunstschilders naar het hotel komen om dit op het doek vast te leggen.

Hotel Stalheim lag boven aan een spectaculaire bergpas. De smalle weg naar boven werd meer dan drie eeuwen geleden al door reizigers gebruikt. De nieuwe weg liep via tunnels dwars door de bergen heen, maar omdat Meike over de bergpas was gereisd, hadden Annemijn en Nadine besloten voor deze oude weg te kiezen. De lekke band was weer gerepareerd en ze hadden de wegwerker, die hen naar de garage had gebracht, uitvoerig bedankt voor zijn snelle hulp.

"Een beetje jammer dat hij getrouwd was." Nadine haalde spijtig haar schouders op.

"Tja, hij was natuurlijk al veel te mooi om waar te zijn," zei Annemijn terwijl ze de parkeerplaats van het hotel opreden. "Je was vergeten je vragen op hem af te vuren: of hij single was, van vrouwen hield…"

"Ja, dat kwam omdat ik nogal overrompeld was door zijn verschijning," gaf Nadine toe. "En dan heb ik ook nog zo klef zitten doen door hem af en toe even aan te raken. En wat zegt hij? *Sorry, ik heb al een leuke vrouw, maar mocht ze ooit bij mij weggaan…*" Nadine snoof. "Bah! Dat heb ik weer! Waarom ben ik ook altijd meteen zo vrijpostig?"

"Ach, die man zie je waarschijnlijk nooit meer terug, dus dat maakt niet meer uit," vond Annemijn. "En ja, zo ben jij nu eenmaal, zoals ik rusteloos ben."

"Je zult wel gelijk hebben. Dus dit is niet meer hetzelfde hotel als waarin Meike gelogeerd heeft?" vroeg Nadine, abrupt van onderwerp veranderend.

"Nee, het hotel is diverse malen afgebrand en dit is een versie uit 1960, geloof ik." Ze keken beiden naar het uit hout opgetrokken hotel in de typisch Noorse rode kleur. Voor het hotel stonden een aantal touringcars geparkeerd en Annemijn stuurde hun auto naar de andere kant van de parkeerplaats waar nog ruimte genoeg was.

"Wat doen we? Blijven we hier een nacht?" vroeg Annemijn aan Nadine.

"Als ons budget het toelaat en anders nemen we voortaan onze toevlucht tot kampeerhutten."

"Oké, een goed idee, maar laten we hier dan nog een keer overnachten. Het uitzicht vanuit het hotel moet echt fantastisch zijn en dat wil ik zien omdat Meike het ook gezien heeft."

Nadine knikte begrijpend. Ze stapten uit en checkten even later in voor een kamer met twee aparte bedden en het veelgeprezen uitzicht op het Naerøydal. Zodra ze de kamer binnen stapten, werden ze meteen naar het raam toe getrokken.

"Wauw!" was Nadines eerste reactie. "Dat is nog eens een uitzicht!"

Recht voor hen lag de hoteltuin en in de diepte daarachter strekte zich, tussen dicht tegen elkaar aan gelegen steile, hoge bergen, een smal dal uit. Op de kale toppen van de deels beboste bergen lag nog sneeuw, dit in tegenstelling tot het dal waar zich een weg door het groen heen slingerde. Het leek alsof alles speciaal voor dit uitzicht achter elkaar neergezet was, wat een bijna ongeloofwaardig 3D-effect teweegbracht.

"Ik kan me voorstellen dat kunstschilders hier naartoe reisden om dit vast te leggen. Dramatisch is inderdaad het juiste woord," vond Annemijn.

Elkaar aftroevend in het slaken van bewonderende uitroepen genoten ze uitgebreid van het overweldigende uitzicht.

"Hoe laat is het eigenlijk?" Annemijn keek op haar horloge. "Zullen we een hapje eten en dan buiten de boel verkennen?"

Daar stemde Nadine meteen mee in.

Het hotel bleek heerlijke maaltijden te serveren en ook het dessert was een 'waar feestje voor de smaakpapillen' zoals Nadine het uitdrukte.

Verschillende ruimtes in het hotel waren sfeervol gedecoreerd met antieke voorwerpen en schilderijen en Annemijn kon er niets aan doen dat ze zich steeds afvroeg of Meike die voorwerpen ook gezien had en misschien zelfs had aangeraakt.

*

Na de maaltijd liep Annemijn de hoteltuin in. Nadine wilde eerst haar familie mailen en zat met haar kleine laptop in de hotellobby. Annemijn stak het grasveld over dat omgeven werd door een laag, uit natuurstenen opgetrokken muurtje. Bij het muurtje bleef ze staan. Het uitzicht was er bijna hetzelfde als vanuit hun kamer raam, maar in de frisse berglucht voelde alles intenser aan.

Zou Meike zich nooit eenzaam hebben gevoeld, peinsde ze. Zo helemaal alleen op reis in een ver en vreemd land? Ja, ze had kennisgemaakt met een jonge onderwijzer, maar de taalbarrière was toch wel een struikelblok, leek haar. Tenminste in het begin wel. Uit het dagboek was gebleken dat Meike een moedige vrouw was en Annemijn kon alleen maar wensen dat zijzelf ook zo moedig zou zijn, wanneer dat nodig was.

"Prachtig, hè? Het uitzicht."

Annemijn hoorde een vriendelijke, Engels sprekende stem achter zich en draaide zich om. Een man van ergens in de zestig, schatte ze, stond met een schildersezel, een linnen doek en een houten kist, waarschijnlijk gevuld met schildersattributen, glimlachend naar haar te kijken.

Hij was in het bezit van een volle, witte bos haar en een grote, eveneens witte snor. Op zijn hoofd prijkte een crèmekleurige panamahoed en op het puntje van zijn neus balanceerde een kleine bril. Hij droeg een wijd, wit overhemd waarvan hij de mouwen tot aan zijn ellebogen had opgerold en een oude broek met...

Hè, zag ze dat nou goed? Annemijn keek naar zijn blote voeten en knipperde even met haar ogen.

"Van dit soort uitzichten kun je nooit genoeg krijgen," verklaarde de man en hij zette het doek op de schildersezel. Daarna opende hij een kist met tubes verf en penselen.

Zodra alles goed stond, ging hij aan de slag en binnen een mum van tijd liet hij met zwierige penseelstreken de eerste contouren van zijn schildersobject op het doek verschijnen, daarbij beurtelings over de rand van zijn bril van het doek naar het uitzicht kijkend.

Met zijn uiterlijk leek het bijna alsof hij zomaar uit een andere eeuw in het heden was gestapt, dacht Annemijn.

"Heerlijk om met je blote voeten in het gras te staan," zei de man, een snelle blik op Annemijn werpend om zich daarna meteen weer op zijn schilderwerk te concentreren. "Op die manier kan ik me meer vereenzelvigen met de natuur die ik vast wil leggen."

Annemijn knikte en boog zich iets opzij om beter op het doek te kunnen kijken.

"Een ode aan de eeuwigheid," zei de man, zijn blik op het doek gericht houdend. "Zo zie ik het schilderen van de imponerende natuur."

Annemijn knikte nog maar eens.

"Hoe ziet volgens jou de eeuwigheid eruit?" vroeg hij en doopte zijn penseel in een klodder groene verf.

"Eh…" Op een gesprek als dit had Annemijn niet gerekend.

"Zie jij het ook in de natuur terug of… misschien in de liefde? Eeuwigdurende liefde, de liefde voor je kinderen niet meegerekend, het lijkt iets ongrijpbaars, maar het bestaat." De man glimlachte. "Iedereen hoopt het te vinden en sommigen vinden het ook, maar op een andere manier dan ze ooit gedacht hadden."

"Eh, tja…" Annemijn dacht aan Meike en haar liefde voor Onne.

"Wie is er niet naar op zoek?"

"Iedereen," antwoordde de man. "Ook al willen sommigen het misschien niet toegeven."

Annemijn knikte en keek van de schildersezel naar het dal dat er al eeuwenlang hetzelfde bij lag. Ze dacht plotseling aan het lied dat ze in het dagboek had gelezen. In de tekst stond iets over tijdloze liefde, als ze het zich goed herinnerde. Ze zou het straks eens opzoeken. Ze richtte zich weer tot de schilderende man. "Ik ga even kijken waar mijn vriendin blijft, die is nog ergens in het hotel." Ze wierp nog een blik op het doek waarop langzamerhand een berglandschap herkenbaar werd. "Succes met het schilderen."

"Dank je, en jij veel succes met je zoektocht."

Annemijn keek de man verbaasd aan. Hoe kon hij nou weten dat zij hier…

"Met de zoektocht naar de liefde, want volgens mij ben jij nog steeds op zoek naar een zielsverwant." Hij keek even schuin van het doek naar Annemijn.

Annemijn haalde haar schouders op. "Die heb ik inderdaad nog niet gevonden…" Haar vingers gleden als vanzelf naar het hartvormige medaillon dat aan de ketting om haar hals hing.

De man concentreerde zich weer op het schilderen en Annemijn liep, na dit ietwat vreemde gesprek, een beetje beduusd naar het hotel terug. Kon die man dwars door haar heen kijken of hoe zat dat?

Nadine zat niet meer in de lobby en ze liep naar boven, naar hun kamer. Daar trof ze Nadine, wroetend in een tas met kleding.

"Hé, ben je alweer terug? Ik wilde net naar buiten gaan." Nadine viste een dik vest uit de tas, bekeek het een moment keurend en trok het kledingstuk toen aan.

"Oké, dan ga ik nog even met je mee." Annemijn liep naar het raam toe. De kunstschilder bevond zich nog steeds in de tuin, druk in de weer met verf en penseel.

Ze had het zich dus niet verbeeld, de man bestond echt en het vreemde gesprek had eveneens echt plaatsgevonden. Annemijn schudde langzaam haar hoofd.

"Is er iets?" Nadine kwam naast Annemijn staan en keek haar vriendin van opzij aan.

"Nee… niets bijzonders…"

"Kom, laten we dan naar buiten gaan. Ik heb me laten vertellen dat je heerlijk in de hoteltuin rond kunt wandelen en dat er ergens een verzameling historische gebouwen moet zijn." Nadine stond al bij de deur en Annemijn volgde haar de kamer uit.

*

Voor het slapen gaan las Annemijn, comfortabel in bed liggend, het lied nog eens door dat achter in het dagboek geschreven stond en stuitte daarbij op de regels waaraan ze tijdens het gesprek met de kunstschilder had moeten denken: *Mijn liefde voor jou is als de zon in de midzomernacht, tijdloos, zonder einde, stralend, vol van vuur en kracht.*

Ja, zo zou liefde moeten aanvoelen, maar Annemijn wist heel zeker dat ze bij geen van al haar voormalige vrienden zoiets groots had gevoeld als in deze twee regels werd beschreven. Ze legde het dagboek weg en knipte het lampje naast het bed uit. In het andere bed lag Nadine in een diepe slaap verzonken en maakte een licht snurkend geluid waar Annemijn, of ze wilde of niet, naar luisterde.

Het duurde lang voordat ze eindelijk in een onrustige slaap viel en droomde over ouderwetse zeilschepen en rijtuigen waarmee Meike gereisd moest hebben en over naar beneden vallende keien die ze maar net wist te ontwijken. Nadat ze dit had overleefd, verscheen de kunstschilder met het witte haar en vertelde haar dat eeuwigdurende liefde wel degelijk bestond. En daarna… daarna bedreef ze in de ochtendschemer hartstochtelijk de liefde met een man die haar lang weggestopte gevoelens deed opzwepen naar ongekende hoogten. Naarmate de schemer in haar droom verdween, werd het gezicht van de man steeds duidelijker: Hedde Ezinga!

Hè? Wat deed hij in haar droom, vroeg Annemijn zich ergens in haar onderbewustzijn af. Ze had hem pas één keer ontmoet!

Happend naar adem en met wild kloppend hart schrok ze uit haar levensechte droom wakker. Alleen al het idee wat ze met Hedde had gedaan, deed haar de vlammen aan alle kanten uitslaan. Dit was erg! Dromen, en wat voor een droom, over een man die ze niet eens kende! Gelukkig hoefde ze Hedde nooit meer onder ogen te komen, want ze wist niet of ze dat zou aankunnen. O ja, ze had duidelijk al veel te lang geen leuke liefdesrelatie meer gehad, anders droomde je zoiets toch niet?

HOOFDSTUK 12

Het was vroeg in de ochtend, en dan écht vroeg in de ochtend, en dat op Maikens vrije dag. Maiken had besloten contact op te nemen met Leif Bjorge omdat hij wel iets in haar zangkunsten zag. En nu stond ze in een privéstudio bij Leif thuis om een opname te maken van het Midzomernachtlied. Ze had het nog niet met haar familie besproken, want ze vond dat ze eerst maar eens moest aanzien hoe alles zou verlopen. Daarna was het nog vroeg genoeg om haar familie in te lichten. Ze had gezegd dat ze een verre vlucht had en pas laat in de avond zou terugkomen. En in feite had ze niet gelogen, want het huis en de studio van Leif bevonden zich honderden kilometers van haar woonplaats verwijderd en ze had inderdaad een vlucht moeten booken, alleen dit keer als passagier.

Na haar desastreus geëindigde avond met Olof vond ze dat het tijd werd voor iets leuks in haar leven en het aanbod van Leif Bjorge was beslist iets wat in die categorie thuishoorde.

Ze had zojuist haar lied gezongen en zowel Leif als de geluidsmensen waren laaiend enthousiast over haar optreden. Leif gebaarde achter het geluidsdichte raam dat ze naar hen toe kon komen en Maiken zette de koptelefoon af om zich bij hen te voegen.

"Dat was fantastisch, Maiken," complimenteerde Leif haar. "Jouw stem gaat iedereen in vervoering brengen, let op mijn woorden."

"Dank je, maar het is gewoon mijn stem, zoals ik ben… Niets bijzonders…" deelde Maiken hem schuchter mee.

"Niets bijzonders!" riep Leif verontwaardigd uit. "Haal jezelf niet zo naar beneden! Vanaf nu ben je een ster in wording, nee, correctie, je bént een ster!"

O help! dacht Maiken, dit is echt wennen. Toch genoot ze van ieder moment dat ze met het lied bezig was geweest en ze nam zichzelf voor om, nu ze deze eerste stap had gezet, alles maar gewoon over zich heen te laten komen.

"Dan gaan we straks nog wat andere door jouw geschreven nummers uitproberen en vullen we het eventueel aan met een paar goede covers. Maar dat gaat niet allemaal tegelijk lukken, dus zullen we nog een paar keer moeten afspreken."

Maiken knikte. "Dat moet in te plannen zijn."

"En," ging Leif onvermoeibaar door, "daarnaast moeten we nog een afspraak maken voor een fotosessie, want we willen natuurlijk wel een cd-hoes met een pracht van een omslag. Ik heb al wel wat ideetjes." Leif pakte Maiken bij haar bovenarmen beet en keek haar stralend aan. "Mijn lieve Maiken, mijn juweeltje, ik ga ervoor zorgen dat iedereen jouw stem te horen krijgt." Hij drukte een spontane kus boven op Maikens hoofd en lachte haar bemoedigend toe.

Ja, Leif was een sympathieke man, dacht Maiken. Zelfs met het knotje dat hij nu van zijn lange, strak naar achteren getrokken haar had gemaakt en waardoor hij twee Chinese eetstokjes had gestoken, bedacht ze, een glimlach verbijtend. Toch gaf het hem, samen met zijn glinsterende, donkere ogen, een mysterieus uiterlijk. Het was iets wat maar weinig mannen goed stond en in het geval van Leif viel het in zijn voordeel uit.

"Neem maar even pauze, mensen!" riep Leif naar zijn medewerkers. "Dan gaan we er straks weer met frisse energie tegenaan!" Hij pakte Maiken bij de hand en trok haar mee de studio uit. "Zo, en dan gaan wij ook eens even ontspannen."

Het was inderdaad wel fijn om een rustmoment in te lassen, dacht Maiken. Iets eten en een beetje babbelen. Ze volgde Leif, nog steeds met haar hand in de zijne, door een gang. Halverwege opende Leif een van de deuren en maakte Maiken met een zwierig gebaar duidelijk dat ze naar binnen mocht gaan.

Maiken moest even wennen aan het licht in de ruimte toen ze naar binnen stapte. Rolgordijnen hielden het buitenlicht tegen en het licht dat er verspreid werd, kwam van kaarsen en waxinelichtjes die, behalve licht, een kruidige geur verspreidden. Aan de wanden hingen afbeeldingen van Chinese landschappen en op de achtergrond klonk zachte oosterse muziek. Midden in de kamer stonden twee met witte lakens bedekte massagetafels en achter de tafels waren twee met Chinese motieven versierde kamerschermen neergezet.

"Als mijn werkschema het toelaat is een ontspannende massage een van mijn dagelijkse rituelen," legde Leif uit. "Wanneer je wat gestrest bent kan het heel heilzaam werken."

Maiken kreeg het een beetje benauwd. Hij zou toch niet van haar verlangen dat ze hier samen met hem een massage kreeg? Dat vond ze toch net iets te ver gezocht, ook al was hij degene die haar muzikale talent ontdekt had. Bovendien had ze geen last van stress. Niet dat ze wist, tenminste.

Leif zag haar twijfelen. "Probeer het eens, echt, het werkt perfect." Hij keek haar met een oprecht ernstige blik in zijn ogen aan. "Dan kun je er straks weer voor de volle honderd procent tegenaan."

"O... Oké dan," gaf Maiken aarzelend toe. Er stak toch geen kwaad in zoiets eens te proberen? Ze had nog nooit een dergelijke massage gehad. Wie weet beviel het inderdaad wel goed.

Als vanuit het niets verschenen er plotseling twee tengere, er oosters uitziende vrouwen in witte uniformen. De uniformen deden absoluut geen afbreuk aan hun aantrekkelijke, bijna fragiele schoonheid.

"Dit zijn Jia en Limei, allebei professionele masseuses," legde Leif uit.

Maiken knikte naar de beide vrouwen en vroeg zich af of de beide donkerharige schoonheden voor Leif nog meer kwaliteiten in huis hadden dan alleen een ontspannende massage.

Jia overhandigde Maiken glimlachend een witte badjas en legde uit dat ze zich achter een van de kamerschermen van haar kleding kon ontdoen. Een paar tellen later stond Maiken zich uit te kleden en dacht verwonderd hoe bizar het was dat ze zich hier nu bijna naakt in een ruimte bevond met de beroemde Leif Bjorge. Hij kleedde zich achter het andere kamerscherm uit. Als ze niet van Olof had gehouden, had ze het misschien zelfs een opwindende gedachte gevonden.

Ze moest een zenuwachtige giechel onderdrukken voordat ze gehuld in badjas vanachter het scherm tevoorschijn kwam en Jia haar aangaf dat ze op de tafel mocht gaan liggen. Snel trok ze haar badjas uit en nam plaats op de tafel. Jia bedekte de onderste helft van haar lichaam met een groot badlaken.

Leif kwam ook tevoorschijn en ging op de andere tafel liggen waar hij door Limei onder handen werd genomen.

Even later voelde Maiken hoe zachte, vaardige handen over haar rug en schouders gleden, duwden en haar kneedden. Ze sloot haar ogen en probeerde zich over te geven aan het inderdaad ontspannende gevoel dat het bij haar teweegbracht. Het kaarslicht, de kruidige geur en de muziek droegen er natuurlijk eveneens aan bij. Toch best een goed idee van Leif, dacht ze tevreden zuchtend en genoot er een poosje op haar gemak van. Ze zou er zo bij weg kunnen dommelen.

De handen verdwenen een moment om terug te komen met een oneindig zachte streling over haar schouders, haar rug en de gevoelige huid van haar linker- en rechterzij. Dit was hemels! Maiken slaakte een diepe zucht maar fronste toen een moment haar wenkbrauwen. De handen leken andere handen dan daarnet. Groter en steviger, maar dat was vast verbeelding. De handen waren bij haar onderrug aangekomen en gingen zacht strelend verder naar de rand van het badlaken, maakten daar een paar ronddraaiende bewegingen en gleden toen tergend langzaam onder het laken over de ronding van haar billen.

Maikens frons werd dieper. Dit was toch niet iets wat erbij hoorde? De handen streelden op een bijzonder prettige manier de tere binnenkant van haar bovenbenen, wat een aangename schok bij haar veroorzaakte.

O nee! Dit was zeer zeker niet de bedoeling! Met een snelle beweging griste Maiken het badlaken van haar onderlichaam vandaan en hield het voor haar naakte borsten terwijl ze rechtop ging zitten en stomverbaasd in het geschrokken gezicht van Leif keek. Maiken keek om zich heen. Waar waren die masseuses gebleven?

"Leif!" riep ze verontwaardigd uit, het badlaken stevig tegen zich aanklemmend. "Ben je nou helemaal!"

"Sorry, sorry... Ik had het niet moeten doen, maar je bent zo mooi, Maiken, en ik kon de verleiding gewoon niet weerstaan. Het spijt me, dit had ik echt niet moeten doen." Leif keek haar oprecht verontschuldigend aan, maar ergens in zijn blik ontwaarde Maiken een ontwapenende, kwajongensachtige spontaniteit die hem alleen maar aantrekkelijker maakte.

"Waar zijn die masseuses?" vroeg Maiken kortaf.

"Stiekem weggestuurd," gaf Leif eerlijk toe. Hij stond in zijn volle lengte voor haar, gehuld in een losjes om zijn middel hangend badlaken.

Maikens blik gleed van zijn pezige, naakte bovenlichaam naar het badlaken. Ze zou het met één snelle beweging kunnen verwijderen en dan zouden ze... Lieve help! Waar was ze mee bezig! Snel raapte ze haar gezonde verstand weer bij elkaar.

"Ik zou het zeer op prijs stellen als we onze relatie puur zakelijk houden," wist ze er met de nodige moeite streng uit te persen en ze draaide haar blik van Leifs badlaken af.

"Dat was ook mijn bedoeling. Het was gewoon stom van me, echt..." Leif schudde zijn hoofd. "Vergeet alsjeblieft dat dit gebeurd is en ik hoop dat je wat de muziek betreft nog met me verder wilt. Het zal nooit meer voorkomen."

Maiken keek hem boos aan. "Hoe weet ik zeker of dat zo is?"

Leif legde zijn hand op de plaats waar zijn hart zat. "Ik beloof je dat ik je met rust zal laten en alleen zakelijk gezien contact met je zal onderhouden." Hij trok een scheve grijns.

"Oké," zei Maiken weifelend. "Maar één verkeerde zet en ik ben weg."

"Begrepen," zei Leif, opgelucht dat ze het zo sportief opnam. "Ik ben gewoon een grote stommeling."

"Mooi dat je dat van jezelf weet, dan hoef ik het niet meer te zeggen." Maiken drapeerde haar eigen badlaken beter om zich heen en liet zich van de tafel op de vloer glijden. Ze verdween achter het kamerscherm en kleedde zich weer aan. De echte massage was voor herhaling vatbaar, maar die zogenaamde massage van Leif hoopte ze nooit meer mee te maken.

Was dat wel zo, dook ergens een stemmetje op. Want de reactie van haar lichaam op zijn strelende handen had iets heel anders verteld: namelijk dat ze een brandend verlangen had gevoeld, waarbij ze wenste dat de handen hun verkenningstocht zouden voortzetten. Maar dan niet de handen van Leif… maar die van Olof.

Toch waren het Leifs handen geweest die dit gevoel bij haar teweeg hadden gebracht.

HOOFDSTUK 13

Lom, 12 juli 1899

*Nadat we Stalheim via een zeer steile bergweg verlaten hadden,
zijn we met een boot door de adembenemende fjordenwereld gevaren en eenmaal weer aan land een gebergte overgestoken. De
reis door het gebergte was zeer vermoeiend. Maar de uitzonder-
lijke schoonheid van wat ik onderweg allemaal gezien heb!
Prachtige meren, wild stromende watervallen, eindeloze valleien
en duizelingwekkende bergen. Er lag zelfs nog veel sneeuw.*

*Rune Onstad heet de jonge schoolmeester waarmee ik samen reis.
Voor zover ik het begrepen heb komt hij uit Stavanger, in het zuiden van Noorwegen, en wil hij voordat hij voor de klas gaat staan
iets van zijn eigen land gezien hebben, zodat hij de kinderen daarover kan vertellen. Hij noteert alles wat hij ziet en maakt er prachtige tekeningen van en ik weet zeker dat de kinderen hem leuk zullen vinden, want hij weet mij telkens aan het lachen te maken.*

*De nachten zijn hier veel korter dan thuis en eigenlijk is dat heel
plezierig. Rune heeft mij uitgelegd dat hoe verder we noordelijk
reizen des te korter de nachten in dit seizoen zijn en dat boven een
zogenaamde poolcirkel de zon niet meer echt ondergaat.*

*We bevinden ons nu in Lom. Van daaruit begeven we ons naar de
kust om met een schip van de Hurtigruten scheepvaartmaatschappij mee te varen naar het noorden van Noorwegen, naar mijn
Onne...*

"Ik dacht dat de rit vanaf hotel Stalheim naar beneden erg was," griezelde Nadine. "Maar dit doet er zeker niet voor onder." Ze keek naar de zoveelste haarspeldbocht die hen te wachten stond. "O nee! Schapen! Waarom laat iedereen zijn dieren hier vrij rondlopen? Dat is toch geen doen zo?"

"Dat is juist de charme van dit land. En die schapen zijn anders dan geiten, ze blijven meestal wel aan de kant van de weg liggen of staan. Dus geen paniek," sprak Annemijn zichzelf een beetje moed in, terwijl hun auto de berg op kroop.

"Nou, ik zie liever andere charmante kanten van dit land," mopperde Nadine.

"Zoals een sexy, getrouwde wegwerker zeker," plaagde Annemijn haar.

"Hou op, dat was een vergissing."

Annemijn grinnikte.

Ze hadden hotel Stalheim achter zich gelaten en via een zeer steile afdaling de indrukwekkende fjordenwereld bereikt. Per veerboot waren ze eerst door een paar schilderachtige fjorden gevaren om daarna de langste fjord van Noorwegen, de Sognefjord, over te steken. Nu reden ze over de hoogste bergweg van Noord-Europa, die hen door het gebergte van de Jotunheimen voerde.

Annemijn had de kunstschilder niet meer bij het hotel gezien. Ze had Nadine erover verteld, maar die had zo haar eigen mening over die ontmoeting gehad.

"Het zal wel zo'n artistiek figuur zijn die iedereen deelgenoot wil maken van zijn zweverige gedachten. Op blote voeten, zei je toch?" En daar was wat Nadine betrof de kous mee af.

Over haar droom waarin Hedde plotseling was opgedoken, had Annemijn niets gezegd. Ze kreeg het er nog warm van wanneer ze eraan terugdacht. De droom was veel te heftig geweest om er met iemand over te praten en Nadine zou haar er eindeloos mee blijven plagen.

Nu gingen ze in ieder geval eens flink genieten van al het overweldigende natuurschoon dat hen te wachten stond, als ze Meikes dagboek en de reisboeken mochten geloven.

Ze werden niet teleurgesteld, want boven in de Jotunheimen aangekomen was het uitzicht op de bergwereld spectaculair. Imposante bergpieken domineerden het nog voor een groot deel besneeuwde landschap. Bergbeken zochten hun weg tussen de hier en daar smeltende sneeuw en rotspartijen door en nog half bevroren meren vormden een schilderachtige noot tegen de omringende bergmassa die er, zodra er wolken voor de zon langs dreven, bijna dreigend uitzag. De weg werd hierboven zelfs nog geflankeerd door enkele meters hoge sneeuwmuren. Ze hadden hun auto bij een uitzichtpunt geparkeerd en waren uitgestapt om de omgeving te bewonderen.

"Jotunheimen betekent *Huis van de reuzen*." Annemijn wees naar de bergtoppen. "Mensen waren vroeger nogal bijgelovig. Volgens mij zagen ze, vooral in de schemer of het donker, overal wel iets in."

"Daar hoef je heus niet bijgelovig voor te zijn," meende Nadine. "Wanneer ik hier in de schemer of in het donker zou rondlopen zou ik me ook niet op mijn gemak voelen."

"Toch is het hier veel veiliger dan in een stad." Annemijn hield haar hoofd schuin. "Hoor die stilte eens…."

"Mij te stil."

"Vroeger was het hier nogal onherbergzaam en werden reizigers over deze bergpas door struikrovers overvallen," vertelde Annemijn, die zoiets in een boekje had gelezen.

Nadine keek eens om zich heen. "Grappig…"

"Grappig?" vroeg Annemijn verbaasd.

"Ja, als ik zo eens naar die open plekken in de sneeuw kijk, is er hier volgens mij geen struik te bekennen."

"Tjonge, wat ben jij weer slim, zeg. Ik bedoel ook bij wijze van spreken."

"En nu zijn er geen struikrovers meer?"

"Nee," zei Annemijn zuchtend. Soms kon Nadine een tikkeltje vermoeiend zijn. "Brrr, het wordt koud." Ze keek omhoog naar een dikke wolk die het zonlicht tegenhield en wreef in haar handen om ze op te warmen. "Zullen we gaan?"

"Goed idee," vond Nadine. "Ik sta hier te bevriezen."

Ze zetten hun tocht door het gebergte voort en begonnen aan de afdaling. Voor hen ontvouwde zich een steeds groener wordend bergdal met hier en daar een groepje houten huizen. De besneeuwde bergen verdwenen langzamerhand uit beeld en de pieken waren alleen nog in de achteruitkijkspiegel zichtbaar.

"O, wat is het hier prachtig," verzuchtte Annemijn. "Jammer dat we geen tijd hebben om een wandeling te maken."

"Een wandeling?" riep Nadine verschrikt uit. "Ik dacht het niet! Stel je voor dat er toch nog ergens rovers zijn achtergebleven?"

Annemijn barstte in lachen uit.

Nadine keek haar vriendin verontwaardigd aan. "Ja, lach er maar om. Nou ja, als het een stoere, aantrekkelijke rover is, dan…"

"Nadine!" Annemijn rolde met haar ogen. "Wanneer denk jij nou eens niet aan mannen!"

Nadine haalde haar schouders op. "Trouwens, in het dagboek wist die Rune Onstad Meike ook steeds aan het lachen te maken. Zouden ze iets voor elkaar gaan voelen, denk je?"

"Daar zeg ik verder niets over. Dat moet je zelf maar lezen," vond Annemijn. Trouwens, ze wist zelf nog niet eens precies hoe het Meike in de liefde was vergaan. Heel frustrerend, maar dat was iets waar ze tijdens deze reis achter hoopte te komen.

Het groene dal achter zich latend, reden ze Lom binnen waar het naar Noorse maatstaven druk was en dan vooral met toeristen die alle bezienswaardigheden die het plaatsje hun bood beslist niet wilden missen.

*

Met een glas wijn en een schaaltje met hartige hapjes binnen handbereik had Maiken zich tussen de sierkussens op haar bank genesteld en ze zette met de afstandsbediening de tv aan. Er waren tv-opnames gemaakt van een optreden van Leif Bjorge en dat was iets wat Maiken niet wilde missen nu ze zo nauw met hem samenwerkte. En dat was nog niet alles, Leif had haar gevraagd tijdens zijn optreden als gast te komen zingen en ook dat werd vanavond uitgezonden.

Maiken voelde zich een beetje nerveus bij het vooruitzicht dat zij, en zoveel andere mensen met haar, haar straks op tv konden zien en horen. Ze nam een slokje van haar wijn en keek naar het dagboek dat voor haar op de salontafel lag en de oorzaak was van alles wat er nu te gebeuren stond. Vreemd hoe het verleden zich vermengde met het heden, peinsde ze.

Maar Leif had zich sinds zijn dubieuze massagepraktijken aan zijn afspraak gehouden en haar niet meer met zijn nogal vreemdsoortige avances lastiggevallen. Ja, hij sloeg wel eens een arm om haar heen of drukte een vriendschappelijke kus op haar wang, maar daar hield het wel mee op.

Maiken wenste nog steeds dat Olof op liefdesgebied eens wat meer initiatief zou tonen. Iedere keer als ze dacht dat het iets zou worden tussen Olof en haar, draaide het weer op niets uit en dat maakte het er niet beter op. Als dat zo doorging, dook ze straks met de eerste de beste beschikbare man het bed in omdat ze eindelijk wel eens iets meer wilde dan een goed gesprek. Nou ja, dat zou ze natuurlijk niet laten gebeuren, maar zo voelde het ongeveer wel.

Aha, het programma begon! Maiken draaide zenuwachtig op haar tweezitsbank heen en weer. Leif zong zijn repertoire, gaf een goede show weg en plotseling was het haar beurt. Ze kwam in beeld en zong - na de enthousiaste aankondiging van Leif - het Midzomernachtlied.

Zag ze er werkelijk uit zoals op tv? Een kort, smaragdgroen jurkje met een zwierig rokje en lange, wijd uitlopende mouwen accentueerde haar groene ogen en een brede zwarte riem deed hetzelfde met haar taille. Zwarte schoenen met veel te hoge hakken lieten haar benen langer lijken dan ze in werkelijkheid waren. En wat klonk haar stem haar anders in de oren… Maar het kon ermee door, vond ze zelf. Na afloop sloeg Leif een arm om haar schouders, drukte haar even tegen zich aan en kuste haar spontaan op haar wang. Maar dat had niets te betekenen.

Het programma was nog niet afgelopen of haar mobieltje begon geluid te produceren. Eerst waren het haar ouders die de show op tv hadden gezien en daarna belden haar broer en haar vriendin Kjersti haar op. Toen ze net iedereen te woord had gestaan, ging haar mobieltje alweer over. In het schermpje stond Leifs naam.

"Hé, rijzende ster!" riep hij luid in haar oor, zodat Maiken haar mobieltje een stukje van haar oor af moest houden. "Wat zag je er fantastisch uit op tv en wat klonk het goed!"

"Dank je, Leif," zei Maiken. "Maar jouw optreden was ook geweldig."

"Ja, maar ik ben het gewend om op deze manier op te treden en jij nog niet en daarom wilde ik je toch even complimenteren." Zijn stem klonk nu gelukkig zachter zodat Maiken haar mobieltje weer bij haar oor kon houden.

"En, al zin in een ontspannende massage?" vroeg Leif met een plagerige ondertoon in zijn stem.

"Leif!" riep Maiken uit. "Je weet hoe ik daarover denk!"

"Je weet niet wat je mist. Maar, eh… ik bedoelde het niet serieus."

Misschien bedoelde Leif het inderdaad niet serieus, maar de gedachte aan zijn strelende handen over haar lichaam en de dingen die hij daar nog aan toe zou kunnen voegen, lieten haar beseffen dat het maar goed was dat hij hier niet aanwezig was, anders had ze hem waarschijnlijk mee naar haar slaapkamer gesleurd om dat af te maken waar hij tijdens de bewuste massage aan begonnen was.

"Maiken?" hoorde ze Leif zeggen.

"O, eh… ja, eh… ik snap ook wel dat je het niet serieus bedoelde," hakkelde ze.

"Maiken, Maiken," zei Leif met een lach in zijn stem. "Volgens mij fantaseer jij wat er gebeurd zou zijn als we ons wel hadden laten gaan."

"Ja… eh, nee!" O, wat een idioot was ze toch om nog eerlijk antwoord te geven ook! Wat moest hij nu van haar denken? Dat ze een ontzettend wanhopige, op seks beluste vrouw was? Maiken zuchtte diep.

De deurbel ging en Maiken sprong van de bank op. "O, eh… Leif, mijn deurbel gaat, dus als je het niet erg vindt…"

"Nee, natuurlijk niet," zei Leif, nog steeds met dezelfde lach in zijn stem. "Ik spreek je volgende week bij de fotosessie."

"Goed, tot dan!" Oef, dat was niet echt een geslaagd gesprek. Maiken haastte zich naar de voordeur en tot haar grote verrassing bleek Olof daar te staan.

"Olof!" riep ze blij.

"Hoi, Maiken. Ik, eh… zag je op tv en ik moest gewoon even komen zeggen dat ik het geweldig vond. Je zong zo mooi en je zag er… nou ja, oogverblindend uit."

"O, Olof, dat is lief van je." Maiken voelde een warme gloed van blijdschap door haar lichaam stromen en deed een stap opzij. "Kom binnen."

"Heel even dan." Olof stapte naar binnen en samen liepen ze naar de woonkamer, maar voordat ze hem een zitplaats kon aanbieden, begon Olof: "Ik ken je al zo lang en ik denk zo vaak aan je. Eigenlijk gaat er geen dag voorbij dat ik niet aan je denk. Maar dan realiseer ik me dat iemand als Leif of die collega van je, die piloot…"

"Terje," hielp Maiken hem.

"Ja, die Terje veel beter bij jou zou passen dan ik dat doe. Ik ben maar een visser, Maiken."

"Maar een visser?" herhaalde Maiken Olofs woorden. "Haal jezelf niet naar beneden, Olof. Het maakt me niet uit wat je bent, maar wie je bent. En jij bent Olof, de man van wie…"

"Nee, Maiken, het kan niets worden tussen ons," viel Olof haar in de rede, "want jij verdient beter."

"Zeg dat niet, Olof," zei Maiken met van verontwaardiging fonkelende ogen. "Ik wil jou en niemand anders." Zo, als dat niet duidelijk genoeg was.

Olof keek een moment met net zulke fonkelende ogen zwijgend op haar neer alsof hij dit nieuws tot hem door moest laten dringen. "Ik wil jou ook," zei hij uiteindelijk schor. "O ja, ik wil jou, helemaal." Hij trok Maiken naar zich toe en liet zijn mond dwingend op de hare neerkomen.

Zijn gepassioneerde kus deed Maikens knieën knikken en haar hart ging als een razende tekeer. Ze sloeg haar armen om zijn nek en kuste hem vol vuur terug, terwijl Olofs handen koortsachtig haar lichaam verkenden.

"Olof," fluisterde ze, maar Olof smoorde haar woorden met een nieuwe, hartstochtelijke kus. Hij duwde Maiken in de richting van de tweezitsbank zodat ze daar, ongeduldig aan elkaars kleding sjorrend, samen op neerploften.

"Maiken…" mompelde Olof hees, met zijn mond op weg naar haar decolleté, wat Maiken alleen maar naar meer deed verlangen. Gelukkig had ze een shirtje met een wijde hals aangetrokken, flitste het door haar heen, waardoor er met gemak een sexy, naakte schouder te zien viel of in dit geval toegang verschaft werd tot andere spannende delen van haar lichaam.

Ze lieten zich achterover op de bank zakken zodat Olof half over haar heen kwam te liggen. Maiken streelde zijn gespierde schouders en rug en liet haar handen over zijn achterste glijden. Ze duwde Olof tegen zich aan en voelde zijn verlangen.

Olof schoof een van de bandjes van haar beha langzaam naar beneden en Maiken hield haar adem in, wachtend op het moment dat hij de naakte, gevoelige huid van haar borsten zou strelen. Maar dat moment kwam helaas niet…

De deurbel ging voor de tweede keer die avond en beiden keken ze verstoord op.

"Laat maar bellen," mompelde Maiken met haar mond bij Olofs oor.

"Misschien dat je toch beter even kunt kijken wie het is," meende Olof, terwijl hij kreunde omdat Maikens handen zich ergens bevonden waar hij altijd alleen maar van gedroomd had.

"En dan dit mislopen, ik dacht het niet." Vliegensvlug duwde Maiken Olof van zich af en ging schrijlings boven op hem zitten, voor het geval hij het in zijn hoofd zou halen om te gaan kijken wie er voor de deur stond.

De bel klonk weer, dit keer langer en dwingender. Hè, waarom moest dat uitgerekend nu?

"Oké, oké," zuchtte Maiken. "Ik ga wel kijken wie het is."

Ze klauterde van de bank af, fatsoeneerde haar kleding en liep met een verhit gezicht naar de voordeur. O nee, had ik de bel maar genegeerd! dacht ze, zodra ze deur had opengetrokken. Voor de deur stond Terje, dit keer niet met één roos, maar met een heel boeket prachtige, roze rozen.

"Hallo schoonheid," zei hij glimlachend. "Gefeliciteerd met je tv-debuut!" Hij overhandigde een overrompelde Maiken de bos rozen.

"O, eh… dat is heel erg aardig van je Terje, maar ik kan…" stamelde Maiken.

Naast haar verscheen Olof, netjes aangekleed en met een grimmige uitdrukking op zijn gezicht. Hij keek van Terje naar de rozen en daarna naar Maiken.

"Kijk, dat bedoel ik nou, daarom wordt het niets tussen ons." Hij knikte kort naar Terje en schoof toen langs hem heen naar buiten.

"Olof!" riep Maiken hem na. "Olof, wacht!" Ze wurmde zich ook langs een ietwat verbaasde Terje en rende achter Olof aan. Te laat besefte ze dat ze de bos rozen nog vasthield, maar ja, die kon ze moeilijk weggooien. De bloemen hadden Terje waarschijnlijk een klein kapitaal gekost.

"Olof!" riep ze nog eens wanhopig, maar Olof beende met grote passen bij haar vandaan. Diep teleurgesteld bleef Maiken staan.

"O, verdraaid nog aan toe!" Zonder erbij na te denken sloeg ze boos met het boeket rozen tegen een hekje aan. Te laat besefte ze dat ze Terje daar waarschijnlijk niet echt blij mee maakte. Ze keek naar de rozen waarvan sommige bloemen er nu een beetje zielig bij hingen. Daarna keek ze nog een keer naar de in de verte verdwijnende gestalte van Olof en liep langzaam naar huis terug. Als dit geen koude douche was…

Iedere poging om Olof op een andere manier beter te leren kennen mislukte, dacht Maiken somber. En Olof leed blijkbaar ook nog eens aan een minderwaardigheidscomplex.

"Sorry van de bloemen," zei ze tegen Terje, zodra ze zich weer bij hem had gevoegd. "Wil je een kop koffie of een biertje?" vroeg ze en daarna liep ze met de geknakte bloemen naar binnen alsof er niets was gebeurd.

HOOFDSTUK 14

Trondheim, 15 augustus 1899

Rune en ik zijn in Trondheim aan boord gegaan van een schip van de Hurtigruten. De reis naar Trondheim was lang en Rune heeft onderweg zelfs wat werk aangenomen om extra geld voor de reis bij elkaar te kunnen sparen. We vertrekken straks met het schip naar Hammerfest en ik hoop dat ik nog net genoeg geld over heb om daarvandaan naar Onne toe te reizen.

Het moment dat ik Onne weer zal ontmoeten komt steeds dichter-bij en ik verheug me er heel erg op. Ik ben dankbaar dat ik Rune als reisgenoot heb. Hij is galant, zorgzaam, beschermend en zelfs lief... Of mag ik dat niet zeggen van een vreemde man? Maar zo vreemd is hij niet meer voor mij. We zijn al zo lang samen op reis en het mooiste is dat hij ook op weg is naar een plaats op hetzelfde noordelijke eiland als waar ik op weg naartoe ben, zodat we ge-durende de hele reis bij elkaar kunnen blijven.

"O nee, we gaan toch niet weer de zee op, hè?" vroeg Nadine ver-schrikt. "Ik ben al een keer voor jouw plezier op een boot gestapt en nu moet ik weer een of andere ruige zee op om in het noorden van dit land te komen? Straks varen we op een walvis en zinken we!"

Annemijn lachte. "We varen niet op een walvis, al is er kans dat we er misschien een zullen zien en we gaan niet met de Hurtigruten, maar met een klassiek zeilschip, zodat we een beetje de sfeer van vroeger proeven, zoals in de tijd van Meike. Dat leek me leuker."

"Dat leek jou leuker?" piepte Nadine. "Zo'n oud schip? De Hurtigruten biedt volgens mij veel meer luxe." Nadine bladerde door de folder van de Hurtigruten, de scheepvaartmaatschappij die dagelijks langs de indrukwekkende Noorse kust voer en zowel passagiers als lading meenam. "Kunnen we daar niet mee reizen?"

"Te laat," zei Annemijn. "Ik heb thuis al voor ons tweeën geboekt."

"Maar zo'n tocht is toch hartstikke duur?"

"Weet je nog dat ik een keer een erfenisje had gekregen en dat ik dat geld bewaard heb om er iets bijzonders mee te doen? Dat is nu deze reis geworden."

"Maar dan betaal ik jou mijn gedeelte van de zeereis terug," opperde Nadine.

Annemijn trok haar belienders op "Het was mijn idee om deze reis te maken en ik heb jou meegevraagd omdat ik het leuk vond dat samen met jou te ondernemen. En we hebben al een gezamenlijke pot voor de overnachtingen en de maaltijden. Kom, we pakken onze spullen en gaan aan boord."

"Hè, nu al?" Nadine zette grote ogen op.

"Ik dacht, ik vertel je het op het allerlaatste moment, dan hoefde je je van tevoren geen zorgen te maken," legde Annemijn uit. Ze kende haar vriendin al langer dan vandaag.

Ze hadden een flinke reis achter de rug. Vanuit Lom waren ze richting de kust gereisd en hadden daarbij schitterende landschappen en kleine, pittoresk gelegen dorpjes doorkruist om ten slotte in Kristiansund uit te komen.

Kristiansund lag aan de Noorse westkust en werd nog wel eens verward met Kristiansand aan de zuidkust. In Kristiansund lag het zeilschip in de haven waarmee ze een gedeelte van hun reis zouden voortzetten.

"Maar hoe doen we dat met onze auto?" vroeg Nadine fronsend.

"Na het zeilavontuur nemen we een binnenlandse vlucht naar ons einddoel. En daarvandaan weer een vlucht terug hiernaartoe."

"Je hebt echt alles van tevoren al uitgezocht, hè?"

Annemijn haalde haar schouders op. "Tja, dat leek me het handigste. Dus, kom op, pak je spullen en ga aan boord."

De twee vriendinnen schraapten al hun bagage bij elkaar, sloten de auto af en liepen naar het imposante zeilschip dat in de haven aan de kade lag.

Nadine bekeek het schip met een kritische blik. "Ik hoop maar dat ze het goed gerestaureerd hebben en dat er niet ergens nog verborgen gebreken zitten."

"Zie, daarom heb ik je van tevoren niets verteld."

"*Wendelina*," mompelde Nadine, naar de naam op de boeg van het schip kijkend. "Klinkt Nederlands."

"Klopt, het is een Nederlands schip."

Nadines blik gleed van de boeg naar de klaarliggende loopplank waar een man de aan boord komende passagiers welkom heette. "Wauw, niet gek…"

Annemijn volgde haar blik en haar hart leek heel even een slag over te slaan toen ze de man zag.

Hedde!

O nee, het was Hedde Ezinga!

Degene waarmee ze in haar droom… O nee, dit kon niet waar zijn! Rustig Annemijn, sprak ze zichzelf in gedachten toe, Hedde weet niets van jouw verhitte droom af en als je nou heel normaal blijft doen, is er niets aan de hand.

Waarom had ze hem niet op de website van de 'Wendelina' gezien? Om de simpele reden dat ze niet onder de button 'bemanning' had gekeken, dat leek haar niet nodig, gaf ze zichzelf antwoord. En nu? Nu zat ze zoveel dagen met Hedde opgescheept. Letterlijk.

Hedde heette eerst Nadine welkom en daarna was Annemijn aan de beurt. Ze zag hoe zijn blauwe ogen heel even oplichtten toen hij haar in het vizier kreeg. Er verscheen een glimlach om zijn mond en hij stak zijn hand naar Annemijn uit.

Annemijn legde haar hand in de zijne en voelde meteen hoe er zich een aangename warmte door haar lichaam verspreidde.

"Dat is nog eens een leuke verrassing," zei Hedde, haar recht aankijkend. "Heb ik jou niet bij mijn tante in Holwierde ontmoet?"

Annemijn knikte. "Dat klopt. Ik wilde iets over mijn familie te weten komen." Tot haar eigen verbazing klonk dat nog redelijk kalm.

"En, is dat gelukt?" vroeg hij.

"Daarom ben ik nu hier, maar dat is een lang verhaal."

"Dan moet je mij dat verhaal maar eens een keer vertellen," vond Hedde.

Annemijn knikte alweer en trok daarna snel haar hand uit de zijne omdat ze een enorme blos voelde opkomen. Dat kwam niet alleen door de droom, maar ook doordat hij er erg aantrekkelijk uitzag in zijn donkerblauwe schipperstrui waartegen zijn warrige, licht-bruine haardos mooi afstak. Ze schuifelde snel achter Nadine aan voordat Hedde haar blos zou opmerken en ze dingen zou zeggen die nergens op sloegen, want daar was ze heel goed in.

Aan dek maakten ze kennis met Jorn, die hen wegwijs maakte in het schip. Hij loodste hen door een grote, ouderwetse, maar gezel-lige kajuit waar een enorme donkerhouten eettafel met aan beide kanten een vaste zitbank uitnodigde tot een gezellig samenzijn. Aan de wand hingen kastjes van hetzelfde hout als de eettafel, waarin serviesgoed veilig was opgeborgen. Er was ook een kast met boeken en folders over Noorse kustplaatsen. Naast de boe-kenkast stond een kleine zithoek met een U-vormige zitbank en een lage tafel.

In de kombuis, de scheepskeuken, hingen potten en pannen aan een roede en was al het verdere kookgerei zo praktisch en veilig mogelijk neergezet of opgehangen.

Jorn bracht hen door een smalle gang naar een tweepersoonshut en deed de deur open. "Zo," zei hij glimlachend. "Hier kunnen jullie 's avonds in jullie kooi kruipen als jullie uitgeput zijn van alle gezonde zeelucht."

"Kooi?" vroeg Nadine verbaasd.

"Op een schip als dit wordt een bed een kooi genoemd," legde Jorn uit.

"O, ik dacht al…" Nadine keek zowaar een beetje opgelucht. An-nemijn vermoedde dat ze een totaal andere voorstelling had van wat 'kooi' betekende en onderdrukte een lach.

In de hut bevonden zich een vast stapelbed en een kastje, met aangrenzend een piepkleine badkamer. Naast het stapelbed was een patrijspoort, een klein, rond raam, zoals dat bij oudere schepen voorkwam.

Nadine keek in de hut rond. "Tja, wat zal ik zeggen... Avontuurlijk, dat zal het zijn."

Zodra Jorn was verdwenen, draaide Nadine zich naar Annemijn om. "Zeg, ken jij die schipper, die Hedde?"

"Ik heb hem in Holwierde ontmoet," legde Annemijn uit. "Hij is een neef van Janna Ezinga, de dame van wie ik het dagboek en het medaillon heb gekregen. Ik wist ook niet dat hij hier aan boord zou zijn."

"Nou, dat is dan een leuke bonus tijdens deze reis, zo'n knappe vent, die je bovendien ook nog kent."

"Kennen is een groot woord. Ik heb hem maar een keer ontmoet." Mijn droom niet meegerekend, dacht Annemijn erachteraan.

"Je kunt hem natuurlijk altijd beter leren kennen," grijnsde Nadine.

"Ik ben niet op reis om mannen te leren kennen."

"Maar ik wel! Wordt het misschien toch nog leuk aan boord." Nadine liep naar de badkamer en ging voor de spiegel staan om haar haren te fatsoeneren. "Je weet maar nooit..." mompelde ze en begon vrolijk te neuriën.

*

Wie had dat ooit gedacht, dacht Hedde hoogst verbaasd. Hij had van alles verwacht, maar niet dat hij Annemijn terug zou zien. Hij stond nog steeds bij de loopplank om nieuwe passagiers te verwelkomen, maar kon zijn gedachten bijna niet bij zijn huidige bezigheden houden. Annemijn was een leuke en aantrekkelijke vrouw en nu was ze zomaar bij hem aan boord. Nee, dacht Hedde, ik moet me hierdoor niet van de wijs laten brengen. Mijn relatie is net over en uit, dus hou je hoofd erbij.

Hedde glimlachte naar een echtpaar dat aan boord kwam en heette hen van harte welkom. Daarna gleden zijn gedachten toch weer terug naar Annemijn en dat zou vast vaker gebeuren nu ze zich aan boord van de 'Wendelina' bevond. Dan kon hij haar op geen enkele manier meer ontlopen of hij moest de hele dag in het stuurhuis blijven staan of in zijn hut bivakkeren en dat was onmogelijk.

Hedde keerde zich met zijn rug naar de kade toe om een blik op het dek te kunnen werpen. Er liepen al wat passagiers rond, druk bezig foto's te maken van het schip. Ja, de 'Wendelina' was een prachtig schip, dacht Hedde vol trots. De eerste keer dat hij het schip had gezien had het meteen zijn hart veroverd. Een vrouw moest van hele goede huize komen wilde ze hetzelfde effect op hem hebben en het van de 'Wendelina' winnen.

HOOFDSTUK 15

"Ja, mooi zo!" riep de fotograaf. Maiken stond bovenop de *Kirkeporten*, een grote rotsformatie die in de loop der tijd was uitgesleten tot de vorm van een enorme kerkdeur en een grandioos, weids uitzicht op het Noordkaapplateau en de Barentszee bood. Langs de waterlijn waren de meest grillige en bizar gevormde rotspartijen te vinden die de omgeving een onwerkelijk aanzicht gaven.

Leif had voorgesteld om daar een fotoshoot te maken voor de hoes van Maikens cd. Voor Maiken was het bijna een thuiswedstrijd, want de *Kirkeporten* lag maar een korte wandeling van haar huis verwijderd. Het enige wat ze hoefde te doen, was een rotsachtige helling achter haar woonplaats te beklimmen en daarna weer afdalen tot aan de *Kirkeporten.*

En nu stond ze in het licht van de middernachtzon te koukleumen boven op de grillige, stenen poort omdat het Leif een magnifieke fotolocatie leek. En dat was het natuurlijk ook, het moest alleen niet zo gruwelijk koud zijn. Het was dan wel bijna zomer, toch blies de ijzige wind dwars door haar dunne, lange jurk heen en liet haar haren omhoog waaien. Zomer stond hier beslist niet altijd synoniem voor warmte.

Maar volgens Leif zag ze er daarom alleen maar mysterieuzer uit, vooral omdat de zon een warme, gouden gloed op haar lange, goudbruine haren wierp en de zonnestralen een glanzende halo om haar heen vormden. De jurk, gemaakt van ragfijne stof, liet zo ongeveer ieder detail van haar lichaam zien en met een beetje pech kon iedereen er dwars doorheen kijken nu de zon als een grote schijnwerper op haar scheen.

Ze hield een lange, zijden sjaal omklemd en de wind blies het stukje stof als een wapperende vlag naar achteren. Het effect zou vast wel mooi zijn, dacht Maiken, maar ze hoopte dat er nu snel een einde aan de fotoshoot kwam, want anders konden ze haar straks in half bevroren toestand wegdragen. Nee, fotomodel was niet echt iets voor haar.

Ze zag Leif – hij had er per se bij willen zijn – enthousiast naar de fotograaf gebaren en het leek alsof hij van pure geestdrift af en toe op en neer stond te springen, maar dat kon ook vanwege de kou zijn.

De fotograaf gaf haar nog wat aanwijzingen en Maiken poseerde gehoorzaam. En eindelijk werd het teken gegeven dat de shoot ten einde was en liep Maiken, op ongemakkelijke schoentjes, voorzichtig terug naar de rest van het team. Ze had het zo koud dat het wel duidelijk zichtbaar moest zijn en ze hield dan ook wijselijk haar armen voor haar borsten gekruist.

"Mijn favoriete fotomodel!' riep Leif uit, zodra ze hem bereikt had. "Wat zie je er oogverblindend uit, je lijkt op een engel…"

Maiken vroeg zich af, als zij favoriet was, of hij nog meer fotomodellen kende en of hij die al eens kennis had laten maken met zijn massagekunsten. Al zou ze op het moment wel een ontspannende massage kunnen gebruiken, ze stond stijf van de kou.

Leif sloeg een beschermende arm om haar heen en drukte haar tegen zich aan. Ze voelde zijn warmte dwars door de dunne stof van haar jurk heen en kreeg de neiging dicht tegen hem aan te kruipen om de kou uit haar lichaam te verdrijven. Niet meer dan dat, o nee, beslist niet meer dan dat.

"Heeft iemand haar jas gezien?" brulde Leif naar niemand in het bijzonder. Er kwam iemand met haar dikke jack aandraven en Leif drapeerde het kledingstuk liefdevol om haar schouders. "Zo, meisje, dan ga jij nu naar huis terug. Neem een warm bad of iets dergelijks om te ontdooien en als dat niet lukt wil ik je met alle liefde komen opwarmen."

Hij grijnsde van oor tot oor. Maiken stoorde er zich niet meer aan. Zo was Leif nu eenmaal. "Dat lijkt me een heerlijk idee, Leif, maar ik denk dat een warm bad voldoende is."

"O… Maar mocht je van gedachten veranderen, ik hou me aanbevolen."

Maiken lachte, trok haar jack aan en bukte zich om haar wandelschoenen aan te doen, omdat ze niet op de schoentjes waarop ze nu liep naar huis terug kon lopen.

"Die jurk neem je maar mee als je weer naar de studio komt," zei Leif.

Maiken knikte. Ze had de jurk thuis aangetrokken zodat ze zich niet in de kou had hoeven omkleden. "Jullie kunnen wel meelopen om bij mij thuis iets warms te drinken," stelde ze voor.

"Dat is erg aardig van je, maar wij gaan er ook weer vandoor. Nog zoveel te doen, hè…"

"Oké, als je het dan niet erg vindt, ga ik maar," zei Maiken, haar jack tot bovenaan toe dichtritsend.

"Natuurlijk vind ik dat erg!" riep Leif uit. "Maar ja, wie ben ik om je tegen te houden?"

Maiken glimlachte. Leif was gewoon zo heel erg Leif en bij ieder ander zou het haar misschien storen als iemand op die manier reageerde, maar bij Leif niet. Ze zei iedereen gedag en klom daarna, de onderkant van haar jurk omhoog houdend, over het oneffen, rotsachtige paadje naar boven. Op het hoogste punt aangekomen waaide het nog harder en haar jurk flapperde om haar benen. Voorzichtig daalde ze het paadje naar het dorp af, dat er met zijn kleurige huizen, het blauwachtige water en de grijsgroene bergen op de achtergrond vanaf deze afstand uitzag als een onderdeel van een treintafel.

Beneden in het dorp zag ze Olof in de haven, bezig op zijn boot. Ze wilde Olof zo heel graag voor eens en altijd duidelijk maken wat hij voor haar betekende, vooral na het laatste incident bij haar thuis toen Terje plotseling met een bos rozen bij haar voor de deur had gestaan. Ze had Terje op gepaste afstand weten te houden en wat de rozen betrof, daarvan had ze er nog zoveel mogelijk proberen te redden, al was dat niet meegevallen vanwege de geknakte stelen en de uitvallende bloemblaadjes.

Zonder er verder bij na te denken liep ze over de kade naar de plek waar Olofs vissersboot lag.

"Hoi, Olof." Maikens stem klonk heel normaal, maar haar mond voelde droog aan. Het verliep ook allemaal zo moeizaam tussen Olof en haar en dat maakte haar onzeker.

Olof draaide zich langzaam om en zijn blik gleed van het kruintje van haar hoofd naar de punten van haar tenen. "Feestje gehad?" vroeg hij toonloos.

Maiken realiseerde zich plotseling dat ze er wel erg vreemd uit moest zien in de lange, dunne flodderjurk met het jack eroverheen en onder de jurk haar wandelschoenen.

"Nee, er zijn foto's gemaakt voor de cd-hoes, vandaar dat ik er zo uitzie…" Maikens stem stierf weg.

"Dan was die Leif er zeker ook bij?"

Maiken knikte. Hun blikken kruisten elkaar en Olofs heldere, grijze ogen namen haar taxerend op, alsof hij erachter probeerde te komen wat zij voor Leif voelde.

"Leif is een leuke man, tenminste zoals ik hem op tv zie," zei Olof, zich omdraaiend en het werk weer oppakkend waarmee hij bezig was geweest voordat Maiken was verschenen. "Hij ziet er goed uit, is welbespraakt, en vast een stuk gezelliger dan ik ben."

"O ja, je hebt helemaal gelijk." Maiken werd een beetje kriegel van de houding die Olof aannam. Kon hij nou nooit eens ophouden zichzelf een minder waardigheidscomplex aan te praten? "Maar ik vind jou leuker en dat wilde ik je graag komen vertellen, maar volgens mij maakt dat allemaal niets uit, want je luistert toch niet naar me," zei ze tegen zijn rug.

Olof stopte weer met zijn werkzaamheden. De stilte die er viel leek oneindig lang te duren, maar in werkelijkheid waren het maar een paar seconden voordat hij zich voor de tweede maal langzaam naar haar omdraaide en haar recht aankeek. "Het kan me wel degelijk iets schelen, maar het lukt me gewoon niet om te geloven dat er iemand is die…" Hij schudde zijn hoofd en draaide zich weer van Maiken af.

"Die wat?"

"Laat maar," zei Olof.

"Praat met me, Olof!" riep Maiken gefrustreerd uit. "Zeg iets!"

Olof schudde zijn hoofd nog een keer. "Niet hier en niet nu…"

"Laten we dan iets afspreken… Anders wordt het nooit iets tussen ons!"

"Misschien is dat maar beter ook," merkte Olof op, "want waarschijnlijk is een relatie tussen ons toch gedoemd om te mislukken."

"Waarom zou dat zo zijn?" vroeg Maiken verbaasd.

"Omdat ik dat zeg. Neem dat maar gewoon van mij aan."

"Oké," zei Maiken met een klein stemmetje. Ze was diep teleurgesteld. Dit was vechten tegen de bierkaai. "Al begrijp ik het niet…"

Zuchtend draaide ze zich om en liep langs de kade bij Olof vandaan, het dorp weer in. Ze keek nog een keer over haar schouder en zag hoe Olof haar nakeek. Er brandden tranen van teleurstelling achter haar ogen en ze slikte heftig om ze tegen te houden.

Wat was er met die man aan de hand dat hij geen relatie aandurfde? Wat school er achter zijn afwijzende houding? De laatste keer dat hij bij haar thuis was geweest, had hij toch bewezen dat hij een gepassioneerde man was, anders dan de Olof die ze verwacht had. De manier waarop hij haar had gekust en haar lichaam had gestreeld…

Maar dat was voordat Terje en Leif in beeld waren gekomen. Hoe kon ze door dat schild heen breken dat hij om zichzelf had opgebouwd, want er bestond een andere Olof dan de Olof die ze nu in de haven had achtergelaten.

*

Annemijn was de schok om Hedde tegen het lijf te lopen redelijk te boven gekomen, al vond ze het nog steeds een vreemd idee hem hier op het schip bezig te zien. Toch paste het bij Hedde, het schip en alles wat erbij hoorde, alsof hij nooit anders had gedaan dan over de zeeën zwerven.

Het was avond en de 'Wendelina' lag aangemeerd bij een eiland waar groepjes gekleurde, houten huizen pittoreske vissersplaatsjes vormden. En zelfs op rotsachtige uitlopers van het eiland stonden hier en daar nog huizen met ongetwijfeld een prachtig uitzicht over het water.

Op het vasteland vormden grijze bergen met wit bepoederde toppen een imposante keten waar het warme licht van de avondzon tegenaan scheen, zodat de bergen er minder dreigend uitzagen dan normaal het geval was. Een in het avondlicht glanzende zee strekte zich als een deinende, goudkleurige deken voor de kustlijn uit.

Hoewel het al later op de avond was, stond de zon nog veel hoger aan de hemel dan Annemijn en Nadine thuis gewend waren en samen met de andere passagiers genoten ze vanaf het dek van de 'Wendelina' van al het moois dat de omgeving te bieden had.

Nadine haalde een dikke trui en haar fotocamera uit de hut op en Annemijn had zich, gehuld in een warm gevoerd vest, met een kop thee aan dek verschanst. Ze had het dagboek bij zich en bladerde erdoorheen. Ook al had ze het helemaal gelezen, dat nam niet weg dat ze sommige passages nog eens wilde doornemen.

Ze was een beetje rozig van alle buitenlucht en sloot een moment haar ogen. Het geluid van het water dat tegen de romp van het schip klotste, de klaaglijke geluiden van de zeemeeuwen, die haar op de een of andere manier toch prettig in de oren klonken, het geroezemoes van de andere passagiers, alles tezamen zorgde ervoor dat ze weg zou kunnen dommelen. Toch verzette ze zich ertegen. Je ging toch niet midden op het dek zitten slapen?

"Vind je het goed als ik bij je kom zitten?" vroeg plotseling een vreemde, Engels sprekende mannenstem.

Annemijn viel van schrik bijna van haar zitplaats af en opende snel haar ogen. Naast haar stond een glimlachende, er sportief uitziende man met een kop koffie in zijn hand. Het was Espen, de kok op de 'Wendelina.'

"Alle plaatsen zijn zo'n beetje bezet, alleen hier is nog een plekje vrij," legde Espen uit. "Tenzij je vriendin hier zo meteen gaat zitten. Of als jij een dutje wilt doen…"

Er twinkelden pretlichtjes in zijn ogen. "Dan laat ik je met rust."

Bah, dat had zij weer! Stond er zomaar een knappe vent bij haar en zat zij weg te dutten!

"Nee, eh… nee, ga zitten," gebaarde Annemijn snel. "Nadine, mijn vriendin, wil foto's maken en is voorlopig wel even bezig."

Espen ging naast haar zitten. "Annemijn, zo heet je, toch?"

Annemijn knikte en keek in zijn vrolijke, goudbruine ogen en daarna naar het kuiltje in zijn kin dat hem een jongensachtig uiterlijk bezorgde. Zijn haar had een rossige kleur, maar hij had, in tegenstelling tot veel van zijn rossige soortgenoten, geen bleke huid. Zijn gezonde huidskleur verried dat hij veel tijd in de buitenlucht doorbracht, wat natuurlijk niet verwonderlijk was op een werkplek als dit.

"Aan het lezen?" Espen keek naar het dagboek.

"Eh... zoiets, ja. Het is een dagboek van ruim honderd jaar oud." Espens nieuwsgierigheid was gewekt en al snel waren ze in een boeiend gesprek verwikkeld over de reis van Annemijns betover-grootmoeder Meike en de manier waarop Nadine en zij de reis maakten.

Espen luisterde geïnteresseerd naar Annemijns reisplannen en ze liet hem de oude foto's zien van Meike met het kleine meisje en de vrouw in vliegenierskleding. Ze had de foto's uit haar moeders verzameling mee mogen nemen en ze bewaarde de prentjes zorg-vuldig tussen de bladzijden van het dagboek.

Espen keek van de foto van Meike naar Annemijn. "Een mooie vrouw. Ze lijkt op jou... of jij lijkt op haar." Hij liet zijn blik even op Annemijn rusten.

Annemijn moest haar best doen haar blik niet af te wenden. Zijn ogen namen haar zo onderzoekend op dat ze er een beetje van in de war raakte.

Het was Espen die als eerste glimlachend zijn blik afwendde. "Bijzonder zeg, als je na zoveel jaren nog iets van elkaar weg hebt," zei hij, nu weer met zijn blik op de foto gericht.

Annemijn knikte maar eens. Blijkbaar had Espen plotseling iets over zich wat haar sprakeloos maakte en dat was ze niet van zich-zelf gewend.

"Dus je blijft tot Bodø aan boord?" vroeg Espen.

Annemijn knikte nog maar eens. Waarom kon ze ineens geen normaal antwoord meer geven?

"Heb je zin om straks het eiland te verkennen? Het is nu zulk mooi weer en echt donker wordt het niet."

"Tja…" wist Annemijn er nog net uit te persen en haalde haar schouders op. Ze wilde zeggen dat haar dat ook wel leuk leek, maar helemaal alleen op stap met een man die ze niet kende? Ze wierp een blik op Nadine die druk met haar fotocamera in de weer was.

Espen volgde haar blik. "We zouden met andere passagiers, die dat ook een leuk plan vinden, kunnen gaan."

"Ja, dat is een goed idee," zei Annemijn opgelucht, blij dat Espen begrip voor de situatie had.

Espen stond op. "Dan vraag ik de anderen wat zij ervan vinden." Hij knipoogde naar Annemijn en verdween.

Annemijn keek zijn verdwijnende gestalte na. O ja, hij had beslist iets aantrekkelijks en ze vroeg zich af of het wel een goed idee was om zich met een vreemde man in te laten. Maar één avondje kon geen kwaad, toch? Dat ze de hele reis op de 'Wendelina' met hem te maken had, schoof ze snel naar de achtergrond.

Ze zag Hedde haar kant uitkijken en hun blikken kruisten elkaar een kort moment. Het was vreemd, maar ze wist bijna zeker dat als Hedde haar gevraagd had om het eiland te verkennen, ze meteen 'ja' had gezegd en ze zonder gezelschap van anderen met hem van boord durfde te gaan, al was Hedde per slot van rekening ook nog steeds een vreemde voor haar. Maar Hedde had haar niets gevraagd.

"Kan ik je nog iets te drinken aanbieden?" vroeg Espen, terwijl ze naar het schip terugliepen. Hij had zich de hele avond als een echte gentleman tegenover Annemijn gedragen en ze moest toegeven dat ze Espen wel mocht. Het was een aanlokkelijk idee om samen nog een laatste drankje te nemen, maar toch schudde ze haar hoofd.

"Nee, dank je, maar ik vond het een gezellige avond."

"Ik ook," zei Espen.

Ze hadden samen met Nadine en een paar andere passagiers een wandeling over het eiland gemaakt en daarbij genoten van de vergezichten over het water en de kleurrijke taferelen aan de avondhemel bewonderd, veroorzaakt door de steeds lager staande zon. Het eiland bleek een dankbaar foto-object en dat werd versterkt op het moment dat er een paar zeehonden opdoken en met hun guitige, ronde koppen de wereld boven het wateroppervlak verkenden.

Annemijn liep samen met Espen een eindje achter de rest van de groep aan. Espen hield plotseling halt en keek Annemijn weer net zo onderzoekend aan als eerder die avond. En weer zou Annemijn het liefst haar blik van hem afwenden, maar zijn blik leek als een magneet te werken en ze moest naar zijn lachende gezicht, zijn vrolijke ogen, met die bijzondere goudbruine kleur, en het kuiltje in zijn kin staren.

Glimlachend zette Espen een stap in haar richting. Hij boog zich langzaam naar haar toe en kuste haar licht op de mond. "Dank je wel, Annemijn, voor deze leuke avond," zei hij zacht.

Annemijn staarde Espen een ogenblik beduusd aan. Niet alleen Espens ogen, zijn hele verschijning had zondermeer iets uitzonderlijk aantrekkelijks, dacht ze zuchtend, en liet zich nog een keer door hem kussen.

*

Annemijn lag boven in het stapelbed en dacht aan de afgelopen avond terug en in het bijzonder aan Espen. En ergens op de achtergrond spookte Hedde ook nog door haar hoofd.

Nadine kwam de kleine badkamer uit en ging op het onderste bed zitten. "Tjonge, nu ken jij al twee mannen aan boord, Hedde en Espen, en ik heb nog niet met één man echt kennisgemaakt. Die Jorn is ringdragend, dus die heeft al een relatie en voor de rest moet ik het allemaal nog eens bekijken," verzuchtte ze.

"Stel je er niet te veel van voor," stelde Annemijn haar vriendin gerust. "Ja Espen, die is eigenlijk wel leuk, maar…"

"Maar je bent bang dat het gewoon bij een vakantieliefde blijft," vulde Nadine haar aan.

"Ik weet het niet, hij heeft een bepaalde aantrekkingskracht die niet te definiëren is en op de een of andere manier weet hij me wel te betoveren…" redeneerde Annemijn.

"Dus ben je toch stiekem verliefd," constateerde Nadine.

"Ik weet niet of betoveren iets met verliefd zijn te maken heeft."

"Nou, ik zou het wel weten met zo'n leuke vent."

"Ja, maar jij bent Nadine…"

"En jij Annemijn," kaatste Nadine terug. "Dus…"

"Dus, dag en nacht verschil," maakte Annemijn lachend haar zin af.

HOOFDSTUK 16

De Noorse kust, 16 augustus 1899

Het is bijna niet te bevatten zoals de ongelooflijke, bergachtige kustlijn van dit land aan Rune en mij voorbij trekt. Zoveel schoonheid in natuur, zoveel dingen waarvan ik gedacht had dat ik ze in mijn leven nooit zou zien. Ik begrijp Onnes drang om te reizen steeds meer en meer en ik kan me voorstellen dat iemand een liefde voor een gebied of land ontwikkelt en dat die liefde misschien zelfs sterker wordt dan de liefde voor een bepaald persoon.

Het schip vaart gestaag door en iedere zeemijl die het aflegt is een mijl dichter bij Onne... Zou hij mijn brief al ontvangen hebben? Was het maar vast zover dat ik bij hem kon zijn om hem te vertellen hoe erg ik hem gemist heb, hoe leeg het leven is zonder hem. Gelukkig heb ik Rune als gezelschap, hij doet het leven fleuriger lijken...

Het idee dat Hedde haar met zijn ogen volgde zodra ze zich op het dek begaf, kon Annemijn niet loslaten. Wanneer Hedde niet in de dichte stuurhut, maar buiten achter het ouderwetse roer stond, kruisten hun blikken elkaar namelijk regelmatig. Annemijn keek op zo'n moment snel een andere kant uit. Ze had genoeg aan Espen. Wanneer Espen vrijaf had, trokken ze met elkaar op en was hij leuk en charmant gezelschap. Ze genoot ervan wanneer hij een arm om haar schouders sloeg of haar kuste zodra ze zich onbespied waanden.

Annemijn was in haar hut om haar fotocamera op te halen zodat ze de betoverend mooie kustlijn kon vastleggen. Ze voeren tussen rotsachtige eilanden door en langs inhammen die toegang tot schilderachtige fjorden met hun sprookjesachtige bergwereld verschaften. Nadine was al aan dek en had zich een plekje in de zon toegeëigend, overigens wel met een warm jack aan.

O nee, daar overviel haar dat vervelende gevoel weer dat werd veroorzaakt door de deining van de golven. Ze tuurde door het patrijspoortje naar de horizon, maar die zag ze dan weer wel en dan weer niet en dat was beslist niet bevorderlijk voor haar maag. Ze had gedacht dat ze vandaag geen pilletje tegen zeeziekte hoefde in te nemen. De zee leek immers zo kalm…

Laat die camera maar zitten, dacht Annemijn, en ze haastte zich de hut uit, richting het dek. Hoewel, haasten was een groot woord, want ze had nog steeds geen echte zeebenen en zwalkte als een dronkenman door het schip heen. Ze worstelde zich de smalle gang door waar de hutten zich bevonden en kwam in het voorbijgaan een van de andere passagiers tegen.

"Lieve help, wat zie jij er beroerd uit!" merkte de vrouw op. "Gaat het wel goed met je?" Ze keek Annemijn fronsend na toen ze in de richting van de grote kajuit langs haar heen schuifelde.

Zich vasthoudend aan alles wat ze tegenkwam wist Annemijn uiteindelijk het dek te bereiken.

Nadine stond, met een grote zonnebril op haar neus, samen met een paar andere passagiers bij Jorn, die tekst en uitleg gaf over het hijsen van de zeilen. Ze keek een moment Annemijns kant uit. "Mijn hemel, wat zie jij bleek! Zelfs met zonnebril op zie ik het nog!" Ze tuurde voor de zekerheid over het randje van haar bril heen en klakte met haar tong. "Niet goed! Ik hoor degene te zijn die zeeziek moet worden, niet jij."

Annemijn liet zich op een bankje bij de reling neerzakken en tuurde gespannen naar de horizon. Iedere beweging leek haar maaginhoud naar boven te doen komen. Zo ellendig had ze zich nog nooit gevoeld.

Espen klom vanuit de kajuit het dek op. Hij had een kan met koffie bij zich en een schaal met koeken. Alleen al de aanblik ervan deed Annemijn bijna kokhalzen.

Espen glimlachte toen hij haar stil en bleek tegen de reling aan zag zitten. Hij zette de kan met koffie en de schaal met koeken op een veilige plaats neer en liep naar haar toe. "Geen zeebenen vandaag?"

Annemijn keek hem aan, maar durfde niets te zeggen of te glimlachen – alsof ze reden had tot glimlachen – bang dat iedere verkeerde beweging, al was het maar een mondhoek omhoog trekken, haar over de reling zou doen hangen om haar maag te legen.

"Je moet er niet te veel bij nadenken. Soms zit het voor een deel ook tussen de oren," legde Espen uit. "Denk aan iets anders dan dat je op zee zit."

"Hoe kan ik aan iets anders dan de zee denken als ik overal om mij heen water zie?" wist Annemijn met een klein, zielig stemmetje nog net uit te brengen.

Espen glimlachte. "Over een paar dagen weet je niet beter en heb je echte zeebenen. Geloof me. Wat jij moet doen is je gedachten naar iets anders verleggen." Espen keek naar Hedde. Hij stond achter het roer, zijn blik op de horizon gericht. "Vraag Hedde bijvoorbeeld eens of je achter het roer mag staan, hoe je een schip op koers houdt. Kom, dan breng ik je er wel heen." Espen pakte Annemijn bij de arm en trok haar van het bankje omhoog.

"Ik kan heus zelf wel lopen, hoor," protesteerde Annemijn zwakjes. In werkelijkheid stond ze nog steeds onvast op haar benen en ze liet zich toch maar gewillig door Espen meevoeren.

"Ik heb hier iemand die graag wat tekst en uitleg wil krijgen over jouw stuurmanskunst," meldde Espen aan Hedde. "Maar pas op, ze staat niet zo stevig op haar benen."

Heddes blauwe ogen namen Annemijn geamuseerd op en er verscheen een vage glimlach om zijn mond, waardoor de fijne lijntjes in zijn gezicht versterkt werden, zodat hij er eigenlijk alleen maar aantrekkelijker uitzag. De donkerblauwe, gebreide schippersmuts op zijn wilde haarlokken veroorzaakten hetzelfde effect.

"Ik neem haar wel van je over, Espen, dan komt het helemaal goed."

"Prima, dan deel ik koffie en koek uit en verdwijn weer naar de kombuis." Espen liep terug naar de rest van de passagiers.

"Kom." Hedde gebaarde met zijn hoofd dat Annemijn dichterbij moest komen. "Ga maar achter het roer staan, dan vertel ik je wat je moet doen."

Annemijn nam schoorvoetend achter het roer plaats. Hedde kwam achter haar staan. "Pak het roer maar beet," zei hij met zijn mond naast haar oor.

Annemijn legde haar handen op het grote, houten stuurwiel, maar had geen idee wat ze precies moest doen om het schip in de juiste richting te laten varen.

Hedde legde zijn handen naast die van haar op het roer en liet haar zien wat de bedoeling was. Daarbij raakte hij haar handen af en toe even aan. Het waren sterke en goed verzorgde handen, zag Annemijn.

Behalve de zilte zeelucht rook ze zijn kruidige aftershave en voelde ze zijn warme adem ter hoogte van haar oor wanneer hij iets tegen haar zei. Op een gegeven moment voelde ze de stevige druk van zijn hand op haar schouder, terwijl hij met zijn andere hand het roer corrigeerde. Hij stond heel dicht bij haar en dat was een prettige gewaarwording. Maar wat stond ze te dagdromen, zij scharrelde met Espen en Hedde hoorde daar zeker niet tussen te komen. Dat was vragen om moeilijkheden en dat was wel het laatste wat Annemijn op deze reis wilde.

Ze zwaaide naar Nadine, die met een aantal passagiers aan dikke touwen stond te sjorren om meer zeilen omhoog te hijsen. Wie had dat gedacht, dat Nadine het nog leuk ging vinden op een schip, dacht Annemijn glimlachend.

Ze keek naar de in de stevige bries opbollende zeilen, de zee – vandaag blauw met witte schuimkopjes op de golven – de helderblauwe hemel, waar donzige, witte wolken langs dreven en voelde de wind in haar gezicht en de zilte smaak van de zee op haar lippen. Avontuur, gonsde het door haar heen, zo voelde avontuur aan. Verbaasd constateerde ze dat ze zich plotseling een stuk beter voelde dan zojuist het geval was geweest en staande achter het roer, met Heddes hand nog steeds op haar schouder, begon ze langzaamaan weer volop te genieten van alles om zich heen.

Hedde zei iets tegen Annemijn en raakte daarbij heel even met zijn mond haar oor aan. Per ongeluk of met opzet? Annemijn wist het niet. Wel wist ze dat het bij haar een plezierig schokje teweegbracht en met een licht schuldgevoel dacht ze daarbij meteen aan Espen.

*

Haar bloemachtige geur, haar zachte, witblonde haar, kriebelend in zijn gezicht wanneer de wind het zijn kant uitblies, haar hele verschijning… Hedde was bang dat hij, ondanks zijn voornemen het niet te laten gebeuren, toch verliefd aan het worden was.

Annemijn was zo'n mooie en pure vrouw. Hij zou haar graag beter leren kennen. Hij leek wel gek dat hij haar met zijn mond heel even had aangeraakt. Zoiets deed je niet met een van de passagiers, dat was niet echt professioneel te noemen. Maar het kon net zo goed uitgelegd worden als iets wat per ongeluk, door de deining van het schip, werd veroorzaakt. En bovendien leek ze iets met Espen te hebben en daar moest hij niet tussen gaan stoken.

Aan de andere kant, sinds zijn affaire met Lisa was hij weer vrij man en kon hij op liefdesgebied doen en laten wat hij wilde. En als dat betekende dat hij het tegen een andere man moest opnemen, waarom niet? Beter van niet, liet een stemmetje hem weten, maar dat stemmetje wilde hij op dit moment graag negeren.

Hij keek naar Annemijn. Ze maakte foto's van het magnifieke landschap dat aan hen voorbijgleed en ergens roerde er zich iets in hem wat hij niet helemaal thuis kon brengen. Had hij ooit wel eens echte liefde gevoeld? Hij had gedacht van wel, maar nu hij Annemijn weer had ontmoet, wist hij niet meer zeker wat echte liefde was. Want wat waren al die andere keren dan geweest met Lisa en haar voorgangsters? Nou, geen echte liefde, jongen, gaf Hedde zichzelf in gedachten antwoord, want anders was je heus wel aan een van hen blijven hangen.

Maar wat als zijn grote liefde misschien niet een vrouw was, maar het schip en de zee? Zou het hem dan ooit lukken zich aan iemand te binden? Hedde staarde een moment voor zich uit, over zee, naar de eindeloze verte waar de horizon op en neer deinde en voelde plotseling een immense onzekerheid opkomen. Zou hij tot hij oud en grijs was alleen over de wereldzeeën blijven rondzwerven? Ja, dat was zijn passie…

Maar nu hij Annemijn een paar dagen had meegemaakt waren er naast zijn gepassioneerde gevoelens voor de zee en het avontuur, andere gepassioneerde gevoelens naar boven gekomen en hij wist niet precies hoe hij daarmee om moest gaan.

HOOFDSTUK 17

Er werd luid op het raam geklopt en iemand riep: "Maiken… Maiken!"

Maiken keek al pianospelend naar waar het geluid vandaan kwam en zag een gezicht - rood van inspanning - voor haar raam: Anne-Sofie. De oude dame klopte nog eens en wees toen naar de voordeur.

Maiken stopte abrupt met spelen. Snel stond ze op om Anne-Sofie binnen te laten.

Zodra Anne-Sofie achter een kop koffie in Maikens woonkamer zat, vuurde ze haar vragen op Maiken af: "Wat is er de laatste tijd toch met jou aan de hand, meisje?"

Maiken keek haar niet-begrijpend aan. "Hoezo?"

"Je speelt piano alsof je de toetsen uit het klavier wilt rammen."

Maiken onderdrukte een glimlach bij de uitdrukking die de oude dame gebruikte. "Is dat zo?"

"Is dat zo? Er zit meer gevoel in mijn grote teen dan in jouw pianospel, dus voor de draad ermee: wat is er aan de hand?" Anne-Sofie kon erg vasthoudend zijn. Er ontging haar niets. Soms was dat prettig, maar soms ook wel eens lastig, want dan kon Maiken niet anders dan alles aan haar opbiechten.

"Is het Olof?" vroeg Anne-Sofie met samengeknepen ogen.

Maiken aarzelde.

"Ja, dus," kwam Anne-Sofie tot de conclusie. "Ik wist het wel," mompelde ze, meer tegen zichzelf dan tegen Maiken.

"Olof denkt dat hij niet goed genoeg is voor mij. Hij denkt dat mijn collega Terje en Leif Bjorge meer geschikt zijn voor iemand als ik," legde Maiken een beetje moedeloos uit.

"Aha! Als ik het niet dacht!" riep Anne-Sofie uit. "Die Terje ken ik niet, maar die Leif Bjorge lijkt me wel een leuke vent." Anne-Sofie boog zich naar Maiken toe zodat haar lange, grijze vlecht over haar schouder naar voren viel en dempte haar stem. "Is het waar dat hij een eigen massageruimte heeft waar hij al zijn veroveringen mee naar toe neemt? Ik las zoiets in een roddelblad."

Maiken voelde hoe een blos over haar wangen kroop en Anne-Sofie keek haar aandachtig aan. "Je gaat me toch niet vertellen dat hij jou daarmee naartoe heeft genomen, hè?" Haar ogen begonnen te schitteren. "Bofkont! Over zoiets droomt toch iedere vrouw, een speciale behandeling van een beroemdheid. Misschien moet je mij maar eens aan hem voorstellen," opperde Anne-Sofie met een ondeugende lach op haar rimpelige gezicht. "Maar, eh… hoe was het?"

Zie je wel, dacht Maiken zuchtend, er ontging Anne-Sofie echt helemaal niets. "Er is helemaal niets gebeurd, Anne-Sofie." Anne-Sofie stond er op dat Maiken haar bij de voornaam noemde. "Ik heb een heerlijke massage gekregen van een professionele masseuse en dat was het."

Anne-Sofie keek alsof ze er geen woord van geloofde. "En daarna? Heeft hij niets geprobeerd?"

"Oké," gaf Maiken toe, "hij heeft wel iets geprobeerd, maar daar was ik niet van gediend."

"Omdat jij van Olof houdt," vulde Anne-Sofie aan. "En Olof van jou, maar die trekt zich voortdurend in zijn schulp terug."

Maiken knikte en Anne-Sofie leek even na te denken. "Wist je dat Olof niet echt een gelukkige jeugd heeft gehad?" vroeg Anne-Sofie plotseling.

Maiken fronste. "Eh, nou… Ik weet dat zijn vader op zee is omgekomen toen Olof nog een tiener was."

"Dat klopt. Sindsdien wilde Olofs moeder koste wat het kost voorkomen dat Olof visser zou worden, maar Olof wilde dat juist graag omdat zijn vader dat ook was geweest. Ze was bang nog iemand te verliezen en dat nam zulke proporties aan dat ze altijd de drang had Olof op allerlei vlakken goed te laten presteren, in de hoop dat hij een andere richting zou kiezen dan zijn vader had gedaan. Ze nam geen genoegen met iets mindere schoolprestaties of mindere prestaties op wat voor gebied dan ook. Niets wat Olof deed was goed in haar ogen, zolang hij niet tot de besten behoorde." Anne-Sofie zweeg even voordat ze vervolgde: "Ze liet Olof voortdurend weten dat het altijd beter kon, hoe goed hij ook zijn best had gedaan. Hoe denk je dat zoiets op een kind overkomt?" Anne-Sofie keek Maiken vragend aan. "Olof werd door de houding van zijn moeder onzeker en die onzekerheid is door blijven werken in zijn verdere leven."

Maiken probeerde te verwerken wat Anne-Sofie haar allemaal verteld had. Ze had nooit geweten dat Olofs moeder zo prestatiegericht was geweest. Wat ze zojuist te weten was gekomen verklaarde heel veel dingen waarmee ze, wat Olof betrof, niet uit de voeten had gekund. Langzaam vielen de stukjes op hun plaats en Maiken knikte begrijpend. "Dus daarom…" zei ze peinzend.

"Dus daarom," herhaalde Anne-Sofie haar woorden. "Misschien dat je nu met andere ogen naar hem kunt kijken. Hij vindt zichzelf nooit goed genoeg. Ik heb hem al zo vaak geprobeerd op andere gedachten te brengen, maar het is zo moeilijk om iemand ervan te overtuigen dat hij juist veel waard is als hij er zelf heel anders over denkt."

"Ik begrijp het," zei Maiken. "Maar hoe kunnen we daar iets aan doen?"

"Goede vraag," vond Anne-Sofie. "Maar ik weet ook niet zomaar een pasklare oplossing."

*

Toen ze thuiskwam, vond Anne-Sofie een briefje van Holden, waarop geschreven stond dat hij met de buren naar Honningsvåg was meegereden om een paar inkopen te doen. Het was prettig dat de dorpsbewoners elkaar met allerlei dingen hielpen, zeker wanneer je ouder werd. Ja, gelukkig was er hier nog sprake van saamhorigheid.

Anne-Sofie ging met een boek in een makkelijke fauteuil zitten. Het lezen ging haar misschien niet zo goed meer af, maar dat nam niet weg dat ze zo nu en dan toch graag een goed verhaal las. Maar al lezende dommelde ze langzaam weg en kwam in een droomwereld terecht waar ze zich liever niet bevond, maar waar ze met de regelmaat van de klok naartoe gezogen leek te worden.

Eerst was daar weer het indringende geluid van een neerstortend vliegtuig, daarna de oorverdovende klap, het kraken van metaal en daarna… niets. En na het niets… duisternis en pijn. En net op het moment dat ze dacht dat ze het niet zou overleven, was daar een vaag licht en een stem. Het was een prettige en bekende stem. Anne-Sofie moest zich tot het uiterste inspannen om te kunnen horen wat hij zei:

Wanneer de zon uit haar winterslaap ontwaakt,
met haar vurige gloed de verre horizon raakt,
zij met haar gouden stralen het eiland streelt,
dag en nacht verdwijnen, tijd geen rol meer speelt…

Ze lag op een bed en in het vage licht zag ze een gestalte. Hij zat naast haar bed en ze wilde weten wie het was die deze tekst voorlas, want hij had haar vaker voorgelezen. Hij las het lied over haar eiland, over Magerøya, haar thuisland… Ze probeerde haar ogen te openen. Ze móést weten wie het was. De stem vertelde haar nog meer over haar eiland:

…dan tovert zij met licht en kleurrijke regenbogen
en luister ik naar de wind en sluit mijn ogen,
wetend dat jij en ik bij elkaar horen, wij twee,
als zonlicht bij midzomer, als het tij bij de zee.

Het laatste zei hij zo zacht dat ze het bijna niet kon verstaan, maar ze wist hoe de tekst ging, hoe het lied ging. Ze had heimwee naar haar eiland, naar haar familie. Ze moest terug naar waar ze thuishoorde. Naar haar vader, maar haar vader leefde niet meer… En haar moeder? Wie zei haar dat zij nog wel in leven was? Er biggelde een traan uit een van haar ooghoeken en ze voelde hoe iemand een hand over de hare heen legde.

"Anne-Sofie?" hoorde ze iemand zacht zeggen. "Anne-Sofie, word eens wakker…"

Langzaam opende Anne-Sofie haar ogen en keek in het bezorgde gezicht van Maiken. Het drong tot haar door dat ze weer een nachtmerrie had gehad. Ze glimlachte een beetje beduusd naar Maiken en veegde een traan van haar wang. Huilde ze echt in haar dromen, vroeg ze zich verbaasd af.

"Ik blijf bij u tot Holden terug is," zei Maiken. "Ik wilde vragen of u misschien nog wat braadboter voor mij had, want ik ben weer eens door mijn voorraad heen, en toen zag ik u hier in de fauteuil zitten."

Holden, dat was het, dacht Anne-Sofie. De stem was van Holden geweest. Hij was degene die haar had voorgelezen. Tijdens de periode dat ze het dagboek, haar talisman, na haar afschuwelijke ongeval niet had kunnen lezen, had Holden naast haar bed gezeten en haar voorgelezen. Hij wist hoe belangrijk het voor haar was geweest, ook al had hij als Engelsman geen woord begrepen van wat er in het dagboek stond geschreven. Het was het begin geweest van hun levenslange liefde.

HOOFDSTUK 18

"Luister," zei Nadine tegen Annemijn. Ze zat aan de lange eettafel in de kajuit in Meikes dagboek te lezen. "Dit is bijzonder."

Er is iets vreselijks gebeurd, las Nadine hardop voor. *Er woedde een hevige storm en ik was bang dat ons schip met man en muis zou vergaan. Rune stelde mij gerust en zei dat het schip voldoende zeewaardig was om een dergelijke storm te doorstaan. Hij hield zijn arm om mij heen geslagen zodat ik me veiliger voelde en toen gebeurde het, we hebben elkaar gekust...*
Dat had niet mogen gebeuren, het was een vergissing, want ik hou van Onne. Hoe kan het dan dat ik het heel plezierig vond dat Rune mij kuste? Zijn mond voelde warm en troostend aan. Hij trok mij nog iets dichter tegen zich aan en het contact met zijn lichaam deed bij mij een vonk overspringen. Volgens mij gebeurde er bij Rune hetzelfde, ik zag het aan de plotselinge schittering in zijn ogen, aan de warme gloed die erin lag. Maar het mag niet, het kan niet! O ja, het was een grote vergissing!

"Zo, zo," zei Nadine met een schalks lachje naar Annemijn kijkend. "Jouw betovergrootmoeder had gevoelens voor een andere man dan Onne."
Annemijn haalde haar schouders op. "Ze was niet getrouwd met Onne, dus waarom niet?"
"Ja, dat is zo."

"Alle passagiers over tien minuten aan dek verzamelen!" werd er plotseling geroepen.

Nadine keek verschrikt naar Annemijn. "O nee, we zijn toch niet zinkende?" Ze sprong van haar zitplaats aan de eettafel op. "We zijn vast op een rots gelopen."

"Welnee," suste Annemijn haar. "Dan zouden we toch meteen aan dek moeten komen en niet pas over tien minuten."

"Ik weet het niet, hoor," zei Nadine, nog niet echt op haar gemak. "Sinds ik die film van de *Titanic* gezien heb…" Ze keek bezorgd om zich heen. "Waar liggen hier de reddingsvesten ook alweer?"

"Niets aan de hand," stelde een van hun mannelijke medepassagiers haar glimlachend gerust. "We passeren zo meteen de poolcirkel en daarom willen ze dat iedereen aan dek komt."

"O?" Nadine trok haar wenkbrauwen omhoog. "Maar waarom is dat?"

"Dat merk je vanzelf wel," zei de man grinnikend en verliet met zijn vrouw de kajuit.

"Nou, laten wij dan ook maar gaan," stelde Annemijn voor. "De poolcirkel passeer je tenslotte niet iedere dag."

Ze haalde de fotocamera uit hun hut op en begaf zich samen met Nadine naar het dek. Espen had gelijk gekregen. Ze had allang niet meer zoveel last van zeeziekte en kon inmiddels al behoorlijk in een rechte lijn in en over het schip lopen in plaats van rond te zwalken.

"Jullie zijn net op tijd," meldde een van hun medepassagiers hen. "We passeren nu de poolcirkel. Kijk," de man wees naar een klein eiland, "dat is het eiland Vikingen en daar staat de wereldbol die aangeeft dat we de poolcirkel passeren."

Op een rotsachtig eiland stond, boven op een voetstuk, een open-gewerkte, metalen wereldbol. Annemijn maakte er snel een paar foto's van. Op het moment dat het schip de wereldbol passeerde klonk de scheepshoorn en Annemijn en Nadine maakten van schrik een luchtsprongetje.

"Jemig! Kunnen ze van tevoren niet even waarschuwen?" mopperde Nadine.

"Vanaf nu verdwijnt de zon niet meer in zijn geheel achter de horizon. Boven de poolcirkel blijft het in dit jaargetijde dag en nacht licht," legde Annemijn vrolijk lachend uit en keek naar Jorn, de veroorzaker van het lawaai. Hij stond met een brede grijns op zijn gezicht vanuit de stuurhut naar hen te kijken. Waar was Hedde eigenlijk? Ze had hem al een poosje niet meer gezien. Niet dat haar dat iets interesseerde, hield ze zichzelf voor.

Er klonk rumoer achter hen en ze draaiden zich allebei om, om te zien wat er aan de hand was. Op het dek verscheen een vreemdsoortig uitziend individu. Een man met een woeste, witte haardos, een lange baard en een goudkleurige kroon op zijn hoofd. Hij had een soort Romeins gewaad om zich heen gedrapeerd en hield een drietand vast, een lange stok met drie puntige uiteinden eraan.

"Vieren ze hier carnaval of zo?" voeg Nadine verbaasd. "Of houden ze een gekostumeerd bal?"

"Ik ben Neptunus, heerser van de zee!" schalde de stem van de man over het dek. "En een ieder die voor het eerst de grens tussen licht en donker overschrijdt zal ik dopen met het zeewater dat ik uit de oceaan heb meegenomen."

"O *my*… Wat is dit? Of beter gezegd, wie is dat?" vroeg Nadine verbaasd.

'Neptunus," merkte Annemijn op.

"Ja, dat snap ik, maar wie is het?" Nadine tuurde met samengeknepen ogen naar de imposante verschijning van de zeegod. "Hij is wel lekker gespierd en ik zou zweren dat hij zonet naar me knipoogde."

"Neptunus naar jou knipogen? De ouwe snoeperd," grinnikte Annemijn.

Neptunus wenkte hen dichterbij te komen.

"O, hij wil dat we naar hem toe komen, maar wat is hij van plan?" vroeg Nadine zich niet helemaal gerust af.

"Hij gaat ons dopen, zoals hij net al zei," legde Annemijn uit.

Neptunus wenkte naar Annemijn. Annemijn overhandigde Nadine haar fotocamera en stapte uit de kring van mensen die zich om de zeegod verzameld had naar voren. Ze keek eens goed naar zijn gezicht dat achter de enorme baard en bijbehorende snor schuilging en ontwaarde een paar bekende, goudbruine ogen. Espen! Hij knipoogde naar haar en Annemijn lachte naar hem terug.

"Ik zou je willen vragen om te buigen voor Neptunus," zei hij gewichtig.

Annemijn boog gehoorzaam en wachtte af wat er ging gebeuren.

"Hiermee geef ik je de zeedoop en je daarbij behorende nieuwe naam. Vanaf nu zul je Stormvogel heten." Neptunus boog zich naar voren. "Zeg, charmante Stormvogel, zullen we vanavond iets afspreken? Ik heb een hut voor mij alleen," klonk het zacht bij haar oor.

"Met alle respect, heer Neptunus," fluisterde ze terug, "maar bent u niet een beetje te oud voor mij?" Plotseling gutste Neptunus een flinke plens ijskoud water in haar nek.

"Ah! Dat is koud!" riep ze verschrikt uit. Ze sprong omhoog en keek Espen even met een boze blik aan. Espen grijnsde en de passagiers om hen heen lachten. Het ijswater was werkelijk overal langs gesijpeld. Bibberend sloeg ze haar armen over elkaar.

Nadine werd omgedoopt tot Zilvermeeuw en het circus ging door totdat iedereen die voor het eerst de poolcirkel passeerde, een ijskoude doop had ondergaan en een nieuwe, zeewaardige naam had ontvangen. Na het doopspektakel deelde een van de bemanningsleden aan alle passagiers een opkikker in de vorm van een borrel uit.

Annemijn sloeg de inhoud van het kleine glaasje achterover, maar helaas verslikte ze zich. Al hoestend schoof ze bij de groep mensen vandaan en besloot dan maar droge kleren aan te trekken. Ze voelde zich nogal onderkoeld.

"Ik ga even…" Ze kuchte nog eens flink. "…iets anders aantrekken, hoor," zei ze met schorre stem tegen Nadine.

Nadine knikte. "Ik kom er ook zo aan. Ik wil nog wat foto's maken."

Nog steeds kuchend verdween Annemijn benedendeks. Die Espen, dacht ze een beetje verontwaardigd, die dacht dat ze zomaar even gezellig bij hem in zijn hut kwam logeren. Ja, hij was leuk, maar het ging haar net iets te snel. Ze schuifelde door de kajuit de smalle gang in en leunde even tegen de wand aan om met haar handen de overgebleven nattigheid weg te vegen. De wand

167

bleek alleen geen wand te zijn, maar een deur en die zwaaide plotseling open. Annemijn probeerde zich nog aan de deurpost vast te grijpen, maar kon niet voorkomen dat ze heel onelegant een hut binnen tuimelde.

"Oeps!" Haar handen graaiden door de lucht. Helaas was er nergens houvast te vinden en kwam ze met een harde smak op de vloer terecht. "Au!" kreunde ze. Ze bleef even versuft zitten. Haar rechterknie en -pols voelden pijnlijk aan en ze wreef er met haar andere hand overheen.

Ze keek om zich heen. Gelukkig was er niemand in de hut aanwezig, dan had ze pas goed voor schut gestaan, alsof ze aan de deur had staan afluisteren. Maar de deur was vast en zeker niet goed afgesloten geweest, anders had ze niet zomaar naar binnen kunnen tuimelen. Nu pas viel haar het geluid van stromend water op. Er stond iemand onder de douche! Annemijn wilde snel overeind krabbelen toen ze hoorde dat de kraan werd dichtgedraaid.

O nee! Ze moest hier weg voordat er iemand onder de douche vandaan kwam en haar hier aantrof. Diegene zou nog denken dat ze aan het inbreken was. Haar pijnlijke knie belette haar zo snel te zijn als ze zou willen en zo gebeurde het dat ze zomaar tegen een paar blote voeten en onderbenen aankeek – mooi gevormde onderbenen, dat wel – toebehorend aan een man, die vanuit de kleine badkamer naar haar toe kwam lopen.

"Wel, wel, wie hebben we daar?" hoorde ze een stem langzaam zeggen, een overbekende stem zelfs.

Annemijn durfde bijna niet omhoog te kijken en voelde het

schaamrood naar haar wangen stijgen. Nee, niet Hedde! Maar het was Hedde wél…

Ze bleef een ogenblik roerloos zitten.

"Zit de Kleine Zeemeermin zomaar bij mij op de vloer?" hoorde ze Hedde zeggen.

Annemijn keek eens naar zichzelf. Hij had gelijk. Ze zat ongeveer in dezelfde houding als het beeld van de Kleine Zeemeermin dat in Kopenhagen stond. Zelfs haar hoofd had ze net als de zeemeermin in dezelfde positie gedraaid omdat ze Hedde niet aan durfde te kijken. Het enige wat ze miste was een mooie glanzende vissenstaart.

"Ik, eh… ik kom net bij Neptunus vandaan." Ze moest toch proberen dit op de een of andere geloofwaardige manier op te lossen.

"En nu heet ik Stormvogel."

Wat zat ze in vredesnaam te bazelen! Haar blik gleed van Heddes onderbenen naar zijn knieën en bleef ergens vlak daarboven hangen, omdat ze niet verder durfde te kijken. Stel dat hij naakt was?

"Stormvogel, mooie naam," zei Hedde. "Maar wat doet Stormvogel in mijn hut?"

"Ik was op weg naar mijn eigen hut en toen, eh… leunde ik even tegen de wand aan, tenminste ik dacht dat het de wand was, maar het bleek een deur te zijn die niet goed was afgesloten en daardoor viel ik hier naar binnen." Annemijn verbaasde zich erover hoe makkelijk ze dit aan Hedde vertelde.

"Heb je je pijn gedaan?" Heddes stem klonk bezorgd.

"Nee, niet echt. Alleen mijn knie en pols voelen een beetje pijnlijk aan."

"Dan moeten we daar even naar kijken," meende Hedde. "En je mag me wel aankijken, hoor, als we met elkaar praten, want ik ben niet naakt."

Annemijn slikte even en schraapte toen haar keel. "O..." piepte ze. "Oké..." Ze krabbelde overeind en voelde hoe Heddes handen haar ondersteunden. Koele, sterke handen.

Haar blik was nu op de handdoek om zijn middel gevestigd en ze wilde zich er absoluut geen voorstelling van maken wat daaronder verscholen zat. Het idee alleen al dat hij daaronder naakt was zorgde dat er een golf van opwinding door haar lichaam sloeg. Langzaam gleed haar blik via zijn navel over zijn mooie, gespierde borstkas, langs zijn brede schouders en lachende mond naar boven, totdat ze eindelijk oog in oog met Hedde stond, zijn haar vochtig van het douchen en een heerlijke, mannelijke geur van zeep om zich heen.

"Ik moest even een douche nemen omdat ik in de machinekamer was geweest en onder de zwarte vegen zat," legde Hedde kalm uit, maar in zijn ogen meende Annemijn een vrolijke glinstering te zien. Hij liet haar langzaam los. "Ga daar maar zitten." Hij knikte naar zijn bed. "Dan kijk ik even naar je pols en je knie. Ik heb de nodige medische kennis in huis voor het geval er iets met de passagiers aan de hand is." Hij sloot eerst de deur van zijn hut. "We hebben geen pottenkijkers nodig. Voor je het weet doen er de vreemdste praatjes de ronde."

Annemijn knikte en ging gehoorzaam op de rand van zijn bed zitten. Hedde kwam naast haar zitten en ze liet zijn vaardige handen hun werk doen, terwijl ze zijn korte vragen beantwoordde. Ze moest haar best doen niet steeds naar hem te kijken. Hij was bijna naakt en ze fantaseerde over zijn handen op andere plaatsen dan haar pols en haar knie. Net als in haar droom…

Het geluid van Heddes stem haalde haar ruw naar de werkelijkheid terug. "Hè?" mompelde ze. "Wat zei je precies?"

"Ik zei dat het gelukkig maar lichte kneuzingen zijn. Een beetje rustig aan doen en dan komt het weer helemaal goed."

Heddes ogen bleven een kort moment hangen op een vochtig gedeelte van haar shirt waaronder het kant van haar beha zichtbaar was en haar borsten zich duidelijk aftekenden. "Annemijn," begon Hedde. "O nee, Stormvogel was het…" Hij keek haar met een ernstige, intense blik aan.

Annemijn voelde de onderhuidse spanning tussen hen toenemen. Zijn ogen leken te sprankelen en ze zou het liefst haar blik van hem afwenden, maar ze bleef als betoverd naar hem kijken. Vanaf hun eerste ontmoeting had ze hem meteen al leuk gevonden, besefte ze nu.

Hedde tilde zijn hand op en streelde haar wang. Annemijns hart begon als een bezetene te kloppen. Hij legde zijn hand in haar nek en trok haar langzaam naar zich toe totdat hun lippen elkaar raakten. Zijn mond, warm en stevig, trok een brandend spoor van hartstocht van haar lippen naar haar schouder en zakte daarna naar het vochtige gedeelte van haar shirt. Ze voelde de warmte van zijn lippen dwars door de dunne stof heen op de huid boven haar borsten branden. Er ontsnapte haar een diepe zucht. Hoe was het mogelijk dat ze zich zo aangetrokken voelde tot iemand die ze nauwelijks kende?

Hedde schoof haar shirt omhoog en zijn handen streelden het kant van haar beha. "Stormvogel," fluisterde hij, "vanaf het eerste moment dat ik je zag, wist ik dat je bijzonder was… Ik kon jou niet meer uit mijn hoofd zetten."

"Ik jou ook niet," fluisterde Annemijn, terwijl ze haar handen over zijn naakte schouders liet glijden en steeds meer het gevoel kreeg dat ze in haar eigen droom was terechtgekomen.

Hedde trok haar shirt uit, maakte daarna haar broek los en trok ook die voorzichtig uit. Hij keek een ogenblik naar haar kanten lingerie. "Wat ben je mooi…" zei hij schor. Zijn blik viel op de zilveren ketting met het hartvormige medaillon dat net iets boven de welving van haar borsten hing. "Wat een prachtige ketting…" Hij pakte het medaillon tussen duim en wijsvinger beet en bestudeerde de erin gegraveerde figuren. Zijn aanraking met haar naakte huid deed een aangename huivering door Annemijn heen gaan.

"Het ziet er oud uit," merkte Hedde op.

Annemijn knikte. "Ik heb het van jouw tante gekregen. Er zit een portretje in van een jonge vrouw en daarnaast staat de naam 'Aurora' gegraveerd."

"O ja, nu weet ik het weer… Tante Janna heeft me verteld dat ze jou een dagboek en een ketting heeft gegeven." Hedde zweeg even. "Aurora, mooie naam." Hedde liet het medaillon weer zacht op haar huid neerzakken. Zijn vingers volgden de welving van haar borsten en Annemijn wist niet meer hoe ze het had. Er sloeg een intense hitte door haar heen op het moment dat hij haar langzaam achterover op het bed duwde en haar hele lichaam begon te strelen. Zijn liefkozingen deden haar alles om zich heen vergeten en zodra hij zich over haar heen boog en haar hartstochtelijk kuste, beantwoordde ze zijn kus gretig.

"Stormvogel," fluisterde hij, zijn mond van de hare losmakend. "Ook een prachtige naam…"

Annemijn pakte zijn handdoek beet en trok die met een ruk van zijn heupen af. Ze zag zijn naakte lichaam en er laaide een heftig verlangen in haar op. Het was zoals in haar droom: Hedde en zij bedreven vurig de liefde en hij nam haar mee naar ongekende hoogten, zoals ze nog nooit bij iemand anders had ervaren.

Zou Meike het zo gevoeld hebben bij Onne, vroeg Annemijn zich nog heel even af. Dat echte liefde niet te vergelijken was met al het andere wat zogenaamd liefde wordt genoemd?

HOOFDSTUK 19

Er werd op de deur geklopt en Annemijn sprong geschrokken overeind, het dekbed tegen zich aanhoudend om haar naaktheid te verbergen. Eigenlijk verborg ze zich meer voor Hedde dan voor degene die achter de deur stond. Niet dat het nog uitmaakte dat Hedde haar naakt zag, hij had ieder plekje van haar lichaam al grondig verkend.

Annemijn keek met grote ogen van de deur naar Hedde. "Ik... Ik weet niet wat me bezielde... echt niet... Normaal ben ik niet zo... zo... dat ik zomaar met iemand het bed in duik," hakkelde ze verward.

Hedde keek haar glimlachend aan en wilde iets zeggen toen er weer op de deur werd geklopt.

"Hedde! Ben je daar?" klonk de stem van Espen.

Annemijn schrok zich lam. Espen! Die mocht haar hier onder geen voorwaarde vinden! En ook beslist niet hier vandaan zien komen...

"Hedde?" riep Espen weer.

"Momentje, Espen!" riep Hedde terug.

"Ik moet hier weg," fluisterde Annemijn. "Dit was een vergissing." Het was alsof ze haar betovergrootmoeder Meike hoorde praten over het feit dat ze Rune had gekust. "Ik heb iets met Espen. Hoe heb ik me ooit zo kunnen laten gaan?" Ongecontroleerd zocht ze haar kledingstukken bij elkaar.

Hedde pakte haar zacht bij haar pols beet. "Het voelde niet als een

174

vergissing," zei ook hij fluisterend. "Het voelde goed, geweldig…
fantastisch, zoals ik het nog nooit gevoeld heb. Ik wil je beter leren
kennen, Annemijn." Hij keek haar ernstig aan.

"Hedde, is alles goed?" riep Espen.

Annemijn schudde haar hoofd, trok haar pols los en begon zich in
een ijltempo aan te kleden. "Nee, Hedde, dat kan niet. Hoe moet ik
Espen uitleggen dat ik met jou naar bed ben geweest? Dat verdient
hij niet."

Hedde ging op de rand van het bed zitten, de handdoek weer om
zijn heupen gedrapeerd. "Ik weet dat je het net zo fijn vond als ik,
Annemijn, dat kun je niet ontkennen. Geef het een kans. Wie zegt
dat Espen de ware voor je is?"

"Wie zegt dat jij de ware voor mij bent?" kaatste Annemijn terug,
hoewel iedere vezel in haar lichaam haar vertelde dat wat ze zojuist met Hedde had beleefd zo ontzettend speciaal had gevoeld.
Hij maakte gevoelens in haar los waarvan ze gedacht had dat
zoiets alleen maar in boeken of films voorkwam. Ze had zich op
en top vrouw gevoeld en niet van Hedde af kunnen blijven. Zo intens had ze de liefde nog nooit met iemand beleefd.

"Hedde!" hoorde ze Espen nog een keer roepen terwijl ze haastig
haar laatste kledingstuk aantrok. De deur ging langzaam open en
Espens hoofd, of beter gezegd, het hoofd van Neptunus met de
woeste nephaardos, verscheen om de hoek van de deur. Zijn blik
vloog van Annemijn naar Hedde, die nog steeds halfnaakt op de
rand van zijn bed zat. Annemijn zag hoe zijn vrolijke blik plaats-
maakte voor iets wat op teleurstelling leek en durfde hem bijna
niet aan te kijken.

"Wat…. Hoe… Nee, zeg! Niet te geloven!" riep Espen verontwaardigd uit en stapte de hut binnen. "Wat doe jij hier?" Hij keek Annemijn met samengeknepen ogen aan. "Stomme vraag. Je bent met Hedde het bed ingedoken, dat is duidelijk. Ik dacht dat wij samen iets hadden?" Espen keek met een beschuldigende blik naar Annemijn en Annemijn keek op haar beurt schuldbewust naar haar voeten.

"Ja, ik, eh…" prevelde ze.

Hedde stond van het bed op. "Espen…" Hij schraapte zijn keel. "Sommige dingen overkomen je, zoals dat mensen zich tot elkaar aangetrokken voelen. Dat is wat er met Annemijn en mij is gebeurd en ik weet dat het…"

"Nou ja, zeg!" viel Espen hem boos in de rede. "Dit gaat wel heel makkelijk! Annemijn en jij voelen zich tot elkaar aangetrokken en dus is dat een vrijbrief om met elkaar naar bed te gaan?" Espen keek met een vernietigende blik van Hedde naar Annemijn.

"Het is waar, Espen," zei ze bijna fluisterend. "Ik weet ook niet waarom. Het gebeurde ineens." Stond ze hier werkelijk tekst en uitleg te geven aan iemand die uitgedost was als Neptunus?

"Het gebeurde ineens?" herhaalde Espen. "Ik dacht echt dat wij samen…" Espen schudde ongelovig zijn hoofd. "En dat terwijl ik je vroeg om vanavond…"

"Het spijt me, Espen, het spijt me echt heel erg." Annemijn meende ieder woord van wat ze zei, maar daar had Espen natuurlijk geen boodschap aan.

Espen keek nog eens van Annemijn naar Hedde en weer terug. "Dan is het nu in ieder geval voor alle partijen duidelijk hoe de vork in de steel zit," merkte hij venijnig op.

Annemijn keek bij het woord 'vork' naar de drietand die Espen nog steeds vasthield en moest een onverwachte, nerveuze giechel onderdrukken.

Espen keek Hedde een ogenblik strak aan, draaide zich daarna om en verliet als een zeer beledigde Neptunus de hut.

Zo, dacht Annemijn mistroostig, dat heb je weer mooi voor elkaar. Dit gaat de sfeer aan boord zeker niet verhogen.

"Ik, eh… Ik heb een grote fout gemaakt," mompelde ze. Haastig verdween ze, zonder Hedde nog een blik waardig te keuren, naar haar eigen hut en liet zich met een diepe zucht op de rand van het bed zakken.

Wat een puinhoop had ze ervan gemaakt! Hoe kon ze ooit nog genieten van de reis op dit schip? Aan de ene kant was daar Espen, die ze in zekere zin had bedrogen, en aan de andere kant was er Hedde. Aan hem dacht ze liever helemaal niet meer terug. O ja, het was een grote vergissing, om Meikes woorden nog maar eens te citeren. Dat was wat haar verstand zei. Haar hart vertelde iets heel anders: dat ze stapelverliefd op Hedde was geworden.

Ze hoorde gestommel, de deur zwaaide open en Nadine kwam blij lachend binnen.

"Ik heb mooie foto's gemaakt, joh!" riep ze enthousiast uit. Toen zag ze het treurige gezicht van Annemijn. "Hé, wat is er met jou aan de hand?"

Annemijn, niet gewend om iemand te bedriegen en niet gewend aan zulke heftige liefdesgevoelens, barstte prompt in huilen uit. "Ik heb alles zo ontzettend verprutst," snikte ze.

"Wat is er aan de hand?" vroeg Jorn even later aan zijn beste vriend. Direct na Annemijns vertrek had Hedde zich haastig aangekleed en zich bij Jorn in de stuurhut gevoegd.

Hedde haalde zijn schouders op. "Ik ben bang dat ik het een en ander niet zo slim heb aangepakt," zei hij zuchtend.

Jorn trok zijn wenkbrauwen op en keek zijn vriend een ogenblik onderzoekend aan. "Er stormde net een hevig verontwaardigde Neptunus langs en ik heb Annemijn al een tijdje niet meer aan dek gezien. Ik weet dat zij iets met elkaar hebben en als ik op mijn observatievermogen afga, zou ik denken dat er op liefdesgebied iets gaande is."

"Aan je observatievermogen mankeert helemaal niets, want je hebt het bij het juiste eind," zei Hedde mistroostig.

"Er is iets tussen Annemijn en jou… en Espen is daar achtergekomen," stelde Jorn vast.

Soms was het handig dat je elkaar als vrienden zo goed kende en elkaar feilloos aanvoelde, dacht Hedde, dat scheelde veel tekst en uitleg.

Hedde knikte. "Het valt niet goed te praten, maar zulke dingen gebeuren. Annemijn en ik voelen ons tot elkaar aangetrokken. Er is gewoon een klik. Waarom vertel ik jou dit eigenlijk allemaal?"

"Omdat ik je beste vriend ben, misschien?" vroeg Jorn met een scheve glimlach. Hij keek Hedde even snel aan en hield zijn blik daarna weer op het water gericht.

Hedde glimlachte geforceerd terug. "Ja, sorry, ik, eh… ben even de kluts kwijt."

"Begrijpelijk," vond Jorn. "Maar ik ben blij voor je dat er misschien eindelijk een vrouw is die dat bij je voor elkaar krijgt. Bekijk het eens van die kant."

"Wil je mijn privépsycholoog worden?" vroeg Hedde, nu breder glimlachend. "Ik kan er op het moment wel een gebruiken."

"Volgens mij was ik dat al ver voordat jij dat doorhad," grijnsde Jorn.

"Je hebt gelijk."

Ja, Annemijn had tijdens hun gepassioneerde liefdesspel gevoelens in hem los weten te maken waarvan hij het bestaan niet eens had vermoed, dacht Hedde verbaasd.

"Maar, eh… behalve liefdesperikelen speelt er nog iets anders. We hebben een probleem," meldde Jorn.

"Niet nog een probleem erbij," kreunde Hedde.

Jorn glimlachte even, maar keek vrijwel meteen weer ernstig. "Er zijn klachten binnengekomen dat passagiers voorwerpen missen."

"Hoe bedoel je?" vroeg Hedde fronsend.

"Sommige passagiers missen een horloge of sieraden," legde Jorn uit. "Of andere waardevolle voorwerpen."

Heddes frons verdiepte zich. "Je bedoelt dat er gestolen wordt?"

Jorn knikte. "Ik ben bang van wel en ik heb geen idee wie of hoe."

"Dat is een slechte zaak. Buiten dat het voor de passagiers heel vervelend is, kan het onze goede naam te grabbel gooien. We moeten ons er meteen in verdiepen en zonodig de politie waarschuwen. De gedupeerden zullen aangifte moeten doen."

"Sommigen hebben dat al gedaan toen ze voor excursies aan wal waren."

Ja hoor, dacht Hedde vermoeid, moeilijkheden dienden zich meestal in veelvoud aan. Naast de gecompliceerde liefdesrelaties aan boord, kwam er ook nog eens diefstal om de hoek kijken. Dat laatste moest zeer zeker extra aandacht krijgen, want ontevreden passagiers was wel het laatste waarop hij zat te wachten.

*

"Dus je hebt een dagboek van een van je voorouders?" vroeg Kjersti aan Maiken.

"Ja," knikte Maiken. "Volgens Anne-Sofie ben ik, buiten haar en mijn ouders, de laatste die nog op de plek woont waar dit dagboek is geschreven. Het zal wel de bedoeling zijn dat ik het later weer aan mijn kinderen doorgeef."

"Best wel bijzonder," vond Kjersti en trok haar benen onder zich op zodat ze lekker ontspannen in een hoek van Maikens tweezitsbank kon zitten.

Maiken was blij dat ze weer eens met haar vriendin had afgesproken. Ze hadden, vanwege hun drukke werkzaamheden, veel te weinig contact met elkaar. Maar de keren dat ze elkaar spraken, pakten ze de draad van hun vorige gesprekken meteen weer op, ongeacht hoeveel tijd er tussen hun laatste bezoek aan elkaar zat.

Kjersti bladerde door het dagboek heen, al kon ze er geen letter van lezen omdat het in het Nederlands was geschreven. "Je zei dat het dagboek hier op het eiland begint en wat er zich daarvoor heeft afgespeeld weten we niet. En het is duidelijk dat die vrouw, Meike, stapelverliefd was op ene Onne, een stoere zeevaarder."

Maiken knikte. "Meike kwam vanuit Nederland hierheen en had hier op het eiland regelmatig contact met nog een andere man, Rune Onstad. Hij was schoolmeester in Honningsvåg en hij komt vaak in dit dagboek voor."

Kjersti legde het dagboek op de tafel terug. "Je hebt er in ieder geval een prachtig lied aan overgehouden, een liefdeslied nog wel. En niet te vergeten, je hebt Leif Bjorge leren kennen." Kjersti zuchtte diep. "O, ik zou hem dolgraag eens in levenden lijve ontmoeten en dan heb ik het nog maar niet over een massage. De mooie handen van Leif Bjorge, strelend over mijn welgevormde lichaam…" Kjersti liet voor de tweede keer een zucht horen. "Jij kunt daar in ieder geval over meepraten." Ze pakte haar wijnglas van de tafel, wilde een slok nemen, maar constateerde dat haar glas leeg was.

"Nou, ik had liever dat Olof zoiets had gedaan," merkte Maiken op en schonk nog wat wijn in hun glazen.

"Tja, Olof… Hoe kun je hem duidelijk maken wat hij voor jou betekent?"

Maiken had Kjersti, behalve over haar massage-ervaring met Leif, ook over haar mislukte ontmoetingen met Olof verteld en waarom Olof reageerde zoals hij reageerde. "Ik weet het niet. Ik bedenk van alles, maar even later lijkt wat ik bedacht heb weer helemaal geen goed plan." Maiken nam een ferme slok van haar wijn.

"En die collega van je, Terje, probeert hij nog steeds iets?"

"Terje," verzuchtte Maiken, "die heeft een talent om voortdurend op precies de verkeerde momenten op te duiken en dan ook nog het liefst met een of meerdere rozen aan te komen zetten."

"Wel romantisch," vond Kjersti. "Ik bedoel die rozen."

"Ja, wel als je iets voor elkaar voelt, maar ik voel niets voor hem."

Maikens mobieltje ging over. Ze pakte het van de tafel en zag Leifs naam in het schermpje staan. "Dat is Leif."

"Dé Leif?" riep Kjersti enthousiast uit. "Kun je alsjeblieft een massage voor me regelen?"

Maiken grimaste en nam op. Leif begon meteen een heel verhaal waarop Maiken: "Ja, nee" of "o?" antwoordde en ten slotte: "Oké, ik doe het" zei.

Kjersti keek haar nieuwsgierig aan en gebaarde, met haar wijnglas in haar hand, uitgebreidere antwoorden te geven zodat ze het gesprek kon volgen.

"En?" vroeg Kjersti, zodra Maiken het gesprek had beëindigd.

"Leif wil dat ik weer tijdens een concert van hem optreed waar ook tv-opnames van gemaakt worden. Op die manier kan ik meteen mijn eerste cd promoten. Die is nu helemaal opgenomen."

"Aaaaah!" gilde Kjersti. "Dat meen je niet! Te gek!"

"Ja, dat is het zeker. Maar het blijft toch een beetje griezelig."

"Je doet het toch wel, hè?"

"Ja, het is in Honningsvåg tijdens het Noordkaapfestival. Een thuiswedstrijd eigenlijk."

"O, maar dat is helemaal te gek!" Kjersti haalde een hand door haar kortgeknipte, bijna zwarte haar en nam een slokje van haar wijn. Ze leek even na te denken. "Je zingt dan natuurlijk het Midzomernachtlied."

"Ja."

Kjersti's hazelnootkleurige ogen begonnen te schitteren. "Misschien weet ik wel iets om Olof van jouw liefde te overtuigen. We moeten er alleen voor zorgen dat hij naar het optreden toe komt."

Maiken fronste. "Zo simpel is dat niet. Vorige keer zou hij ook komen en toen was hij te laat, maar helaas net op tijd om te zien hoe Terje mij een kus gaf."

"O, maar dat gaan we nu heel anders aanpakken," zei Kjersti opgewekt. "Luister…"

HOOFDSTUK 20

"Ik ben mijn ketting kwijt!" Annemijn voelde aan haar nek, keek nog eens naar beneden naar de plek waar het medaillon zou moeten hangen en schudde toen vertwijfeld haar hoofd.

"Heb je hem niet ergens neergelegd toen je ging douchen of zo?" vroeg Nadine.

"Nee, ik heb overal gezocht en het is weg!" zei Annemijn paniekerig. "O, wat erg! Een antieke ketting... Een familiestuk..."

"Echt waar?" Nadine keek haar met grote ogen aan.

"Ja, zoiets staat in het dagboek, maar dat heb jij nog niet gelezen."

"Was het slotje nog wel goed? Dat het niet per ongeluk open is gegaan?"

"Nee, daar mankeerde niets aan." Annemijn schudde nog eens vertwijfeld met haar hoofd en voelde vervelende tranen achter haar ogen prikken.

"Dan is het gestolen," meende Nadine. "Ik hoorde van sommige passagiers dat zij ook kostbare dingen zijn kwijtgeraakt."

"Maar... hoe kan dat?"

"Tja, dat weet niemand. Misschien een zakkenroller toen we voor een excursie van boord gingen. Wel heel erg zonde, zeg." Nadine sloeg meelevend een arm om Annemijns schouders. "Wie weet, vind je het toch nog ergens terug."

"Nee, ik heb echt overal gezocht."

"Laten we het in ieder geval aan Hedde of Jorn melden," stelde Nadine voor. "En je kunt aangifte doen."

Hedde! dacht Annemijn geschrokken. Nadat ze haar hart gelucht had bij Nadine over de romantische escapade in Heddes hut en de daaropvolgende confrontatie met Espen, ging ze voor de buitenwereld gewoon weer haar gang alsof Hedde en zij nooit met elkaar naar bed waren geweest en alsof ze Espen niet enorm had teleurgesteld. Wat moest ze anders? Ze kon toch moeilijk de rest van haar vakantie kniezend doorbrengen.

Natuurlijk had ze nog gevoelens voor Hedde, heftige gevoelens zelfs. Nu ze die had, wist ze dat ze eigenlijk niets meer dan vriendschap voor Espen had gevoeld. En ze wist niet hoe ze moest reageren als Hedde een keer haar kant uit keek of iets tegen haar zei. Hoe kon ze nog normaal reageren nadat ze zichzelf letterlijk bloot had gegeven?

's Avonds wanneer ze in haar kooi lag, spookte Hedde voortdurend door haar hoofd. Ze durfde het niet aan om in zijn gezelschap gezien te worden. Dat leverde haar alleen maar boze blikken van Espen op, dus als ze Hedde een keer wilde spreken dan moest dat als iedereen aan wal op excursie ging of als Hedde en zij even niet op het schip waren.

Het was heel vervelend dat Espen het niet met haar uit wilde praten. Dat leverde een gespannen verstandhouding tussen hen op en dat was allerminst prettig.

"Kom." Nadine schudde haar wakker uit haar mistroostige gedachten. "Laten we eerst eens naar buiten gaan. Een frisse neus zal ons goed doen en dan bespreken we daarna de situatie met Hedde of Jorn."

*

Dik ingepakt vanwege de kille zeewind begaven Annemijn en Nadine zich aan dek en installeerden zich op een bankje bij de reling. "Zeg, vergeet niet te genieten, hè," zei Nadine, naar een peinzende Annemijn kijkend. "Ik weet wel dat het allemaal niet meevalt, maar laten we in ieder geval proberen er iets leuks van te maken." Nadine zat alweer in het dagboek te lezen. Ze kon er geen genoeg van krijgen.

"Jouw leven lijkt parallellen te vertonen met dat van Meike, maar dan net even iets anders. Moet je horen..." Nadine begon voor te lezen:

De storm is gelukkig geluwd en we varen over een vrij kalme zee langs een prachtige eilandengroep met grillige, steile bergwanden en spitse bergtoppen. Hier en daar staan er langs de kust roodgekleurde, houten huisjes, gebouwd op palen in het water. Rune noemt ze 'rorbuer', zogenaamde vissershutten. En dan zijn er nog de houten rekken waar rijen en rijen kabeljauw aan hangen te drogen.

Maar over Rune gesproken, er is niets zo erg als dat je van iemand houdt en je gevoelens voor iemand anders begint te krijgen. Ik moet voortdurend aan de kus van Rune en mij denken. Het voelde zo goed en dat begrijp ik niet. Want wat Onne en ik hebben is heel erg speciaal. Onne en ik hebben zelfs het bed met elkaar gedeeld, maar toch kan ik er niets aan doen dat mijn gedachten naar Rune afdwalen. Hij is zo lief en zorgzaam en roept gevoelens in mij op die mij blij maken...

Nadine keek Annemijn veelbetekenend aan. Ja, dacht Annemijn, dat heb ik allemaal al gelezen, maar toen zei het mij niet zoveel, en nu...

"Ik begrijp het," zei Annemijn. "Je doelt op Espen, die ik eerst wel leuk vond, en toen werd het toch Hedde die iets bij mij teweegbracht."

"Iets bij je teweegbracht? Volgens mij heeft hij je hart behoorlijk op hol weten te brengen," merkte Nadine op. "Wist je trouwens dat er een mooi lied achter in het dagboek staat?"

Annemijn knikte. "Het Midzomernachtlied."

Ze zag vanuit haar ooghoek Hedde met een mok koffie in zijn hand naar hen toe komen lopen. Ze keek eerst naar links, toen naar rechts en besloot zich dan maar te concentreren op een punt recht voor haar ergens op het vasteland, als ze maar niet naar Hedde hoefde te kijken.

"Dag, dames," zei Hedde, zodra hij dichterbij was gekomen. "Alles naar wens?"

"Hallo, Hedde," zei Nadine glimlachend. "Ja, hoor. We genieten volop van deze reis." Ze stootte Annemijn aan.

"Au, eh... ja, we genieten, eh...volop," stotterde Annemijn. Ze voelde hoe Heddes blik op haar bleef rusten en dat maakte haar alleen maar nerveuzer. Ze wist echt niet hoe ze zich in een situatie als deze moest gedragen. Waarschijnlijk lag 'normaal' het meest voor de hand, maar dat lukte haar gewoonweg niet.

"Alleen is Annemijn haar kostbare ketting kwijtgeraakt," merkte Nadine op.

Hedde fronste. "O?"

"Ik hoorde dat er meer mensen iets misten." Nadine keek Hedde vragend aan.

"Verdraaid, ik hoopte dat het nieuws zich niet als een lopend vuurtje zou verspreiden," zei Hedde hoofdschuddend. "Het is een erg vervelende kwestie. Kom straks anders even bij me langs, dan kunnen we de situatie rustig bespreken."

"Is goed," knikte Nadine en Annemijn knikte automatisch met haar mee.

Heddes blik gleed naar het dagboek dat Nadine vasthield. "Zo, dat ziet er oud uit."

"Ja," knikte Nadine ijverig. "Het is een dagboek van Annemijns betovergrootmoeder."

"O ja," zei Hedde. "Het boek dat je van mijn tante Janna hebt gekregen. Net als die ketting."

"Dat klopt," zei Annemijn, zowaar zonder haperen en ze probeerde niet te denken aan het moment dat Hedde haar ketting had ontdekt, toen ze in haar lingerie bij hem op bed had gezeten. Ze haalde diep adem en wees op het dagboek. "Nadine en ik maken nu de reis die mijn betovergrootmoeder in dit dagboek beschrijft."

"Dat lijkt me interessant. Mag ik?" Hedde ging naast Annemijn en Nadine op het bankje zitten. Daardoor raakte hij Annemijns arm en een stukje bovenbeen aan, al verdacht ze hem ervan dat hij wel erg dicht tegen haar aan kwam zitten. Hij had best nog iets op kunnen schuiven. Het ergste was nog dat het haar hart acuut sneller liet kloppen. Het leek haar dan ook beter zijn blik te blijven ontwijken.

Hedde boog zich naar het boek toe en las de bladzijde waarop het lag opengeslagen. "Die eilandengroep met die grillige, steile bergwanden, spitse bergtoppen en de rode huisjes op palen klinkt als de eilandengroep Lofoten. Trouwens een schitterende reisbestemming, echt heel karakteristiek."

"De moeite waard dus," zei Nadine.

"Heel erg de moeite waard," bevestigde Hedde haar woorden. "Voor de rest gaat het mij natuurlijk niets aan wat er in dit boek staat."

"Je bedoelt de kus en de gevoelens van liefde?" glimlachte Nadine.

"Die bedoel ik." Hedde grijnsde en keek naar Annemijn, die alweer een nieuw punt op het vasteland een erg interessant object scheen te vinden. Hij legde heel even een hand op haar bovenbeen, wat haar toch al te snelle hartslag nog meer versnelde, en stond toen op. "Nou, dames, nog veel plezier verder. Mijn plicht roept." Hij dronk zijn koffie op en verdween benedendeks.

"Zooooo, hij is echt leuk!" Nadine stootte Annemijn voor de tweede keer aan.

O ja, hij was echt leuk, dacht Annemijn. Maar ze was gewoon geen type voor een vaste relatie.

"Kijk, volgens mij zie ik daar een zeearend!" riep Nadine plotseling. "Moet je zien hoe groot!" Ze sprong op en ging aan de reling staan.

Annemijn kwam naast haar staan en keek in de richting waar Nadine naar wees. Boven het water zweefde een grote, bruingekleurde vogel met vleugels van een enorme spanwijdte. "Wauw," zei ze zacht." Die is zeker groot."

Plotseling dook de arend met vooruitgestrekte klauwen naar beneden, griste een vis uit de golven en vloog ermee weg.

"Ooo, is het niet bijzonder?" jubelde Nadine. Zij was degene die, tegen alle verwachtingen in, nog het meest enthousiast over de hele reis was geworden. Naast haar stonden nog meer passagiers met fotocamera's en verrekijkers aan de reling, in de hoop dat de zeearend zich nog eens dicht bij het schip zou begeven.

"Ik haal mijn fotocamera ook even op," zei Annemijn en haastte zich naar binnen. In de kajuit trof ze Hedde aan, in gesprek met een van de passagiers. Hun blikken kruisten elkaar een kort moment. Heddes ogen verzachtten zich zodra hij Annemijn aankeek. Annemijn probeerde te glimlachen, maar dat ging haar niet bijster goed af. Snel liep ze door naar haar hut en kwam even later terug met haar fototas.

Hedde negerend, haalde ze haar camera uit de tas en liet de tas op de tafel in de kajuit achter. Hopelijk kon ze nog een zeearend spotten.

Op het dek wenkte Nadine haar. "Kijk, hij zit daar op een eilandje." Nadine wees naar een stuk rots dat boven het water uitstak en waar de grote vogel met zijn vismaaltje bovenop zat. "O, daar vliegt er nog een!"

Annemijn maakte snel foto's van het imposante, gevleugelde dier met zijn grote, kromme snavel en scherpe klauwen.

"Zo, die staat er hopelijk goed op," zei ze even later, tevreden naar de display van haar fotocamera kijkend. "Ik ga naar binnen om iets warms te drinken. Wil je ook iets?" vroeg ze aan Nadine.

"Ja lekker, ik loop wel even mee."

Ze maakten zich van de reling los en keerden naar de kajuit terug. Gelukkig was Hedde in geen velden of wegen meer te bekennen en Annemijn pakte haar fototas van de tafel. Uit het geopende vak, waar haar camera had gezeten, viel iets met luid gekletter op de vloer. Ze keek verschrikt naar beneden. Naast haar voeten lag een horloge.

"Wat is dat?" vroeg Nadine en bukte zich om het horloge op te rapen.

"Geen idee," zei Annemijn. "Het viel uit mijn tas." Ze keek in de tas en zag dat er behalve het gevallen horloge, nog een paar sieraden in een van de vakken zaten. Ze viste er een kostbaar uitziende armband uit. "Wat raar... Hoe komen die hier terecht?"

Op dat moment stapte Espen de kajuit binnen. Hij keek van het horloge dat Nadine vasthield naar de armband in Annemijns hand.

"Wat is dat nou?" Hij liep naar Annemijn toe en wierp een blik in de geopende fototas. "Hoe kom jij aan die spullen?"

"Geen idee," zei Annemijn naar waarheid. "Ze zaten plotseling in mijn tas."

"Ja, ja," reageerde Espen ongelovig. "Weet je dat er passagiers aan boord zijn die kostbare dingen missen? Nu weet ik waar ze gebleven zijn. Jij hebt ze gestolen."

"Hè?" Annemijn kon haar oren niet geloven. "Ik? Ik weet niet eens waar deze spullen vandaan komen of van wie ze zijn."

"Nee, Annemijn zou zoiets nooit doen. Hoe kun je haar nou verdenken?" verdedigde Nadine haar vriendin.

"Leg dan maar eens uit hoe ze dan wel in jouw tas terecht zijn gekomen." Espen keek Annemijn met een beschuldigende blik aan. Hedde kwam de kajuit binnen en overzag het tafereel. "Wat is hier aan de hand?"

"Annemijn heeft het een en ander aan sieraden in haar fototas zitten. En volgens mij kan het niet anders dan dat het de voorwerpen zijn die onze passagiers missen," legde Espen uit.

"Nee, dat is niet waar!" wierp Annemijn geschrokken tegen. Ze keek Hedde wanhopig aan. "Ik weet echt niet hoe alles in mijn tas is terechtgekomen. De tas stond hier een tijdje op de tafel terwijl ik aan dek was…"

"En iemand kan het erin gestopt hebben," maakte Nadine Annemijns zin af.

"O, je wilt iemand anders de schuld geven," snauwde Espen verontwaardigd.

"Nee, ik geef niet zomaar iemand anders de schuld, ik zeg alleen dat ik al deze dingen nooit eerder heb gezien," verdedigde Annemijn zich. "Bovendien ben ik mijn eigen antieke ketting ook kwijtgeraakt."

Espen keek alsof hij geen woord geloofde van wat Annemijn zei. "Ja, ja… Je zult de boel wel verkocht hebben. Ik zou maar oppassen, Hedde, straks troggelt ze jou nog geld af."

"Wacht even." Hedde stak zijn beide handen op. "We hebben hier te maken met diefstal. Verschillende mensen hebben daarvan zelfs al aangifte gedaan." Hij keek Annemijn ernstig aan. "En nu vind jij deze spullen zomaar in je tas?"

Annemijn knikte. "Ja, maar ik ben geen dief," zei ze fel. "Ik heb ze niet gestolen."

Hedde keek haar een ogenblik zwijgend aan.

"Bewijs dan maar eens dat je geen dief bent," stelde Espen voor.

Annemijn negeerde Espen en keek naar Hedde. "Ik kan het niet bewijzen, maar ik heb er echt helemaal niets mee te maken," zei ze, veel kalmer dan ze zich voelde.

"Toch zal ik de politie moeten inlichten," meende Hedde. "Als je het echt niet gedaan hebt, heb je niets te vrezen, toch?"

"Als?" riep Nadine verontwaardigd uit. "Niet als! Annemijn is onschuldig!"

"Sst, een beetje zachter graag," suste Hedde haar. Enkele passagiers waren de kajuit binnen gekomen en bleven nieuwsgierig staan. "De politie zal onderzoek moeten doen om de dader te achterhalen."

"Dus je gaat er in eerste instantie van uit dat Annemijn schuldig is?" Nadine keek Hedde met fonkelende ogen aan.

"Dat zeg ik niet."

"Maar dat denk je wel," zei Nadine uitdagend.

Hedde bleef zwijgen. Annemijn keek hem geschokt aan. Ze voelde een brok in haar keel opkomen. Ze was nog nooit van haar leven van zoiets als dit beschuldigd en het voelde als een regelrechte aanval en een ijskoude douche na wat Hedde en zij samen beleefd hadden. Ze sloeg haar hand voor haar mond voordat ze iets lelijks zou zeggen en in huilen zou uitbarsten. Ze keek nog eens van Hedde naar Espen en verliet bijna rennend de kajuit om zich in haar hut op te sluiten en er voorlopig niet meer uit te komen. Hoe kon ze zich nog tegenover iedereen vertonen zonder dat de anderen haar zouden verdenken?

"Zie je nou wat je gedaan hebt!" hoorde ze Nadine boos zeggen.

"Ze is vast niet te vertrouwen, Hedde," klonk Espens stem nog eens.

Het geluid van snelle voetstappen kwam in de richting van de hut en de deur zwaaide open. Nadine stormde naar binnen.

"Dit is echt het toppunt, zeg! Stelletje… stelletje…" Nadine stampvoette als een gekooid dier door de kleine ruimte heen en weer en ging toen naast de ineengedoken gestalte van Annemijn op bed zitten. Ze sloeg haar arm om Annemijns schouders. "Dit laten we niet zomaar gebeuren! O nee, echt niet!"

Annemijn legde haar hoofd op Nadines schouder. "O, waarom heb ik me toch met Hedde ingelaten?" fluisterde ze verdrietig.

HOOFDSTUK 21

Het was een vreselijk dilemma en Hedde wist niet hoe hij er op de juiste manier mee om moest gaan. Hij wist zo goed als zeker dat Annemijn onschuldig was, maar kon het tegenover zijn andere passagiers niet maken om er klakkeloos van uit te gaan dat het inderdaad zo was. Want dan zou het lijken alsof hij zijn passagiers niet serieus nam. Hij had de pijn en de schrik in Annemijns ogen gezien en voelde zich daar schuldig over. Hij merkte dat ze hem probeerde te ontlopen, wat niet meeviel vanwege de beperkte ruimte van het schip, en dat kon hij haar niet kwalijk nemen. Voor hem stond het vast dat zij geen dievegge was. Een dief zou toch nooit een tas met gestolen voorwerpen rond laten slingeren zodat iedereen het kon zien?

Hedde zat aan dek en nam peinzend een slok van zijn koffie. De 'Wendelina' lag aangemeerd in een fjord met een overweldigend uitzicht over een typisch Noors landschap. Spitse bergpieken omsloten de fjord en in het spiegelgladde water tekenden zich een vriendelijke wolkenhemel, de grootse bergwereld en het groen van de lager gelegen gebieden schilderachtig af. Een andere spectaculaire blikvanger was een van de ijsblauwe zijarmen van de Svartisen-gletsjer, die zich vanuit het gebergte een weg naar beneden zocht.

De passagiers, inclusief Annemijn en Nadine, waren van boord gegaan om een wandeling naar de gletsjer te maken en zouden zeer zeker enthousiast van hun tocht terugkeren, al wist Hedde niet zeker of Annemijn en Nadine nog konden genieten van dit uit-je na het vervelende voorval van de diefstal. Hij hoopte van wel.

Ook al geloofde hij in de onschuld van Annemijn, toch zei een heel klein stemmetje dat er meester-dieven bestonden, charmante en vriendelijke mensen, die iedereen om de tuin konden leiden. Hedde wilde niet naar het stemmetje luisteren, maar het bleef aan hem knagen.

Waarom was Annemijn, onder het mom op zoek te zijn naar haar voorouders, naar Holwierde en de Ezingaheerd gekomen? Ze had contact gelegd met tante Janna, een rijke, oudere dame... Maar tante Janna had hem verteld dat ze Annemijn wel mocht en had haar een dagboek en een ketting gegeven. Zoiets deed Janna niet zomaar. Ze beschikte namelijk over een grote dosis mensenkennis.

En zo bleven Heddes gedachten rondjes draaien, al neigde hij het meeste naar het standpunt dat Annemijn onschuldig was. En daar wilde hij liever niet van afwijken.

"Vervelende situatie, hè?" Jorn liep het dek op en sloeg Hedde meelevend op zijn schouder waardoor er koffie over de rand van Heddes mok klotste. "O, sorry."

"Geeft niet," bromde Hedde en veegde met een papieren zakdoek de koffie van zijn vingers.

Jorn ging naast hem zitten. "Je zit ermee, hè? Vooral omdat de po-litie nog geen idee heeft wie het zou kunnen zijn."

De politie was aan boord geweest en had iedereen ondervraagd, zonder resultaat. Er ontbraken nog steeds kostbare voorwerpen. In Annemijns fototas had maar een gedeelte gezeten van wat er vermist werd.

Hedde knikte somber. "Iedereen moet tot Bodø aan boord blijven. En misschien hebben we zelfs dan nog geen dader aan kunnen wijzen."

"Het duurt niet lang meer voor we daar zijn en dan komt er een nieuwe groep passagiers aan boord en zwaaien we deze groep uit. We kunnen hen toch moeilijk net zolang hier in de buurt laten blijven totdat de zaak is opgelost," meende Jorn.

"Nee, dat kunnen we niet van deze passagiers vragen."

"Dus grote kans dat deze zaak helemaal niet wordt opgelost."

Hedde trok zijn schouders op. "Dat zou heel goed kunnen."

Met het ontmaskeren van de dader zou er natuurlijk een stuk rust aan boord terugkeren. En als het niet bekend werd wie de dader was, tja, dan wist hij niet wie hij nog wel of niet kon vertrouwen. Was het een van de passagiers of was het, en daar wilde hij liever niet in geloven, iemand van zijn eigen bemanning? Iemand die hem een hak wilde zetten of iemand die geld nodig had? Er was in ieder geval één ding waarop Hedde hoopte: dat Annemijn onschuldig bleek te zijn.

*

"Mijn lieve Maiken!" riep Leif enthousiast uit. Hij kuste haar op beide wangen en keek haar aan met een blik waarbij iedere andere vrouw waarschijnlijk meteen weg zou smelten, maar Maiken niet. "Mag ik binnenkomen?"

"Ja, natuurlijk." Maiken deed een stap opzij. Waarom kwam hij haar opzoeken? Hij kon haar toch ook bellen? Als Olof hem zou zien, dan dacht hij dat hij nog minder kans bij haar maakte en dat wilde ze juist voorkomen.

Leif stapte naar binnen en Maiken ging hem voor naar de woonkamer. Leifs lange haar zat dit keer niet in een knotje maar hing in een lange vlecht op zijn rug. Boven aan zijn vlecht hingen kleine strengen vrolijk gekleurde kralen waar een grote veer aan vastgemaakt was. Hij droeg een strak, zwart overhemd waarvan de knoopjes net iets te ver open stonden, zodat zijn gladgeschoren, goedgevormde borstkas zichtbaar was, en een strakke, zwarte broek. Wat bij een ander misschien totaal misplaatst leek, stond hem, vanwege zijn slanke postuur, op de een of andere manier erg goed. Hij had iets weg van een sensuele, Spaanse danser met een vleugje Indiaanse invloeden.

"Lieve schat, je ziet er zoals altijd fantastisch uit, zelfs in joggingbroek en slobbertrui." Leif liet zijn blik over Maikens lichaam glijden.

Aan een kant baalde Maiken dat ze juist nu deze kleding had aangetrokken en aan de andere kant wilde ze er voor Leif niet al te aantrekkelijk uitzien zodat hij in ieder geval niet door haar figuur afgeleid zou worden.

"Maar je ogen staan een beetje dof," merkte Leif op zodra zijn blik weer op ooghoogte met haar was. "Ben je wel gelukkig?"

Maiken haalde haar schouders op. "Ik hoor me gelukkig te voelen met een zangcarrière in het verschiet."

"Maar dat ben je niet," constateerde Leif. "Wat kan ik doen om je gelukkig te maken? Ik wil dat je straalt, zeker wanneer je moet optreden… en eigenlijk ook in mijn nabijheid," zei hij er glimlachend achteraan. "Ik kan er niet goed tegen als mensen zich ongelukkig voelen."

"Zo ongelukkig ben ik nou ook weer niet," merkte Maiken op. "Het is alleen…"

"De liefde," vulde Leif aan.

Maiken keek hem verbaasd aan. Stond ze hier met Leif Bjorge over haar liefdesleven te praten? Gekker moest het niet worden.

"Ga alsjeblieft zitten," gebaarde ze, maar Leif liep naar haar piano toe en liet plotseling een uitbarsting van zijn muzikale kunnen op het klavier los. Net zo snel als hij met het musiceren begonnen was, stopte hij er ook weer mee. "Sorry hoor, maar als ik ergens een piano zie staan moet ik er gewoon op spelen."

"Ga gerust je gang."

"Nee, nee," Leif schudde zijn hoofd. "Ik ben hier om met je over het Noordkaapfestival te praten. Even wat dingetjes op een rij zetten. Dat had ik natuurlijk mijn manager kunnen laten doen, maar ik hou zo nu en dan wel van persoonlijk contact. Vooral met jou…"

Leif liet een ondeugende glimlach zien en Maiken was meteen alert. Waarom had hij inderdaad niet gewoon zijn manager de boel laten regelen? Nu zat ze hier onder een dak met een veel te aantrekkelijke man en al was hij nog zo vriendelijk en goedbedoelend, het bleef een man, warmbloedig en sensueel op de koop toe. Maiken vroeg zich af hoelang ze daar nog weerstand aan kon bieden. Zij was ook niet van steen en had behoefte aan een paar sterke, liefdevolle mannenarmen om zich heen en Leif was beschikbaar.

"Zou je het Midzomernachtlied voor mij willen zingen?" hoorde ze Leif ergens in de verte zeggen.

"O, eh… het Midzomernachtlied… ja, natuurlijk," schrok Maiken uit haar gedachten op. Al vroeg ze zich af waarom Leif juist nu dat lied wilde horen, toch nam ze plaats achter de piano en legde haar vingers op de toetsen, sloot een moment haar ogen, om ze daarna weer te openen en begon te spelen. Even later vulde haar heldere, zuivere stem de kamer. En niet lang daarna voelde ze Leifs handen op haar schouders. Hij begon zacht haar schouders te masseren en het voelde heerlijk aan. Maiken sloot haar ogen weer en dacht terug aan het moment dat ze hier bij haar thuis het lied voor Olof had gezongen en hoe zijn handen haar hadden gestreeld en hoe hij haar had gekust.

Er dansen kleine, gouden sterren in je ogen, Maiken, had hij gezegd. *Als ze aan het heelal zouden staan, zouden ze het helderste schitteren van allemaal…*

Ze wist het nog precies. Ze had hem mee naar haar slaapkamer willen nemen om hem te laten zien hoeveel ze van hem hield…

Leifs handen gleden van haar schouders naar beneden en raakten daarbij licht de zijkant van haar borsten aan. Er ging een siddering door Maiken heen en ze stelde zich voor dat het Olof was die achter haar stond. Ze hield haar hoofd achterover en Leifs mond gleed verleidelijk langs haar hals.

O, nog even, dacht Maiken zuchtend, en dan zou ze echt niet meer…

Er klonk plotseling een luid gebonk op het woonkamerraam en zowel Maiken als Leif sprongen gelijktijdig geschrokken omhoog. Maiken stootte daarbij met haar hoofd hard tegen Leifs kin aan.

"Au!" Leif wreef langs zijn pijnlijke kin. Beiden draaiden ze hun hoofd naar het raam toe.

"Wie is dat en wat is er aan de hand?" vroeg Leif verbaasd.

*

Anne-Sofie was zojuist teruggekeerd van haar dagelijkse rondje lopen om haar oude, stramme botten zo soepel mogelijk te houden, toen ze Maiken hoorde zingen.

Genietend van het prachtige samenspel van zang en piano was ze dichter naar Maikens huis toe gelopen. Het klonk in ieder geval beter dan de vorige keer dat ze Maiken had horen spelen.

Dichterbij gekomen was haar plotseling de vreemde man in Maikens woonkamer opgevallen en dat was nog niet het ergste, de man had Maiken gestreeld en gekust. Dus er was niet alleen sprake van een muzikaal samenspel, maar ook van een lichamelijk samenspel tussen twee mensen. Kon zij er iets aan doen dat zoiets haar meteen opviel, dacht Anne-Sofie zuchtend.

De vreemde man bleek de bekende Leif Bjorge te zijn. Een man met een heerlijk figuur, dacht Anne-Sofie, heel even glimlachend, maar misschien kon hij maar beter van Maiken afblijven. Maiken zou zich daarmee alleen maar meer emotionele ellende op de hals halen. Ze hield van Olof, dat was een ding dat zeker was.

Tja, een man als Leif kon je natuurlijk met gemak in vuur en vlam zetten, zoiets besefte Anne-Sofie, ondanks haar hoge leeftijd, nog steeds maar al te goed. Toch had ze besloten dat ze maar beter kon ingrijpen voordat het samenspel helemaal uit de hand liep en Maiken naderhand vreselijk spijt zou krijgen omdat ze met Leif het bed in was gedoken. Daarom was ze de paar treden van de veranda opgeklommen om met haar broze handen zo hard mogelijk op het raam te bonzen en was daarna weer stilletjes weggegaan zodra ze had gezien dat haar impulsieve actie succesvol was verlopen.

*

"O, waar ben ik in vredesnaam mee bezig?" verzuchtte Maiken. "Ik wil helemaal niets met jou." Ze keek Leif verontschuldigend aan. "Het is maar goed dat Anne-Sofie heeft ingegrepen."

"Nou, dank je, ik wil eigenlijk wel stiekem iets met jou, maar ik had beloofd niets meer met je te proberen en nu…" Leif hief in een hulpeloos gebaar zijn handen omhoog.

"Het is mijn schuld. In gedachten deed ik alsof je Olof was… mijn vriend," zei Maiken ter verduidelijking. "Of in ieder geval degene van wie ik hou."

"O, nou, nog zo'n compliment, je dacht niet eens aan mij." Leif trok een grimas. "Ben ik het verleerd met vrouwen om te gaan?" mompelde hij, meer tegen zichzelf dan tegen Maiken. Maar meteen daarna brak er een glimlach op zijn gezicht door. "Goed, we zijn beiden dus verkeerd bezig. Laten we gewoon doen alsof ik net binnen ben gekomen en opnieuw beginnen."

"Prima idee," meende Maiken, opgelucht dat Leif het zo sportief opnam. "Ik wilde je trouwens iets vragen wat betreft mijn optreden tijdens het Noordkaapfestival. Maar ga zitten." Ze stond van de pianokruk op en gebaarde naar de tweezitsbank.

Leif nam plaats op de bank. "Brand maar los."

Al ijsberend door de woonkamer legde Maiken hem het idee voor dat ze samen met haar vriendin Kjersti had bedacht om Olof voor eens en voor altijd van haar liefde te overtuigen.

"Kun je niet gaan zitten?" vroeg Leif. "Ik krijg een beetje het heen en weer van je."

"O, ja, natuurlijk… sorry." Maiken liet zich in haar vaders oude fauteuil zakken.

"En nu je eindelijk zit en ik niet meer tureluurs van je word, wil ik je zeggen dat ik je alle medewerking wil verlenen om je plan te laten slagen."

"Echt waar?" vroeg Maiken verbaasd.

Leif knikte. "Echt waar."

Maiken sprong uit de fauteuil omhoog en stormde op Leif af om hem te omhelzen. "O, dank je wel, Leif! Je bent geweldig!" Ze gaf hem een zoen op beide wangen.

"Ja, zo is het wel weer genoeg," lachte Leif. "Als je me nu niet loslaat, dan sta ik niet voor de gevolgen in."

Maiken maakte zich snel van hem los. "Oké, oké," zei ze, ook lachend. "Nou, vertel eens waarvoor je hier werkelijk gekomen bent."

"Eigenlijk eerst voor een kop koffie," merkte Leif op. "Doe maar extra sterk."

"O wat erg! Ik heb je niets te drinken aangeboden! Komt eraan!" Maiken stormde naar de keuken om blij neuriënd voor koffie te zorgen.

"We hadden eerst ook wel wat anders aan ons hoofd dan koffie," mompelde Leif met een schalks lachje, maar Maiken hoorde hem al niet meer.

HOOFDSTUK 22

Noorse kust, 20 augustus 1899

Wat zijn zeearenden prachtige, imposante vogels, zoals ze door de lucht zweven op zoek naar prooi. Rune heeft er tekeningen van ge-maakt. Daarna heeft hij een tekening van mij gemaakt, terwijl ik aan de reling stond en naar de kustlijn keek. De gelijkenis is tref-fend. Hij is een begenadigd tekenkunstenaar.

En dan het licht, we hebben tijden meegemaakt dat de zon nauwe-lijks onderging en het bijna niet donker werd. De zon wierp dan, vooral in de avond en de nacht, een warme, gouden gloed over de omgeving. Onvoorstelbaar!

We varen steeds noordelijker en het duurt niet lang meer voordat we bijna in het uiterste noorden van Noorwegen aankomen. En als we daar zijn ben ik niet ver meer van Onne verwijderd. Ik zou willen dat het al zover was, want er mag gewoon niets meer tussen Rune en mij gebeuren. Maar het vreemde is dat ik me voortdurend tot hem aangetrokken voel en ik me begin af te vragen wat nu ei-genlijk echte liefde is. Is het dat wat ik voor Onne voel of is het dat wat Rune bij mij teweegbrengt? Hoe weet ik nu wat het juiste is? Is echte liefde te vergelijken met al het andere wat zogenaamd liefde wordt genoemd?

Annemijn sloeg het dagboek dicht. Ze kon niet slapen en had, lig-gend in bed, het stukje tekst gelezen dat ze zocht. De laatste regel over de vergelijking met echte liefde was precies wat zijzelf gedacht had op het moment dat ze met Hedde naar bed was geweest. Het was bijna griezelig hoe haar gedachten overeen kwamen met de gedachten van haar betovergrootmoeder Meike.

Maar goed, wat had ze er nu aan, nu Hedde haar onschuld in twijfel trok?

Teleurstelling was het enige dat was overgebleven na het intense liefdesspel tussen hen beiden. Annemijn zuchtte diep.

Het uitstapje naar de gletsjer was fantastisch geweest. Het bijzondere blauw van het ijs, het uitzicht over de fjord en de bergachtige omgeving… Zoveel ongerepte natuur… Jammer genoeg had ze er niet optimaal van kunnen genieten, in de wetenschap dat iedereen haar plotseling met andere ogen bekeek.

"Kun je het licht uitdoen?" vroeg Nadine slaperig vanuit het bed onder haar.

"Ik heb het licht niet aan, het is nog licht omdat de zon niet ondergaat."

"Ooo, ik wou dat iemand die zon kon laten verdwijnen. Ik kan er maar niet aan wennen," kreunde Nadine.

"Ik vind het wel prettig," zei Annemijn. "Maar ik heb wel een slaapmaskertje voor je."

"Mmm, dan zie ik er zo idioot uit, net een vrouwelijke Zorro."

"Wie ziet jou hier nou?" vroeg Annemijn verbaasd.

"Oké," bromde Nadine. "Kom maar op met dat ding."

Annemijn overhandigde haar het maskertje. "Ik denk dat ik even een luchtje ga scheppen, ik kan niet slapen. Dan kruip ik straks weer in een lekker warm bed en hopelijk val ik dan in slaap."

"Mmm… misschien helpt dat inderdaad," mompelde Nadine

loom. Zo te horen was ze alweer half in slaap.

Annemijn hees zichzelf uit bed en trok een lange broek, een knalrode, dikke trui en een paar makkelijke schoenen aan. Ze haalde haar handen even door haar warrige haar en maakte er daarna met behulp van een elastiek een staart van. Voorzichtig opende ze de deur van de hut en liep zo geruisloos mogelijk via de kajuit naar buiten, het dek en de kade op. Het was behoorlijk afgekoeld, maar dat was niet erg, dan zou ze straks weer in haar heerlijke warme bed kruipen.

Ze slenterde wat heen en weer langs de verlaten kade. Ze bevonden zich in de laatste stopplaats van hun zeilreis, de haven van de stad Bodø en het uitzicht was heel anders dan ze de rest van de reis gewend waren geweest. Aan een kant was er de zee met uitlopers van de rotsachtige kust en aan de andere kant stonden er moderne, rechthoekige gebouwen langs de kade in plaats van lieve, kleine houten huisjes of het zicht op een prachtig fjord. Achter de stad lag een imposante bergwereld, maar daar viel hier, op een paar spitse bergpieken na, helaas niet veel van te zien. Wel was de nachtelijke hemel boven zee gevuld met pastelkleurige wolkenflarden, veroorzaakt door de laagstaande zon.

Annemijn bekeek de schepen die verderop lagen. Het was al ver na middernacht en de scheepsdekken lagen er verlaten bij. Naast een grote loods stonden twee mannen met elkaar te praten en Annemijn wilde zich net omdraaien om naar de 'Wendelina' terug te lopen toen ze in een van de mannen Espen herkende.

De man met wie Espen stond te praten was een boom van een kerel en had een kaalgeschoren hoofd. Hij zag eruit als iemand die ze liever niet in een donker steegje tegen zou willen komen. Het leek alsof Espen de man iets overhandigde.

Een zakje?

Annemijn liep een paar passen dichterbij en zag dat de andere man op zijn beurt iets aan Espen gaf. Het leken bankbiljetten, want Espen telde de stukjes papier.

Espen stak het bundeltje in zijn broekzak en de andere man haalde iets uit het zakje dat Espen hem had gegeven. Annemijn zette grote ogen toen ze zag dat hij beurtelings een glinsterende ketting, iets wat op een horloge leek, en nog wat andere sieraden uit het zakje haalde. De man schoof lachend een ring om een van zijn vingers. Espen lachte met hem mee en ineens begreep Annemijn het: Espen was de dief! Hij verkocht gestolen waar! Hij had het willen doen lijken alsof zij de schuldige was om de verdenking niet op hem te laten vallen!

Er welde een heftige verontwaardiging in haar op en zonder erbij na te denken liep ze met grote boze passen op de mannen af. "Hé!" riep ze kwaad.

Espen keek opzij en ze zag hem schrikken. Hij zei iets tegen de andere man en die gebaarde naar een auto.

O, nee, dacht Annemijn, die mogen er niet vandoor gaan! Ze versnelde haar pas en voordat de beide mannen in de auto hadden kunnen stappen, greep ze Espen bij zijn arm beet. "Blijf hier! Gemene dief!" riep ze woedend en ze sjorde met beide handen aan zijn arm om te voorkomen dat hij weg zou vluchten.

Espen probeerde zich los te rukken. "Laat me los, stomme bitch!"

Stomme bitch? Ze had hem nota bene haar excuses aangeboden

omdat ze met Hedde naar bed was geweest en Espen had gedaan alsof hij zich door dat hele gebeuren diep beledigd had gevoeld. Hij had haar gevraagd naar zijn hut te komen voordat Hedde en zij…

Was het allemaal toneel geweest?

Blijkbaar wel.

Dit maakte Annemijn nog bozer dan ze al was. "Blijf hier!" riep ze nog een keer. "Jij gaat precies aan iedereen uitleggen wat voor iemand jij bent en dat ik onschuldig ben!"

Espen pakte haar bij beide armen beet. "Ik ga helemaal niets uitleggen," siste hij boosaardig. "En het was beter geweest als jij je hier niet mee bemoeid had."

Wat bedoelde hij? Maar voordat Annemijn daarover kon nadenken kwam de kale man groot en dreigend op haar af en nam haar niet al te zachtzinnig van Espen over.

"Hé, laat me los!" Annemijn probeerde zich uit zijn greep los te worstelen en toen dat niet lukte, schopte ze hem tegen zijn schenen aan, maar de man leek niets te voelen. In een ijzeren greep sleepte hij haar mee naar de auto. Tegenstribbelen was nutteloos.

"Au! Blijf van me af!" krijste Annemijn verontwaardigd. Ze moest iemand waarschuwen, maar ze had haar mobieltje in haar hut laten liggen.

Ze begon het een beetje benauwd te krijgen bij het idee dat niemand zou merken wat hier gaande was.

Annemijn gilde nog harder. Er moest toch iémand zijn die haar hoorde?

De man legde snel een hand op haar mond en wachtte tot Espen het autoportier geopend had. Annemijn probeerde hem, onder het uitbrengen van allerlei murmelende geluiden, tevergeefs in zijn hand te bijten, maar de man duwde haar met brute kracht op de achterbank. Hij knalde het portier dicht en schoot achter het stuur. Espen stapte aan de andere kant in.

Annemijn probeerde het autoportier te openen, maar dat zat op slot en gaf geen streep mee. De man startte de auto en ze reden snel bij de haven vandaan.

O, dit ging helemaal mis! Annemijn keek paniekerig achterom naar de steeds kleiner wordende 'Wendelina'. Ze hadden vast geen goede bedoelingen met haar. Ze kon Espen of de chauffeur natuurlijk aanvallen, maar dat leek geen al te best plan. Op die manier zouden ze misschien van de weg af raken en verongelukken.

Annemijns hersens werkten op volle toeren, maar ze kon niets verzinnen wat haar uit deze hachelijke situatie zou kunnen bevrijden.

Ze lieten de stad achter zich en Espen zei iets tegen de man. De man knikte. Annemijn kon het niet verstaan en ze tuurde door het autoraam naar buiten. Misschien moest ze opletten waar ze langsreden. Niet dat het nog iets uitmaakte, want wie zou weten waar ze nu was?

Niemand…

Er kroop een kille angst in haar omhoog.

De autorit leek voor haar gevoel eindeloos te duren en Annemijn wist niet of ze opgelucht moest zijn of niet op het moment dat de auto ergens uit het zicht van de weg werd geparkeerd. De beide mannen stapten uit. Het portier aan Annemijns kant werd geopend en de kale man sommeerde haar met een kort gebaar uit te stappen.

Annemijn gehoorzaamde hem met tegenzin en bedacht hoeveel kans ze zou hebben als ze probeerde te ontsnappen. Voordat ze ook maar iets kon ondernemen pakte de man haar stevig bij haar arm beet en kon ze geen kant meer op. Espen verscheen aan haar andere zijde en ineengeklemd tussen de twee mannen kon ze niet anders doen dan meelopen en ze had geen idee waarheen, alleen dat ze nu toch dringend iets moest verzinnen om haar belagers van zich af te schudden.

Alsof Espen haar gedachten kon lezen zei hij: "Ik zou maar geen poging wagen te ontsnappen." Hij knikte naar de kale man, van wie ze nog steeds geen naam wist, en die liet haar een groot mes zien dat hij onder zijn jas verborgen hield.

Annemijn slikte toen het tot haar doordrong dat ze zo goed als kansloos was. "Wat zijn jullie met mij van plan?" vroeg ze met trillende stem aan Espen. Ze wilde niet dat haar stem zou trillen, maar het lukte haar niet er controle over te houden.

Espen haalde zijn schouders op. "Laten we zeggen dat wij ons van een lastig vrachtje gaan ontdoen."

De eens zo charmante en aardige Espen grijnsde gemeen naar haar en Annemijn besefte dat het vrachtje waar ze op doelden, zij-zelf was.

"Jammer dat er tussen jou en mij niet iets moois is opgebloeid. Wie weet had ik je dan nog een kans gegeven." Espen streelde met zijn hand over haar wang.

Annemijn huiverde onder zijn aanraking en draaide haar hoofd van hem weg, maar Espen klemde zijn hand als een bankschroef om haar kin heen zodat ze hem aan moest kijken.

"Maar ja, jij moest zonodig met die schipper het bed in duiken… En mij liet je met een gebroken hart achter. Eigenlijk moet ik gewoon nemen waar ik recht op heb." Ruw duwde hij zijn mond op de hare. Annemijn slaakte gesmoorde kreten en probeerde zich uit zijn greep los te worstelen. Naast haar liet de kale man een rauwe lach horen.

"Maar je hebt het geluk," zei Espen langzaam, "dat ik nu nogal haast heb." Hij liet haar kin los.

Annemijn besefte ontzet wat hij met haar had kunnen doen. Haar hart ging als een razende tekeer en ze voelde haar lichaam beven van schrik. Ze slikte opkomende tranen weg. Juist nu moest ze haar verstand erbij houden, anders maakte ze helemaal geen schijn van kans meer. Ja, ze moest snel iets ondernemen, maar ze wist niet hoe…

Met een arm achter haar rug geklemd werd ze meegevoerd naar de oever van een brede, kolkende waterstroom. Op een vlakke rotspartij aan de waterkant bleven ze staan. Een immense hoeveelheid water wervelde woest en schuimend door de doorgang tussen beide oevers in, waardoor er gevaarlijke draaikolken ontstonden.

Vanaf deze plek was er uitzicht op een hoge brug en plotseling wist Annemijn waar ze zich bevonden. Het was de maalstroom, Saltstraumen, dicht bij Bodø, een krachtige getijdenstroom die in verbinding met de zee stond. Bij iedere eb en vloed perste zich een wilde, kolkende watermassa door deze opening heen.

Het was zeer zeker geen geruststellend idee dat Espen en de man haar hiernaartoe hadden gebracht. Onder andere omstandigheden had ze kunnen genieten van dit natuurspektakel en het uitzicht op de prachtige bergen, maar nu beviel het haar absoluut niet dat ze zich hier samen met twee lugubere types bevond.

Annemijn probeerde onopvallend rond te kijken of ze misschien een ontsnappingspoging kon wagen, maar de kans dat de poging zou slagen was alleen al vanwege het mes gedoemd te mislukken. En hoe zou ze het in haar eentje tegen twee mannen moeten opnemen?

"Jammer, Annemijn," begon Espen, "dat je ons toevallig in de haven moest zien. Het was beter geweest als dat niet was gebeurd."

"Het was beter geweest als jij geen gemene dief was geweest," merkte ze vinnig op. "Jij hebt ook vast en zeker mijn medaillon gestolen! Maar volgens mij gaat het niet alleen om die paar sieraden. Voor zoiets simpels als dat ontvoer je niet iemand."

"Hé, niet zo brutaal." Espen greep haar ruw bij haar nog vrije arm beet. "Aangezien ik zeker weet dat jij je mond niet zult houden, moeten we helaas afscheid van je nemen, ook al doet het me een beetje pijn." Hij duwde Annemijn dichter naar de waterkant. "Er staat inderdaad te veel op het spel."

O nee! Dit ging echt uit de hand lopen! dacht Annemijn angstig. Ze probeerde zich los te worstelen, maar Espens medeplichtige vriend hielp hem een handje en sleurde haar mee tot aan de rand van de rotspartij.

"Vaarwel, Annemijn," zei Espen, gemeen grinnikend.

"Nee!" schreeuwde Annemijn in uiterste paniek. Een val in dit water zou ze nooit overleven! De stroming was veel te sterk om ooit nog naar de oever te kunnen zwemmen en de draaikolken zouden haar naar beneden zuigen. Ze voelde hoe iemand haar een flinke duw gaf en probeerde niet over de rotsachtige rand heen te schieten. Ze klauwde met haar armen in het rond, vond houvast aan iets of iemand, maar viel toch met een luide plons in het koude, woeste water.

Tot haar grote verbazing zag ze Espen naast zich in het water terechtkomen, zijn gezicht verstard van schrik. Ze had hem mee de maalstroom ingetrokken! Ze kon nog net een hap adem nemen voordat ze kopje onder ging en vervolgens weer bovenkwam, om even later door de sterke stroming weer onder water getrokken te worden. Het water borrelde, suisde en raasde om haar heen en ze voelde hoe de stroming aan haar lichaam sjorde om haar dieper naar beneden te zuigen.

'Nee! Dat mag niet gebeuren! Ik wil leven!' schoot het door Annemijn heen en ze probeerde uit alle macht het wateroppervlak te bereiken. Met grote moeite lukte het haar om weer boven water te komen. Waar Espen was gebleven wist ze niet en dat kon haar ook niet meer schelen, ze was veel te druk met haar eigen leven te redden.

Ze kreeg een guts water binnen en al hoestend zwaaide ze met haar armen door de lucht, voor zover ze daar nog kracht voor had, en schreeuwde tussen het hoesten door zo luid als ze kon om hulp, maar waarschijnlijk zou niemand haar boven het geraas van het water uit horen. Bovendien was het midden in de nacht en lag iedereen te slapen.

Annemijn voelde een alles-overweldigende angst in zich opkomen. Het kolkende water trok alweer aan haar en de kou drong langzaam haar lichaam binnen. Boven water blijven leek onbegonnen werk.

Ze deed nog een poging om luidkeels om hulp te roepen en zwaaide ongecontroleerd met haar armen. Ze vocht zo lang ze nog kracht had voor haar leven, maar moest zich, bijna gevoelloos vanwege de kou, uiteindelijk toch door de sterke stroming mee laten voeren.

Vermoeid sloot ze haar ogen. Dit was het dan. Zo eindigde het leven van Annemijn Luyten, in een kolkende waterstroom ergens boven de poolcirkel, dacht ze ietwat verwonderd.

Er rees een beeld van het medaillon bij haar op. *Ik hoop dat het je geluk zal brengen,* gonsden de woorden van Janna Ezinga door haar hoofd. Geluk...

'Ik ga dood,' was Annemijns laatste heldere gedachte.

Het was eigenlijk wel prettig om met de wilde stroom mee te drijven, vond ze, zonder te beseffen dat ze niet meer helder kon nadenken. Het was zoiets als een wildwaterbaan in een pretpark. Nee, eigenlijk was het helemaal zo slecht nog niet.

Traag glimlachend verdween ze weer onder water...

*

Haastige voetstappen op de gang en daarna een luid geklop op zijn deur lieten Hedde wakker schrikken.

"Hedde! Hedde!" hoorde hij iemand paniekerig roepen. Hij schoot overeind en stapte uit bed. Snel trok hij een lange broek over zijn boxershort aan en opende daarna de deur van zijn hut. Nadine keek hem vanuit een krijtwit gezicht met grote, verschrikte ogen aan. Hoewel hij niet helemaal goed wakker was, besefte Hedde wel dat er iets aan de hand moest zijn en al snel kwam hij helemaal bij zijn positieven.

Voordat hij iets kon vragen, riep Nadine gejaagd: "Annemijn… Het is Annemijn! Ze is door Espen en een andere man in een auto gesleurd. Ze zijn met haar weggereden en ik weet niet waarheen! Ik hoorde plotseling iemand gillen en keek door het raampje en zag het gebeuren. Het is niet goed, Hedde."

Er biggelden een paar tranen over haar wangen. "Ze is weg en haar mobieltje ligt nog hier. Er is iets vreselijks aan de hand, ik voel het! Ze ging alleen maar even een luchtje scheppen."

Hedde liet de informatie een kort moment op zich inwerken. "Annemijn is meegenomen door Espen en een andere man?"

Nadine knikte. "Ik heb de politie al gebeld en daarna ben ik meteen naar jou toe gegaan." Ze veegde een paar tranen van haar wangen.

Jorn verscheen op de gang. "Annemijn en Espen?" vroeg hij verbaasd.

Nadine deed nog een keer haar verhaal. Hier en daar gingen er deuren open in de gang en verschenen er passagiers. Sommigen hadden ook iemand horen gillen, wat Nadines verhaal bevestigde. "Zou het iets met de diefstallen te maken hebben?" vroeg Jorn fronsend.

"Ik weet het niet." Nadine haalde vermoeid haar schouders op. "Maar we moeten iets doen. Ze hebben Annemijn ontvoerd."

"Heb je een kenteken gezien of om wat voor auto het ging?" vroeg Hedde.

"Het merk van de auto en de kleur heb ik al aan de politie doorgegeven. Het kenteken kon ik vanuit mijn hut niet lezen."

"Dan zal de politie hier zo wel arriveren," meende Jorn.

Hedde knikte en bedacht wat voor vreemde reis dit was. Eerst ontmoette hij Annemijn en werd hij halsoverkop verliefd op haar. Daarna vonden de diefstallen plaats en verprutste hij alles wat er tussen hen was door niet in haar onschuld te geloven. En nu... nu bleek ze, als hij Nadine mocht geloven, ontvoerd te zijn door Espen – Espen nota bene! – en dat maakte het er niet beter op. Hij moest er niet aan denken dat Annemijn iets zou overkomen. Bij die gedachte drukte er plotseling iets zwaars op zijn borst.

HOOFDSTUK 23

Met zijn arm om de schouders van zijn vrouw geslagen keek Einar naar de drukte langs de oever van de Saltstraumen. Zwaailichten flitsten door de lichte nacht en hulpdiensten deden hun best om zo snel en efficiënt mogelijk te werken, want iedere seconde telde. Einar was, zoals hij wel vaker deed, midden in de nacht op zijn veranda gaan staan om een luchtje te scheppen omdat hij niet goed kon slapen. Daar had hij wel vaker last van nu hij ouder werd. Hij had naar de kleurschakeringen aan de, door de zon verlichte, nachtelijke hemel gekeken. Dat werkte rustgevend. En daarna was zijn blik als vanzelf naar het water gegleden. Hij prees zichzelf gelukkig dat hij samen met zijn vrouw een huis had met uitzicht op de bergen en het water van de Saltstraumen, zodat hij naar hartenlust kon vissen. En bovendien lag het niet ver van de stad verwijderd, wat op hun leeftijd wel zo prettig was.

Maar in ieder geval, hij had op de veranda gestaan en naar het water getuurd. En plotseling meende hij iets gezien te hebben wat er niet hoorde te zijn. Iets roods dat boven het water uitstak en heen en weer leek te zwaaien. Einar had nog even kort met samengeknepen ogen toegekeken en zich daarna, zo snel als zijn oude benen hem konden dragen, naar binnen gehaast om een verrekijker te halen.

Door zijn verrekijker had hij het water afgespeurd en... ja, daar was het weer, iets roods! Hij had zijn verrekijker nog iets scherper gesteld en, nee toch! Het leek wel alsof er iemand in het water lag!

Alsof er twee armen boven het water uitstaken.

Zonder een moment te aarzelen was hij weer naar binnen gesneld en had het alarmnummer gebeld. Daarna had hij de buren gewaarschuwd en was hij, samen met hen, met een boot het water opgegaan, in een poging iemand te vinden.

Ze hadden een jonge vrouw uit het water gered, gekleed in een felrode trui, waartegen haar toch al lijkbleke gezicht nog bleker afstak. En dat ze haar hadden gevonden, was een wonder te noemen.

Hoe ze in het water was terechtgekomen wist Einar niet. Op dit moment hoopte hij alleen maar dat de vrouw nog leefde en hij drukte zijn eigen vrouw nog iets dichter tegen zich aan.

*

Maikens vriendin, Kjersti, vierde binnenkort haar verjaardag en Maiken had in Honningsvåg al een deel van de ochtend besteed aan het afstruinen van winkels op zoek naar een leuk presentje, maar het was het allemaal net niet. Het uitzoeken van een passend cadeau voor een jarige was iets wat altijd weer de nodige hoofdbrekens opleverde. Een beetje moedeloos slenterde ze langs de Sjøgata, een aan het water gelegen straat, terug naar de plek waar haar auto geparkeerd stond.

Het stadje Honningsvåg bestond net als het dorp waar zij woonde, uit huizen in een mengeling van vrolijke kleuren, die trapsgewijs tegen de voet van de achterliggende bergen waren aangebouwd. En samen met de kleurrijke vissersboten in de haven vormden de huizen de vrolijke noot op dagen dat het weer somber en grijs was.

Een schip van de Hurtigruten scheepvaartmaatschappij kwam, zoals iedere dag, tegen de middag aanvaren om vracht en passagiers te lossen en weer nieuwe vracht en opvarenden mee te nemen. Straks zou er een stroom van mensen met bussen naar de Noordkaap gebracht worden en even later weer naar het schip worden teruggebracht, nadat ze het uiterste puntje van Europa hadden bezocht.

Maiken liep langs een huis in een zachte, blauwe kleur dat een nog niet zo lang geleden geopende galerie herbergde. Ze hield even haar pas in en vroeg zich af of ze hier misschien iets voor Kjersti zou kunnen vinden. Terwijl ze die mogelijkheid overwoog, zag ze haar collega Terje uit tegenovergestelde richting komen. Hè, daar zat ze nu net niet op te wachten, maar het was al te laat om uit beeld te verdwijnen.

"Hallo, collega," zei Terje, breeduit lachend naar haar toe lopend. Maiken glimlachte zuinigjes terug. "Hoi Terje. Hoefde je vandaag niet te werken?"

Terje schudde zijn hoofd. "Nee, morgen weer. Was je van plan hier naar binnen te gaan?" Hij knikte in de richting van de galerie.

"Eh… misschien. Ik zoek iets voor de verjaardag van mijn vriendin en ik heb al overal gekeken, maar…"

"Maar je kunt niets naar je zin vinden," vulde Terje aan. "Dat probleem ken ik. Zal ik helpen zoeken?"

"Nou, dat is heel aardig van je, maar…"

"Kom, laten we even binnen kijken," stelde Terje voor en voordat Maiken er erg in had, pakte hij haar bij de hand. Hand in hand liepen ze de galerie binnen en daar troffen ze behalve de eigenaresse… Olof!

O nee! dacht Maiken geschrokken en liet snel Terjes hand los, maar Olof had het al gezien. Waarom moest Terje ook zonodig haar hand vasthouden en wat deed Olof hier?

Olof wierp een wantrouwende blik op hen beiden. "Maiken… Terje…" Hij knikte kort naar hen.

"Hallo Olof," zei Maiken voorzichtig glimlachend. Terje knikte terug naar Olof.

"Ook een cadeautje aan het zoeken?" vroeg Maiken.

"Eh… ja…"

"Ik ook."

"O, oké," zei Olof en hij draaide zich om naar een kast waarop allerlei handgemaakte voorwerpen stonden uitgestald. Maiken staarde vertwijfeld een moment naar zijn rug. Ze had het liefst rechtsomkeert gemaakt. Als Terje zich niet zo aan haar had opgedrongen, had ze Olof hier alleen getroffen. Misschien hadden ze dan samen ergens iets kunnen gaan drinken en had ze met hem over zijn niet al te makkelijke jeugd kunnen praten, zodat het voor hem duidelijk werd dat ze echt veel van hem hield en…

Ach, ze kon maar beter iets voor Kjersti uitzoeken in plaats van te staan dagdromen. Ze keek belangstellend naar de tentoongestelde kunstwerkjes, veelal gemaakt van natuurlijke materialen, afkomstig van hun eiland, en naar de in warme kleuren geschilderde afbeeldingen van allerlei objecten die op het eiland te vinden waren. Haar blik viel op platte stukken grijsbruin drijfhout waarop woorden, geknipt uit gebloemd papier, geplakt waren en daarna waren afgelakt. Mooi voor aan de muur. Dat zou Kjersti vast leuk vinden, dacht ze, blij dat ze iets gevonden had.

Ze kon uit verschillende woorden kiezen en uiteindelijk koos ze voor het woord '*home*'. Ze kocht er nog een mooie, handgemaakte kaart bij en liet het cadeautje inpakken.

Terje liep wat rond te drentelen terwijl Olof deed alsof hij volledig verdiept was in een waterverfafbeelding.

"Ik ga er maar weer eens vandoor," zei Maiken tegen niemand in het bijzonder. Ze hoopte Terje van zich af te kunnen schudden en Olof… tja, Olof… Kjersti had dan wel een mooi plan bedacht hoe ze Olof van haar liefde kon overtuigen, maar als het moment daar was, wist Maiken niet of ze het ook echt durfde uit te voeren.

Zelfs Leif vond het een fantastisch plan en had het er sindsdien voortdurend over hoe belangrijk het was de wereld eens van wat meer romantiek te voorzien.

Ja, Leif en romantiek…

O, was het maar vast zover, dacht Maiken, want hoe dichter dat moment naderde, hoe nerveuzer ze werd. Maar ze moest nog even geduld hebben.

"Zullen we nog ergens iets gaan drinken?" hoorde ze Terje zeggen.

"Wat? Eh, nee… sorry," Maiken schudde haar hoofd. "Ik, eh… ga nog even bij mijn ouders langs." Dat was niet waar, maar het leek haar plotseling een briljant plan om zich van Terje te ontdoen. Ze wilde niet met Terje op stap gaan, terwijl de man van haar dromen hier op nog geen twee meter afstand van haar verwijderd stond.

Olof keek heel even over zijn schouder naar haar en Maiken trakteerde hem op een warme glimlach. Hij glimlachte aarzelend terug.

"Oké," zei Terje. "Dan gaan we maar weer."

Ze zeiden de galeriehoudster gedag en met Terjes hand op haar schouder – moest dat nou? – liepen ze naar buiten, Olof in de galerie achterlatend.

"Heb je zin om een keer met mij naar de bioscoop te gaan?" probeerde Terje nog eens. "Tijdens het Noordkaapfestival draait er een goede film heb ik gezien."

"Ik, eh… ben nogal druk tijdens het festival." Die drukte viel allemaal nog wel mee, maar ze had gewoon geen zin om met Terje uit te gaan.

"O ja, je treedt op. Dat is waar ook."

"Ja, en daar wil ik me eigenlijk helemaal op concentreren."

"Daar kan ik me wel iets bij voorstellen. Een tv-optreden samen met Leif Bjorge, toch?"

Maiken knikte.

"Spannend, zeg. Nou, dan zie ik je wel weer op de werkvloer." Terje haalde zijn hand van haar schouder om even langs haar wang te strijken. Misschien hoopte hij dat Olof uit het raam keek en het zag, dacht Maiken, zich ietwat ongemakkelijk voelend.

"Ja, ik zie je morgen weer," zei Maiken snel. "Tot dan!" En weg was ze.

Terje ging gelukkig de andere kant uit en Maiken keek nog eens achterom of Olof misschien achter haar aan kwam en haar hart maakt een sprongetje toen hij inderdaad de galerie verliet. Hij hield een ingepakt pakketje onder zijn arm geklemd, maar leek haar niet op te merken en liep, net als Terje, de andere kant uit.

Teleurgesteld draaide Maiken zich weer om. Hij had blijkbaar een cadeautje voor iemand gekocht. Ze zou willen dat hij dat eens voor haar deed.

Het was zo jammer dat hij haar nu net met Terje moest zien. Ja, Terje leek echt de gewoonte te hebben om steeds op het verkeerde moment op te duiken, dacht Maiken mistroostig.

*

Nadine huilde en huilde en Hedde wist niet hoe hij haar tot bedaren moest brengen. Afgelopen nacht was Annemijn gevonden. En nu stond hij op de kade met zijn arm om Nadines bibberende lichaam heen geslagen, maar Nadine wist niet meer van ophouden. "O Hedde," snikte ze. "Ik had nooit gedacht dat onze reis zo zou verlopen…"

Nee, Hedde had dat ook niet gedacht. De diefstallen konden hem al niet eens meer iets schelen, dat was een verzekeringskwestie, maar dat Espen Annemijn had ontvoerd en haar had willen ombrengen, dat was niet te bevatten.

"Kom op, meisje," suste hij Nadine.

"En nu loopt Espen misschien nog vrij rond," snotterde Nadine, "en die andere enge man ook. Straks komen ze alsnog terug om…"

"Nee Nadine, niemand weet wat er met Espen is gebeurd, behalve dat Annemijn hem mee het water in heeft getrokken. Ze hebben hem niet meer kunnen vinden en het is de vraag of hij het heeft overleefd. Bovendien heb je de politie een goed signalement gegeven en aan hen verteld hoe hun auto er uitzag. Dus, mocht Espen nog in leven zijn, dan zijn ze hem, en in ieder geval zijn handlanger, zo op het spoor."

Nadine knikte gedwee omdat ze Hedde graag wilde geloven.

Hedde wreef met een vermoeid gebaar over zijn wang. Die ellendige Espen, als hij die ooit nog in zijn vingers kreeg!

Espen was een gevaarlijke crimineel, dat was nu wel gebleken. En hij, Hedde, had Annemijn tot de verdachten gerekend! Dat was iets waar hij zich oneindig schuldig over voelde. En nu zat hij ook nog zonder kok – zijn verdiende loon – maar dat was bijzaak. Jorn en hij konden gelukkig ook redelijke maaltijden in elkaar flansen en ze vonden vast wel weer een andere kok.

"Denk eraan wat voor wonder het is dat Annemijn het overleefd heeft," zei Hedde zacht. "Als die man niet op zijn veranda had gestaan…" Hedde moest er niet aan denken wat er dan gebeurd zou zijn. Zijn hart kneep zich samen bij dat idee. "Ze is nu in goede handen en heeft alweer genoeg praats. En je weet wat de arts zojuist gezegd heeft. Als alles meezit mag ze het ziekenhuis binnenkort verlaten."

"Het is gewoon de schok…" snikte Nadine nog een keer en daarna wreef ze verwoed met haar hand langs haar ogen.

Hedde drukte haar troostend wat dichter tegen zich aan. "Kom, drink nog iets warms en probeer wat te rusten. Je bent de hele nacht in de weer geweest." Hij keek op zijn horloge. "En het is nu al bijna middag." Hij zou zelf ook wel een paar uurtjes rust kunnen gebruiken, dacht hij vermoeid, en loodste Nadine vanaf de kade mee naar de 'Wendelina'.

Terug aan boord bleken Jorn, de overige bemanningsleden en de passagiers zich in de kajuit verzameld te hebben om te wachten op

hun terugkomst. De opluchting en blijdschap over de goede afloop zorgden voor een feestelijke stemming en Hedde en Nadine
dompelden zichzelf, als in een heilzaam, warm bad, onder in de
welgemeende en meelevende woorden.

HOOFDSTUK 24

Vanuit het vliegtuigraam was er zicht op donzige, witte wolken, met hier en daar een opening waardoorheen een ongekend uitzicht op het Noorse aardoppervlak te bewonderen viel: bergtoppen, sneeuw, gletsjers, rivieren… Het leek een droom, maar niets was minder waar.

Na haar ontslag uit het ziekenhuis had Annemijn besloten hun dagboekreis voort te zetten. Ze voelde zich er sterk genoeg voor en nu ze samen met Nadine al zo'n eind op weg was met hun reis was ze niet van plan direct naar huis terug te gaan. Ze wilde haar einddoel dolgraag bereiken.

Haar ouders waren naar Bodø afgereisd en ze had flink haar best moeten doen hen te overtuigen van haar besluit dat ze de reis wilde vervolgen.

Ze besefte hoeveel geluk ze had gehad dat ze nog leefde, maar helaas werd ze regelmatig geplaagd door paniekaanvallen en nachtmerries waarin ze in kolkend, donker water ten onder ging en benauwd happend naar adem wakker schrok. Ze hoopte dat die aanvallen en angstaanjagende dromen in de loop der tijd zouden afnemen, maar Espen werd nog steeds vermist en zijn handlanger bleef voortvluchtig en dat bevorderde haar nachtrust niet.

En wat haar medaillon betrof, dat had Espen waarschijnlijk al lang voor geld ingewisseld, dacht Annemijn spijtig.

Ze had Hedde nog gesproken voordat Nadine en zij naar het vliegveld waren vertrokken. Hij had haar zijn excuses aangeboden voor het feit dat hij haar als eventuele dievegge bestempeld had en dat was natuurlijk allemaal goed en aardig, maar ze had liever gezien dat hij meteen in haar onschuld had geloofd. En toch voelde ze veel meer voor hem dan ze wilde toegeven en hij voor haar... dacht ze.

Maar nee, het was beter zo, dat ze ieder een eigen kant opgingen, dat ze deze reis zou voortzetten en ervoor ging zorgen dat ze een stuk rust in haar leven zou krijgen. Daar hoorde op dit moment geen man bij, want dat bracht alleen maar onrust. En dus waren ze nu op weg naar Honningsvåg, een stadje op het eiland waar de Noordkaap zich bevond. Zuchtend draaide Annemijn zich van het raam af en keek naar Nadine.

Nadine zat in de stoel naast haar en was het dagboek aan het lezen. "Toch is het bijna onvoorstelbaar dat je nog zin had om verder te reizen," zei ze plotseling tegen Annemijn en keek van het dagboek op.

Annemijn trok haar schouders op. "Waarom zou ik na het gebeurde thuis gaan zitten kniezen als ik ook hier kan zijn?"

"Ja, daar zit iets in." Nadine glimlachte. "Dus we zijn straks net als Meike in Honningsvåg. Hier, lees maar. Je kent het dagboek al wel, maar toch..."

Annemijn nam het boekje van Nadine over en begon te lezen:

Honningsvåg, 27 augustus 1899
Eindelijk, ja eindelijk ben ik daar waar ik moet zijn, op het eiland waar Onne zich bevindt. Het is er kaal en koud, maar als de zon schijnt lijkt het eiland op een prachtig schilderij in intense, war-

me kleuren en is alles in een gouden gloed gedompeld. De hemel lijkt soms in brand te staan als goud en vurig oranje zich met elkaar versmelten en de zonnestralen op het water dansen. Zelfs de kale bergen zijn dan warm getint en dat zorgt ervoor dat het eiland er plotseling heel anders uitziet. Rune en ik moeten afscheid nemen. Niet echt afscheid, want misschien zie ik hem hier nog vaker, hij is immers als schoolmeester aangenomen in Honningsvåg. Wat een bijzondere man is dat en wat een bijzondere reis hebben wij samen gemaakt! Mijn hart huilt een klein beetje bij het idee dat onze gezamenlijke reis nu ten einde is. Ik zal hem missen...

Nu zal ik op zoek gaan naar Onne. Hij moet hier ergens verblijven en er is vast wel iemand die mij kan vertellen waar hij zich bevindt. Het vreemde is dat ik me afvraag hoe ik zal reageren als ik hem zie. Ik hou van hem... denk ik. Maar is dat werkelijk zo? Behoort mijn hart nog steeds aan hem of vult het zich langzamerhand met de liefde voor iemand anders?

Ja, Meike dacht van Onne te houden, maar miste Rune. En ik? dacht Annemijn, mis ik Hedde nu ook al niet een beetje? Eigenlijk ging er bijna geen moment voorbij dat ze niet aan hem dacht, gaf ze zichzelf schoorvoetend toe.

Pas toen er werd omgeroepen dat ze hun riemen moesten vastmaken omdat het vliegveld van Honningsvåg in zicht kwam, gaf ze het dagboek aan Nadine terug.

*

Ja, Honningsvåg en de bijbehorende witte, houten kerk droegen beiden een verhaal met zich mee, mijmerde Anne-Sofie. Net als zij...

Ze ging regelmatig met de bus naar Honningsvåg om de kerk te bezoeken. Ook nu zat ze in een van de kerkbanken en staarde in gedachten verzonken voor zich uit. Elke keer als ze hier was, verschenen de afgrijselijke beelden voor haar geestesoog: het puin, de brokstukken, de restanten van wat eens Honningsvåg en haar ouderlijk huis waren geweest.

Dan voelde ze opnieuw de verbijstering, de onzekerheid over waar haar familie was gebleven, de mistroostige eenzaamheid van de verlaten en verwoeste plek. De plaats waar ze zo naar verlangd had, was er niet meer geweest. Het moment dat ze moederziel alleen in deze kerk had gezeten, omdat de kerk op dat ogenblik een veilig en troostend baken had geleken, had haar toen niet de troost geboden waarop ze gehoopt had.

De oorzaak was dat er niemand meer om haar heen was geweest om het troosteloze gevoel te verdrijven. Iedereen was verdwenen. Alleen haar vader was er nog geweest, maar hij lag op het kerkhof. Doodgeschoten... Dat beeld stond voor altijd op Anne-Sofies netvlies gegrift. Ze sloot een moment haar ogen om haar emoties onder controle te houden. Zelfs na al die jaren lag het nog zo vers in haar geheugen...

Maar ondanks dat, of misschien juist daardoor en door het dagboek dat ze destijds van haar grootmoeder, Meike, had gekregen, had ze zich altijd met Honningsvåg verbonden gevoeld. Tijdens haar verblijf in het buitenland had het dagboek haar er voortdurend aan herinnerd dat er een plaats was waar ze thuishoorde en nu had ze het dagboek aan Maiken doorgegeven zodat het in de familie zou blijven.

Anne-Sofie keek naar het witte kerkinterieur dat er met zijn roodbruine banken, zijn witte en houtkleurige draagbalken en subtiele versieringen, ondanks zijn eenvoud, uitnodigend uitzag. Eigenlijk kwam ze hier steeds terug als een stil eerbetoon aan haar vader en alle anderen die in de oorlog waren omgekomen.

En dan waren er de flashbacks van haar vliegtuigcrash. Gelukkig plaagden die haar niet meer zo vaak als vroeger, maar de angstige beelden en gedachten doken toch nog zo nu en dan op. Holden was in die tijd, en nog steeds, haar steunpilaar geweest.

Anne-Sofie hoorde iemand de kerk binnen komen. Voorzichtige voetstappen en fluisterende stemmen kwamen dichterbij. Ze bleef nog even zitten en hoorde iemand in een van de banken achter zich plaatsnemen. Het werd het tijd om weer naar huis terug te gaan.

*

Annemijn en Nadine hadden besloten de kerk van Honningsvåg te bezoeken omdat ze de geschiedenis ervan in een reisgids hadden gelezen en ze het gebouw met de bijzondere historie met eigen ogen wilden zien.

Ze liepen zachtjes naar binnen en namen plaats in een van de kerkbanken. In een bank voor hen zat een oude dame, haar haren in een lange, grijze vlecht opgestoken. Even later stond ze wat stram op om naar het middenpad te lopen en knikte naar Annemijn en Nadine. Annemijn en Nadine knikten terug.

De oude dame bleef plotseling ter hoogte van hun bank staan en glimlachte naar hen.

"Jullie eerste bezoek aan deze kerk?" vroeg ze in vlekkeloos Engels. "Ik kom hier vaak, vandaar."

"Ja, inderdaad," antwoordde Annemijn. "We zijn hier met vakantie."

"Aha… Kennen jullie de geschiedenis van deze kerk?" De oude dame keek hen vragend aan.

"We hebben er iets over gelezen," zei Annemijn aarzelend. "Over de oorlog."

"Ja, de oorlog," verzuchtte de oude dame. "Vinden jullie het goed als ik even bij jullie kom zitten?"

"Ja… ja, natuurlijk," zei Annemijn.

De dame schoof bij hen in de kerkbank aan en stak haar hand uit. "Anne-Sofie. Ik woon al mijn hele leven op dit eiland." Ondanks haar broze uiterlijk, schudde ze beide vrouwen krachtig de hand.

"Dan weet u vast wel het een en ander over Magerøya te vertellen," meende Nadine.

Anne-Sofie knikte. "Tijdens de oorlog woonde ik met mijn ouders en broers en zus hier in Honningsvåg." Anne-Sofie keek Annemijn en Nadine beurtelings aan. "Mijn moeder was in die tijd een bekende zangeres en trad regelmatig op, totdat de Duitsers van haar eisten dat zij voor hen zou optreden. Dat weigerde ze en daarom werd ze opgepakt. Mijn vader wilde dat beletten en moest dat met de dood bekopen. Hij werd door de Duitsers neergeschoten." Anne-Sofies stem trilde.

"O, wat afschuwelijk," zei Annemijn geschrokken en Nadine knikte meelevend.

"Ja," zei Anne-Sofie en ze keek een ogenblik naar de rechthoekige, met spijltjes ingedeelde ramen, zodat het licht dat er doorheen viel haar oude, rimpelige gezicht van een bijzondere glans voorzag en haar nog altijd heldere, groene ogen nog helderder maakten. Daarna draaide ze zich weer naar de twee vrouwen toe.

"Maar om een lang verhaal kort te maken, ik had inmiddels mijn vliegbrevet gehaald en er al heel wat vlieguren opzitten. Want toen ik jong was, had ik één droom: ik was vastbesloten te leren vliegen en dat was nogal wat in die tijd, een vrouw als piloot. Deels om mijn boosheid over wat mijn vader en moeder was overkomen en deels omdat ik me nuttig wilde maken besloot ik mij aan te sluiten bij de *Air Transport Auxiliary*, oftewel de ATA. Hebben jullie daar wel eens van gehoord?"

Annemijn en Nadine schudden beiden hun hoofd.

"De ATA bestond uit een groep mannelijke en vrouwelijke piloten van verschillende nationaliteiten die tijdens de Tweede Wereldoorlog gevechtsvliegtuigen vanuit de fabrieken in Engeland naar de Britse troepen aan het front vlogen," vervolgde Anne-Sofie haar verhaal. "Ondanks protest van mijn familie heb ik mijzelf daarvoor aangemeld. Ik werd aangenomen en heb wonder boven wonder een crash overleefd die ik theoretisch gezien eigenlijk niet had kunnen overleven."

Anne-Sofie slikte en zuchtte diep voordat ze verder sprak. "Een Engelsman heeft mij zwaargewond tussen de brokstukken van mijn toestel vandaan gehaald. Hij heeft mijn leven gered. En daarna hebben hij en ik ook nog de oorlog overleefd… We zijn elkaar nooit meer uit het oog verloren en na de oorlog ben ik met hem getrouwd."

"Dat is bijzonder, zeg," merkte Annemijn zacht op.

Anne-Sofie knikte. "Maar toen ik naar Honningsvåg terugkeerde was er, behalve deze kerk, niets meer van mijn woonplaats over en er was geen mens meer te bekennen." Anne-Sofie's glimlach was verdwenen en ze slikte weer even. "Bij het terugtrekken van de Duitse troepen, aan het einde van de oorlog, werden de bewoners van het eiland gedwongen alles achter te laten en te evacueren naar zuidelijker gelegen gebieden. Alles hier op het eiland werd door de Duitsers vernietigd en niet alleen hier op Magerøya. De Duitsers hebben tijdens hun terugtocht een spoor van verwoesting achtergelaten. 'De tactiek van de verschroeide aarde' wordt het genoemd. "

"Wat erg…" zei Nadine zacht. Annemijn knikte, diep onder de indruk.

"In het voorjaar van 1945 keerden een aantal bewoners naar Magerøya terug en vestigden zich in deze kerk. Het was immers het enige gebouw dat nog in tact was. Er werd zelfs een bakkerij in de kerk gemaakt. Zo begonnen de bewoners aan de wederopbouw van hun woonplaats."

"En keerde uw familie ook terug?" vroeg Annemijn, nieuwsgierig naar de afloop van het verhaal.

"Ja, ook zij keerden weer naar Honningsvåg terug. We wisten niet eens of mijn moeder nog in leven was, de Duitsers hadden haar immers opgepakt. Maar plotseling, op een dag, kwam ze tussen de brokstukken van Honningsvåg naar ons toe lopen. Ik zie haar nog zo voor me. Glimlachend… met tranen in haar ogen…" Anne-Sofies ogen glansden verdacht. "Het was zo prachtig en tegenstrijdig tegelijk: de vrouw die, net als ikzelf, de oorlog overleefd had en dan onze woonplaats waar zo goed als niets meer van over was… Ze had de Duitsers weten te ontvluchten en was de grens naar Zweden overgestoken. Zweden was in die tijd niet door de Duitsers bezet en daar is ze gebleven totdat de oorlog ten einde kwam."

Anne-Sofie slaakte een diepe zucht en glimlachte beverig. "Het was een roerige tijd, maar het verhaal over Honningsvåg is een verhaal over hoop, saamhorigheid en doorzettingsvermogen."

"Onvoorstelbaar…" Nadine schudde haar hoofd.

"Deze kerk staat er al vanaf 1885. Een bijzondere plek, vinden jullie ook niet?"

Anne-Sofie keek hen vragend aan en stond langzaam van de bank op. "Maar ik zal jullie niet langer ophouden."

"Nee, nee, dat geeft niet," zei Annemijn snel. "Het is interessant om verhalen te horen van iemand die hier is opgegroeid."

"Ach ja, zo nu en dan is het fijn om er eens met iemand over te praten. Nou, dan wens ik jullie nog een fijn verblijf hier en wie weet komen we elkaar nog eens tegen." Anne-Sofie knikte hen gedag en schuifelde naar buiten.

Annemijn en Nadine bleven nog even zitten, ieder voor zich het verhaal van Anne-Sofie verwerkend.

"Wat een krasse, oude dame," merkte Nadine even later op.

"Ja, en met een bijzonder verhaal."

Na het bezoek aan de kerk slenterden Annemijn en Nadine door de straten van het stadje. Honningsvåg stond in het teken van het Noordkaapfestival dat rond half juni gevierd werd en de zomer aankondigde. Een week lang was er op cultureel gebied van alles te beleven: van muziek tot theater en van tentoonstellingen tot aan outdoor-activiteiten. En ook het inwendige van de mens werd niet vergeten.

"We treffen het dat er van alles te doen is," zei Nadine. "Een goede afleiding om jouw gedachten te verzetten." Ze keek van Annemijn naar een affiche dat een concert aankondigde. "Leif Bjorge…" zei ze peinzend. "Met een gastoptreden van Maiken Dahlberg," mompelde ze erachteraan. "Hé, die Leif, is dat niet die Noorse zanger die ook langzaamaan bezig is de rest van Europa te veroveren?"

Annemijn boog zich naar de affiche toe. "Ja, daar zou je wel eens gelijk in kunnen hebben."

"Hij ziet er wel goed uit." Nadine keek nog eens naar de afbeelding van Leif.

"Ja, en hij is single, verdient goed en houdt heel erg van vrouwen, dus net iets voor jou," grinnikte Annemijn. "Zullen we ernaar toe gaan?" stelde ze voor.

"Naar het concert?" Nadine keek haar verbaasd aan.

"Ja, waarom niet? Laten we gewoon iets leuks doen, daar heb ik na al die toestanden wel zin in. Er is hier ergens een toeristenbureau, die weten er vast wel meer over te vertellen en misschien verkopen ze zelfs wel kaarten."

"Ja, eigenlijk is dat zo'n gek idee nog niet... of eigenlijk is het een supergoed idee! Even lekker uit ons dak gaan met zicht op het wel-gevormde lichaam van Leif Bjorge."

"Precies," knikte Annemijn. "Dat is net wat we nodig hebben." En dan hoef ik ook niet zoveel aan die enge Espen én niet aan Hedde te denken, dacht ze erachteraan.

HOOFDSTUK 25

Achter de coulissen drentelde Maiken nerveus heen en weer. Het was de avond van het concert en Leif stond zijn songs op het podium te vertolken. Het publiek was razend enthousiast. Ja, Leifs ster was rijzende, hij werd steeds populairder. Niet alleen in Noorwegen, maar ook daarbuiten. En zo meteen moest zij haar Midzomernachtlied ten gehore brengen, dat was één ding. Het andere ding was dat het plan dat ze voor Olof bedacht hadden in werking was gezet. Kjersti zou Olof meenemen naar het concert. Als alles meezat was hij daar nu samen met haar. De rest moest Maiken zelf doen en de tv-opnames maakten haar er beslist niet rustiger op.

Vanochtend had ze zichzelf voor het eerst op de radio gehoord. Het Midzomernachtlied was, door toedoen van Leif, als single uitgebracht. Eerst was Maiken zich naar geschrokken bij het horen van haar eigen stem op de radio, maar naarmate ze verder had geluisterd was er een trots in haar opgegloeid om wat ze bereikt had. Haar ouders, Kjersti en nog meer bekenden hadden haar enthousiast opgebeld en haar onder complimenten bedolven. Ook Leif had haar nog gebeld, al zag hij haar vandaag toch al, en haar gezegd hoe blij hij was dat hij haar zover had gekregen om het Midzomernachtlied op te nemen.

De laatste noten van Leifs lied stierven weg en Maiken wist dat zij nu aan de beurt was. Ze haalde diep adem, schikte nog wat aan haar kleding en duwde haar lange, goudbruine haar aan een kant achter haar oor.

"Je ziet er oogverblindend uit, Maiken," had Leif, voordat hij het podium op moest, gezegd en hij had zijn blik goedkeurend van haar hooggehakte schoenen naar haar korte, van roomkleurig satijn gemaakte jurkje laten glijden dat haar armen en schouders bloot liet, maar hoog rond haar nek sloot. Daarna had hij haar, heel bescheiden, totaal niet Leif-achtig, een kus op haar wang gegeven en haar succes gewenst.

Leif was zelf uitgedost in een glanzend, zilvergrijs overhemd, waarvan de knoopjes natuurlijk net ver genoeg open stonden om de vrouwen het hoofd op hol te brengen, met daaronder een strakke zwarte broek en zwarte cowboylaarzen. Op zijn hoofd prijkte een grijze, vilten gleufhoed waar zijn lange, in een paardenstaart bij elkaar gebonden haar onderuit stak.

Maiken hoorde hoe Leif haar aankondigde en er wenkte iemand dat ze op moest komen. Haar adem langzaam uitblazend liep ze naar het podium toe. Zodra ze daar verscheen werd er luid geapplaudisseerd en ze keek glimlachend naar het publiek. Leif had aan de zijkant van het podium op een hoge kruk plaatsgenomen en knipoogde naar haar.

Maiken ging achter de microfoon staan. Anne-Sofie en Holden waren gekomen, en Terje – tja, natuurlijk – en haar ouders. Verderop ontdekte ze nog een paar bekenden en links aan de zijkant zag ze tot haar grote opluchting Kjersti en Olof zitten.

Hij was meegekomen!

Zodra het applaus was weggestorven schraapte Maiken zacht haar keel. "Goedenavond… fijn dat u allemaal gekomen bent. Voordat ik ga zingen, zou ik graag iets willen zeggen…" Ze keek heel even opzij naar Leif. Hij glimlachte breeduit en knikte haar bemoedigend toe.

"Het Midzomernachtlied dat ik zo ten gehore ga brengen, wil ik voor één speciaal iemand in het bijzonder zingen." Maiken keek naar Olof en probeerde zijn blik te vangen. "Iemand die mij na aan het hart ligt: Olof Hauge, speciaal voor jou…" Zelfs vanwaar zij stond zag ze Olof schrikken.

Maiken sloot haar ogen toen de muziek begon en zette daarna met een zuivere, heldere stem in. Het publiek werd muisstil en Maiken opende haar ogen weer. Na een paar zinnen pakte ze de microfoon uit de standaard en liep, gevolgd door een camera- en geluidsman, voorzichtig het podium af in de richting van Olof. Ze zag hem, zo mogelijk, nog meer schrikken en merkte op hoe Kjersti hem bij zijn arm vasthield zodat hij, als hij dat zou willen, niet zou kunnen ontsnappen.

Ze ging voor Olof staan en zong haar lied zoals ze dat nog nooit had gezongen. Haar liefde voor Olof klonk door in iedere noot en ze voelde hoe dat ervoor zorgde dat ze de kracht had om zonder haperen te blijven zingen. Ze keek Olof aan en ze zag de onrust in zijn grijze ogen. Van geschrokken naar verbaasd en van verbaasd naar verrast. Of verbeeldde ze zich dat laatste? De verraste blik maakte plaats voor een warmte die Maiken herkende van de keren dat hij haar gekust had. Het deed haar hart sneller kloppen.

Ze zong de laatste regels van het lied:

Mijn liefde voor jou is als de zon in de midzomernacht,
tijdloos, zonder einde, stralend, vol van vuur en kracht.

Ja, mijn hart zingt over waar ik het meest van hou,
Mijn hart zingt over mijn allerliefste, over jou…

De muziek ebde weg en Maiken glimlachte stralend naar Olof. Het kon haar niet schelen dat er een camera bijna boven op haar stond en het hele land kon meekijken. Het was nu of nooit.

"Lieve Olof," begon ze. "Dit lied was speciaal voor jou en ieder woord ervan meende ik. Het maakt me niet uit wie je bent of wat je doet, voor mij ben jij de enige waar ik van hou. Jij bent de man van mijn leven en ik wil je vragen onze liefde een kans te geven. Wij kunnen er samen iets ongelooflijk moois van maken, dat weet ik zeker."

Olof bleef haar een ogenblik sprakeloos aankijken. Kjersti hield Olofs arm nog steeds vast en keek met grote, afwachtende ogen naar hem op. Het leek alsof het publiek de adem inhield, want het was alweer muisstil.

Maikens hart bonsde nog luider dan eerst terwijl ze Olof bleef aankijken.

"Maiken," stamelde hij. "Ik… Ik… het is niet te geloven, maar…"

Hij maakte zich van Kjersti los en omhelsde Maiken. Het publiek begon luidkeels te joelen en Maiken sloeg haar armen om zijn nek.

"Ik meen het, Olof," zei ze, ter hoogte van zijn oor.

"Ik wil het graag een kans geven, Maiken, echt…" hoorde ze Olof ook bij haar oor zeggen. "Maar…" Olof aarzelde even. "Geef me tijd." Hij kuste haar zacht op de mond en het publiek ging helemaal uit zijn dak. Daarna maakte hij zich van haar los en liep bij

Kjersti en haar vandaan. Maiken staarde hem na toen hij door de uitgang verdween.

"Dames en heren, nogmaals een geweldig applaus voor Maiken Dahlberg!" hoorde Maiken Leif roepen. Ze staarde nog steeds naar de uitgang totdat Kjersti haar zacht de kant van het podium opduwde. Hij wilde het graag een kans geven, dacht Maiken uit het veld geslagen. Maar… Maar… Altijd weer dat vervelende woord: maar!

*

"Wauw!" riep Nadine enthousiast boven het rumoer van het publiek uit. "Die Leif is in het echt nog leuker dan ik dacht!" Ze keek naar Annemijn, maar Annemijn reageerde niet. "Hé, hoor je me wel? Of heb je een paniekaanval, dan laten we het concert voor wat het is en gaan we meteen naar buiten, hoor." Nadine legde bezorgd een hand op Annemijns arm. "Of… Je hebt Espen toch niet ergens gezien?" Nadine keek verschrikt om zich heen.

"Nee, nee," Annemijn schudde heftig haar hoofd. "Dat is het niet." Ze fronste even haar wenkbrauwen en keek Nadine aan. "Heb je het niet gehoord?"

"Wat gehoord? Ik heb van alles gehoord, maar…" Nadine keek haar niet-begrijpend aan.

"Het Midzomernachtlied," zei Annemijn ter verduidelijking.

"Het Midzomernachtlied? Wat is daarmee aan de…" Nadine leek even na te denken. "O, wacht eens even, het Midzomernachtlied. Het dagboek! Nee!" riep ze verbaasd uit.

"Ja," knikte Annemijn. "Wat die Maiken Dahlberg zong, is de tekst van het lied uit ons dagboek. Ik weet het zeker. Haar lied is alleen in het Engels."

"Maar…" Nadine schudde in opperste verbazing haar hoofd. "Maar hoe kan dat? Hoe komt zij aan die tekst?"

"Dat is een goede vraag. Ik wil proberen haar zo meteen achter de coulissen op te zoeken. Jammer dat ik ons dagboek nu niet bij me heb. Niet dat zij er iets van zou kunnen lezen, maar toch…"

"Tjonge, Annemijn, dat is echt raar!"

"Ja, nogal bizar." Annemijn keek in de richting van Kjersti. "Zou zij er meer van weten? Dan kunnen we misschien eerst iets aan haar vragen."

"Zij stond wel bij die man voor wie Maiken het lied speciaal gezongen heeft. Ik wou dat er iemand was die het voor mij zong," verzuchtte Nadine.

"En met die iemand bedoel je Leif natuurlijk."

"Hmm, tja…"

Annemijn porde Nadine met haar elleboog in haar zij. "Geef het nou maar eerlijk toe."

"Ja, nou ja… wie zou dat niet willen?" zei Nadine, een ondeugend lachje op de inmiddels weer zingende Leif werpend.

*

Het concert was achter de rug en om heel eerlijk te zijn had Maiken geen geduld meer gehad om tot het einde van het concert te wachten, maar ze wist dat Leif haar nog een keer naar voren wilde halen en dus had ze braaf net zo lang gewacht tot alles voorbij was. Het liefst was ze natuurlijk meteen achter Olof aan gegaan. Ze wilde zeker weten of hij een relatie met haar nu wel of niet een kans wilde geven.

Leif stond iets verderop met mensen van de pers te praten. Ze hadden haar even terug al geïnterviewd en Maiken had haar best moeten doen om haar aandacht erbij te houden.

Kjersti verscheen in de ruimte achter het podium en liep op Maiken af. "Dat was super! Volgens mij stond Olof helemaal perplex," merkte ze op, zodra ze zich bij Maiken gevoegd had.

"Ja, perplex is wel het juiste woord, denk ik."

"Er zijn trouwens twee dames die je iets willen vragen. Uit Nederland," voegde ze eraan toe.

"Nederland?"

"Ja." Kjersti keek achterom en wenkte naar Annemijn en Nadine.

"Kom maar verder," zei Kjersti glimlachend. "Dit zijn Annemijn en haar vriendin Nadine. En ze hebben, net als jij, een dagboek waar het Midzomernachtlied in staat."

Maiken zette grote ogen op. "Een dagboek met hetzelfde lied?" Ze keek Kjersti verbijsterd aan.

Kjersti knikte.

Verbaasd schudde Maiken de beide vrouwen de hand. "Dus jullie komen uit Nederland, leuk om jullie te ontmoeten," zei ze in het Nederlands.

Annemijn en Nadine keken haar verrast aan.

"Ja, ik heb Nederlandse voorouders en naast het Noors hebben wij thuis ook Nederlands geleerd," legde Maiken uit.

"O, maar dat is alweer bizar," merkte Nadine op.

"Alweer?" vroeg Maiken.

"Ja," knikte Annemijn. "We hoorden jou het Midzomernachtlied zingen en nu heb ik een oud dagboek van een van mijn voorouders en daar staat hetzelfde lied in."

"Ja, Kjersti heeft het me net verteld. Ongelooflijk…" Maiken schudde, nog steeds verbaasd, haar hoofd.

Kjersti, die haar naam hoorde noemen, maar geen woord Nederlands kon verstaan, keek nieuwsgierig van de een naar de ander. Maiken schakelde over op Engels. "Ik heb dus ook een dagboek waar het lied in staat."

"Nou ja, hoe is het mogelijk!" riep Nadine met de nodige stemverheffing uit zodat Leif en de persmensen een moment hun kant uit keken.

"Ja, vreemd, hè?" zei Maiken. "Maar zou ik jullie dagboek een keer mogen zien?"

"Natuurlijk," zei Annemijn direct. Nadine knikte instemmend.

"Laten we iets afspreken zodat we de boeken kunnen vergelijken," stelde Maiken voor.

"Goed idee," vond Annemijn.

Anne-Sofie kwam hun richting uit lopen en hield halt bij de vier vrouwen. "Zo te zien hebben jullie het hier wel gezellig samen." Ze keek glimlachend het kringetje rond. "Leuk dat jullie er ook zijn." Ze knikte naar Annemijn en Nadine.

"Kent u hen?" vroeg Maiken verbaasd.

"Ja, ik heb de beide dames ontmoet tijdens hun bezoek aan de kerk."

"Aha," knikte Maiken. "Ze zijn vanuit Nederland hiernaartoe gekomen en hebben, net als ik, een dagboek waarin het Midzomernachtlied staat."

Anne-Sofie kneep haar ogen tot spleetjes. "Mooi… Jullie hebben elkaar gevonden…"

De vier vrouwen keken haar niet-begrijpend aan.

"Hoe bedoelt u?" vroeg Maiken fronsend.

"Precies zoals ik het zeg." Voordat er iemand kon reageren, keerde ze zich naar Leif toe. "Zo, en nu wil ik wel eens aan die fantastische zanger voorgesteld worden."

"Ik, eh… eigenlijk ook wel," zei Nadine, een smachtende blik op Leif werpend.

"Laten we vragen of we met hem op de foto mogen," stelde Anne-Sofie voor en haakte haar arm in die van Nadine. "Weet je trouwens dat hij thuis een eigen massageruimte heeft?"

"O?"

"Ja, Maiken weet er alles van," gniffelde Anne-Sofie en trok Nadine mee naar Leif. "Lijkt het jou niet heerlijk om…" Ze begaven zich buiten gehoorsafstand van de rest.

Maiken zuchtte wanhopig en Kjersti grinnikte. "Ja, Leif schijnt heerlijke massages te geven," zei ze tegen Annemijn en onderdrukte een lach.

"Moet iedereen mij daar nu per se aan herinneren?" mopperde Maiken.

"Is zij familie van je?" vroeg Annemijn, in de richting van Anne-Sofie knikkend.

"Ja, een oudtante," antwoordde Maiken. "Maar ik begrijp niet wat ze bedoelde met dat we elkaar gevonden hebben."

"Nee, ik ook niet," antwoordde Annemijn.

"Nou ja, maakt niet uit. Kom, dan stel ik jullie ook aan Leif voor. Dan hebben we dat maar weer gehad," vond Maiken.

HOOFDSTUK 26

's Avonds laat reed Maiken naar huis terug. Ze kon tevreden zijn over haar optreden, maar wat Olof betrof had ze geen idee of ze er goed aan had gedaan hem haar liefde in het openbaar te betuigen. Het was meer een laatste redmiddel geweest.

Ze had Terje niet meer gesproken. Gelukkig maar, want ze had er geen behoefte aan dat hij haar stond op te wachten met weer een bos rozen. Ze had nog wel in het voorbijgaan gezien hoe hij spijtig zijn schouders had opgehaald alsof hij wilde zeggen hoe jammer het was dat zij niet voor hem gezongen had.

Terje... Nee, hij was een collega en zou dat, helaas voor hem, altijd blijven.

Maiken keek naar het voorbijglijdende landschap: de kale bergen, de rotsachtige ondergrond, waar laag struikgewas heel even de kans kreeg uit te botten omdat het zomerseizoen was aangebroken of wat hier in ieder geval voor zomer moest doorgaan... Ze zag de grazende rendieren en de door steile kliffen omzoomde inhammen waarvan het water nu zilverblauw leek. Maiken voelde de liefde voor dit eiland in iedere vezel van haar lichaam. Ze hoorde bij dit eiland, zoals Olof ook hier thuishoorde. Olof...

Voor haar reden een touringcar en een paar campers. Toeristen op weg naar de Noordkaap om de middernachtzon te bewonderen. In dit jaargetijde waren bezoekers aan dit eiland nog laat op pad. Ze hadden geluk vanavond, het was helder en ze zouden de zon te zien krijgen. Iets wat lang niet altijd vanzelfsprekend was.

Ze reed Skarsvåg binnen en op het moment dat ze haar auto naast haar huis wilde parkeren, zag ze iemand op haar veranda zitten. Ze keek nog eens goed. Olof! Hij zat in de oude schommelstoel waarin ze zelf graag zat als de weersomstandigheden het toelieten. Maar wat deed Olof hier? Maikens hart maakte een vreemd, verwachtingsvol sprongetje.

Ze parkeerde haar auto en liep naar de voorkant van haar huis. Olof stond langzaam uit de schommelstoel op. De stoel bleef zachtjes heen en weer bewegen.

"Hallo Maiken," zei hij voorzichtig glimlachend.

"Hoi Olof." Maiken glimlachte terug en klom, nog steeds niet van haar verbazing bekomen, de paar treden van de veranda op. "Wat leuk je hier te zien."

"Ja, ik vroeg je vanavond of je me de tijd wilde geven en, eh… ik bedoelde eigenlijk de tijd om hier op je te wachten," Olof grijnsde schaapachtig.

Maiken stond inmiddels op de veranda en keek hem afwachtend aan. Ze voelde hoe haar hartslag zich versnelde bij wat hij zojuist gezegd had. Hij had op haar gewacht…

"Ik heb vanavond al tegen je gezegd dat ik onze liefde graag een kans zou geven, Maiken, en eh…" Olof staarde even in de verte, naar de haven en de achterliggende bergen.

O, als hij nu maar niet weer 'maar' ging zeggen, dacht Maiken wanhopig. Dat zou ze niet meer kunnen verdragen. En eigenlijk zou ze hem mee naar binnen moeten vragen in plaats van op de veranda voor haar huis met hem over de liefde te praten. Maar ze was bang dat als ze hem mee naar binnen vroeg, ze het moment zou bederven. Stel dat hij dan niet meer de moed zou kunnen opbrengen om te zeggen wat hij wilde zeggen? Oké, ze zou al met haar liefdesverklaring op de tv komen en dit kon er ook nog wel bij, dat de dorpsbewoners haar hier samen met Olof zouden zien praten of wat er dan ook stond te gebeuren.

Olof bukte zich om iets wat naast de schommelstoel lag op te pakken. Het was een langwerpig, plat pakket dat in mooi, glanzend papier was verpakt en versierd was met al even glanzende linten. "Ik wil je iets geven om je te laten zien dat ik het echt meen. Het is misschien niet wat je verwacht van een man, geen sieraad, geen bloemen…"

Olof overhandigde haar het pakket en Maiken nam het van hem aan. "Dank je," stamelde ze beduusd. Ze trok het papier voorzichtig los en uit het pakket kwam een grijsbruin stuk drijfhout tevoorschijn. Op het eerste gezicht was er niets aan te zien, maar Maiken herinnerde zich plotseling wat ze voor Kjersti in de galerie in Honningsvåg had gekocht: een stuk drijfhout waarop een woord van papieren letters stond afgebeeld en hoe ze Olof met een pakketje naar buiten had zien komen.

Langzaam draaide ze het hout om en in mooie, gebloemde letters sprong haar het woord '*dream*' tegemoet.

Voordat ze iets kon zeggen, was Olof haar voor: "Ik droom al heel lang over een leven met een vrouw die mij onvoorwaardelijk lief zou hebben. Een vrouw die het niet uitmaakt wie of wat ik ben, die het niet uitmaakt dat ik het liefst op dit eiland woon en telkens naar zee terugkeer. Misschien weet je dat mijn jeugd…"

"Ja, dat weet ik," zei Maiken zacht en ze legde haar hand op Olofs arm. "Het was niet makkelijk voor je." Haar hart smolt bij de aanblik van zijn ernstige, grijze ogen.

"Als iemand maar lang genoeg zegt dat je nergens voor deugt en dat het altijd beter kan, begin je er zelf in te geloven dat het echt zo is…" Olof wendde zijn blik af.

Maiken dacht terug aan de woorden van Anne-Sofie: dat Olofs moeder altijd het allerbeste van hem verwachtte, niets goed genoeg vond en niet wilde dat hij, net als zijn veel te vroeg overleden vader, visser zou worden. Het had Olofs leven negatief beïnvloed.

"Olof, jij bent voor mij degene met wie ik heel graag mijn leven wil delen en dat je dit voor mij hebt meegenomen is…"

"Wacht," viel Olof haar in de rede. "Ik wilde je zeggen dat jij de vrouw bent waarnaar ik op zoek was, de vrouw die mij neemt zoals ik ben, al kon ik dat eerst niet geloven. Ik wilde je dit cadeautje al eerder geven, maar had er de moed niet voor. Maar na vanavond, toen jij zo moedig was om in het openbaar je liefde voor mij te betuigen, kon ik er niet meer omheen." Olof glimlachte liefdevol naar Maiken en legde zijn hand over die van haar heen. Maikens hart maakte een complete salto.

"Jij bent de droom die is uitgekomen en ik wilde je een toepasselijk cadeau geven. Iets waarnaar we kunnen kijken om ons dit moment te herinneren. Een speciaal moment omdat ik je wil zeggen dat ik van je hou."

"O, Olof…" Maiken voelde tranen achter haar ogen prikken. Dit was het moment waarop ze zo lang gewacht had, het moment dat Olof haar zijn liefde zou verklaren. "Je had geen mooier cadeau kunnen uitkiezen."

Olof trok haar zacht naar zich toe en keek haar een ogenblik zwijgend en met ogen vol liefde aan voordat hij zijn mond verlangend op de hare liet neerkomen. Dit keer was er niets meer wat hen in de weg zou staan, dacht Maiken blij en ze kuste hem vol overgave terug. Olof nam haar in zijn armen en Maiken voelde zijn sterke, warme lichaam door de stof van haar dunne jurkje heen.

"Laten we naar binnengaan," fluisterde ze. "Laten we dit moment nog specialer maken."

"Geweldig idee," mompelde Olof schor en hij kuste haar opnieuw hartstochtelijk.

Zonder hem los te laten opende Maiken de deur van haar huis.

"Wacht," zei Olof voor de tweede keer. "Hier heb ik ook van gedroomd." Hij tilde Maiken op en droeg haar het huis binnen. Met een been duwde hij de deur achter hen dicht. Maar net niet snel genoeg, want Anne-Sofie en Holden, die na het concert nog even met kennissen hadden gepraat, waren op weg naar huis en zagen nog net hoe Olof Maiken over de drempel tilde.

Anne-Sofie glimlachte en keek blij naar Holden. Die jongen leek eindelijk zijn bestemming gevonden te hebben. Nu de rest nog…

HOOFDSTUK 27

"Ik moet eerst lezen hoe het verder gaat," zei Nadine, zich over het dagboek buigend.

Nou, dan zal ze zo meteen mooi verbaasd zijn, dacht Annemijn, maar ze zei verder niets tegen haar vriendin. Ze zaten met een dikke trui aan binnen in hun gehuurde hut. Buiten regende het en er stond een stormachtige, snijdend koude wind, die rechtstreeks van de Noordpool leek te komen. Wat ook niet zoveel scheelde, dacht Annemijn met een scheef glimlachje. Het leek verdorie wel herfst in plaats van zomer! De temperaturen waren naar Nederlandse maatstaven zelfs bijna winters te noemen.

Honningsvåg, 31 augustus 1899
Het is niet te beschrijven hoe ik me voel. Alsof er een storm in mij woedt die niet meer tot bedaren wil komen. Iemand vertelde mij dat het schip waarmee Onne reist de haven heeft verlaten en hij op een nieuwe expeditie is meegegaan. Onne heeft een brief en een pakketje voor mij achtergelaten. Nee, ik kan het niet geloven…

Nadine had het stukje tekst hardop gelezen en keek van het dagboek naar Annemijn. "Nee, dit is inderdaad echt niet te geloven, zeg!" Ze schudde verontwaardigd haar hoofd. "Heeft Meike dat hele eind gereisd en wat krijgt ze te horen? Dat Onne is vertrokken! Wat een…" Nadine keek weer naar het dagboek waar een opgevouwen, vergeeld stuk papier in lag. Ze pakte het op en keek ernaar. "Hé, wat is dat?"

"Lees het maar," moedigde Annemijn haar aan.

Nadine vouwde het papier open en keek naar het ouderwetse handschrift.

Mijn liefste Meike,

Het spijt mij oprecht en mijn hart doet pijn bij de wetenschap dat je mij hier niet meer zult treffen. Vooral omdat je mij hebt laten weten dat je naar mij onderweg bent. Daarover zal ik nog lang een schuldgevoel blijven houden. Ik zal altijd aan je blijven denken, Meike, als de eerste vrouw van wie ik echt gehouden heb. De vrouw met haar mooie, lange haar met de kleur van de heldere maan en met haar bijzondere blauwe ogen die ik steeds weer terug zal zien in de kleur van de zee in verre oorden. Maar besef dat ik je niet de liefde kan geven die je verdient, dat ik altijd onrustig zal blijven, op zoek zal gaan naar nieuwe uitdagingen... Op die manier zal het niet werken tussen ons en is het beter dat het gaat zoals het nu gaat, ook al breekt het mijn hart. Neem het pakketje aan dat bij deze brief hoort. Het is het minste wat ik voor jou kan doen. Het geeft je de mogelijkheid naar huis terug te reizen. Het ga je goed, mijn lieve Meike, weet dat de herinnering aan jou een van de mooiste van mijn leven is...

Liefs,

Onne

"O, wat erg," zuchtte Nadine. "Zouden dat tranen zijn?" Ze wees op een paar uitgelopen inktvlekken. "Tranen van Meike..."

"Of van Onne," zei Annemijn zacht.

"Wat zat er in het pakketje dat Onne had achtergelaten?"

"Lees maar."

Nadine las verder in het dagboek:

Eigenlijk heb ik altijd geweten dat Onne voor het avontuur zou kiezen en de schok die het nu bij mij teweegbrengt is heftig, maar minder heftig dan ik had verwacht, juist omdat ik het al vermoedde. Ik kom het te boven, al zal het tijd kosten. Ook ik zal Onne nooit vergeten, mijn eerste grote liefde...

Het pakketje bevat geld. Genoeg om naar huis terug te kunnen reizen, zoals Onne schreef. En behalve geld bevat het een zilveren ketting waaraan een hartvormig medaillon hangt. Een erfstuk, volgens het briefje dat Onne heeft bijgesloten. Een erfstuk dat genoeg waard is om me voorlopig geen zorgen over geld te hoeven maken en waarvan hij hoopt dat ik daarmee toch het geluk zal vinden. Maar ik weet niet of ik het medaillon wil verkopen. Het is een prachtig sieraad en een aandenken aan een bijzonder iemand...

En ik weet niet of ik naar huis terug zal gaan. Waarom zou ik, nu ik al zo ver gekomen ben, ook niet het avontuur aangaan en hier blijven? Ik zou willen dat Rune hier bij mij was, dan voelde ik mij minder alleen. Ik moet hem vertellen wat er gebeurd is...

"De ketting..." Nadine keek Annemijn aan. "Jouw ketting..."

Annemijn knikte. "Die ik nu kwijt ben."

"O, wat zonde! Die stomme Espen!" riep Nadine boos uit.

"Ja, eeuwig zonde." Annemijn zuchtte diep. "Maar hier stopt het verhaal."

"Hè?" Nadine keek Annemijn fronsend aan. "Maar hoe…?"

"Ik weet niet hoe het verdergaat en of ze hier is blijven wonen."

"Wat frustrerend!" Nadine klapte geërgerd het dagboek dicht.

"Maar we gaan zo meteen naar Maiken. Zij heeft ook een dagboek. Wie weet wat dat oplevert."

"Stel je voor dat we deze hele reis voor niets hebben gemaakt. Dat we nu niets wijzer meer worden. En daarbij komt ook nog dat jij er bijna niet meer geweest was," mopperde Nadine.

Annemijn haalde haar schouders op. "Nou ja, het was in ieder geval een bijzondere reis, eentje die we niet snel meer zullen vergeten."

"Nee, die staat in ons geheugen gegrift, en…" Nadine liet een ondeugend lachje zien. "…ik heb toch maar mooi kennisgemaakt met Leif Bjorge." Ze keek dromerig voor zich uit. "Ik heb een foto en een handtekening van hem en twee vrijkaarten voor zijn volgende concert, waar we waarschijnlijk niet naartoe gaan omdat we dan al lang weer thuis zijn, maar toch…"

"Ja, dat is jammer," vond Annemijn. "Maar laten we nu naar Maiken gaan. Ik ben razend nieuwsgierig naar wat er in haar dagboek staat."

*

Gelukzalig glimlachend zat Maiken achter de piano en speelde dat het een lieve lust was. Haar vingers vlogen over de toetsen en ze zong met de vrolijke melodie mee. Zingen kon je het eigenlijk niet echt noemen, het was meer een geïmproviseerd geluid voortbrengen. Dat deed ze wel vaker als ze zich blij en ontspannen voelde. Ze begreep goed dat Anne-Sofie aan haar manier van zingen kon horen hoe het met haar ging.

De oorzaak van haar gelukzalige bui was Olof. Olof die haar verrast had met een toepasselijk cadeau en dat niet alleen, hij had haar verrast met zijn liefde. Een liefde die zo intens en bijzonder was dat Maiken het bijna niet kon bevatten dat hij haar na al die jaren eindelijk zijn echte liefde had verklaard. En niet alleen met woorden, o nee! Nadat hij haar over de drempel van haar huis had gedragen, was alles in een fantastische droom veranderd. Ze hadden de liefde bedreven, vurig en zonder terughoudendheid.

Maikens blik gleed naar de gebloomde letters op het stuk drijfhout: *dream*. Ze had het aan de wand in haar woonkamer gehangen, daar waar ze er altijd zicht op zou hebben en zich Olofs woorden zou herinneren.

Plotseling werd er op het raam geklopt en Maiken keek geschrokken opzij, maar dit keer was het Anne-Sofie niet. Annemijn en Nadine stonden voor het raam en zwaaiden naar haar. O, wat stom! Ze was de tijd weer eens vergeten. Daar had ze wel vaker last van als ze achter de piano kroop én ze had de deurbel niet gehoord. Snel stond ze van de pianokruk op om de beide vrouwen binnen te laten.

"Kom binnen! Sorry, ik heb de bel niet gehoord, maar dat is mijn eigen schuld. Stonden jullie er al lang?" ratelde Maiken.

"Nee hoor, het was pas de eerste keer dat we op het raam klopten," stelde Annemijn haar gerust.

"Wauw, wat kan jij goed piano spelen, zeg!" riep Nadine enthousiast uit.

"Dank je," zei Maiken glimlachend. "Ja, ik musiceer graag." Ze liet Annemijn en Nadine plaatsnemen op de bank in de woonkamer en voorzag hen van koffie, thee en een stuk zelfgebakken taart, die ze nog tussen twee vluchten door had weten te maken.

Naast het zingen, ging haar werk natuurlijk gewoon door. Gelukkig hoefde ze niet altijd samen met Terje te vliegen, maar de laatste keer had hij vast wel aan haar kunnen zien dat het tussen Olof en haar wel goed zat. Ze hoopte tenminste dat hij dat had opgemerkt. Hij had in ieder geval geen poging meer gedaan haar mee uit te vragen.

Maiken haalde haar dagboek tevoorschijn en ging in de oude fauteuil van haar vader zitten. "Dus jullie hebben ook een dagboek?" Ze tikte met haar vinger op de stoffen omslag van het boekje.

"Ja." Annemijn haalde haar eigen dagboek uit haar tas en overhandigde het aan Maiken. "Het ziet er bijna hetzelfde uit als dat van jou. En het is geschreven door mijn betovergrootmoeder, Meike."

"Mijn dagboek is ook door ene Meike geschreven…" Beduusd nam Maiken het boekje van Annemijn aan. "En zij is ook míjn betovergrootmoeder. Als het tenminste om dezelfde Meike gaat. Ze is de grootmoeder van mijn oudtante Anne-Sofie, de oude dame die na mijn optreden naar mij toe kwam en die jullie in de kerk hebben ontmoet."

"Echt waar?" riep Nadine, verbaasd van Maiken naar Annemijn kijkend. "Dan zijn jullie allemaal familie van elkaar!"

Annemijn keek Maiken verbluft aan. "Maar dat is… dat is echt eigenaardig, zeg!"

"Eigenaardig, maar leuk," lachte Maiken. "Eens even zien," mompelde ze en maakte het rode lint los waarmee Annemijns dagboek was dicht gestrikt. Langzaam bladerde ze het boekje door. "Ik begin nu toch wel nieuwsgierig te worden. Aha… dit is wat ik zoek."

"Wat je zoekt?" vroeg Nadine fronsend.

"Ik wist bijna zeker dat er een voorgeschiedenis moest zijn, maar die staat niet in mijn dagboek beschreven," legde Maiken uit. "Mijn dagboek begint op het moment dat Meikes grote liefde Onne… Weten jullie wie Onne is?"

Annemijn en Nadine knikten bevestigend.

"Haar grote liefde Onne zou hier op het eiland zijn, maar hij was helaas weer vertrokken. Toch besluit Meike om hier te blijven wonen."

"Dus toch," zei Annemijn peinzend. "Wij missen juist een vervolg op ons dagboek. En er is ook nog sprake van een schoolmeester, Rune Onstad. Zegt je dat iets?"

Maiken knikte. "Rune wordt regelmatig in mijn dagboek genoemd. Meike vindt hem leuk en… nee, dat moeten jullie zelf maar lezen," zei ze glimlachend. "Maar er is wel iets anders."

Maiken gaf haar eigen dagboek, opengeslagen op de eerste bladzijde, aan Annemijn. "Lees maar…"

Annemijn begon hardop te lezen zodat Nadine kon meeluisteren:

Honningsvåg, 3 september 1899

Gelukkig heb ik onderdak gevonden bij een gezin in Honningsvåg.
Het is een vrolijk gezin waar veel gemusiceerd wordt. Ik zing vaak
met hen mee en ze vinden dat ik een mooie stem heb en goed kan
zingen. Laatst vroeg iemand of ik ergens wilde optreden en dat wil
ik wel, maar er is iets gebeurd... Ik ben zwanger en het kan niet an-
ders dan dat het van Onne is. Hij weet niet dat hij vader wordt en ik
weet niet of ik het hem zou willen vertellen. Misschien later... Hij
zou zich misschien verplicht voelen zich aan mij te binden, terwijl
hij juist voor de vrijheid heeft gekozen. Ik denk dat het beter is niets
te zeggen en te proberen Onne naar de achtergrond te dringen, hoe
moeilijk het ook is. Maar ik weet niet hoe het nu verder moet. Rune
komt mij regelmatig opzoeken, maar als hij merkt dat ik zwanger
ben, wil hij vast niets meer met mij te maken hebben...

Annemijn stopte met lezen en keek verbijsterd van Maiken naar
Nadine. "Dit had ik echt niet verwacht."

"Nee." Nadine schudde haar hoofd. "Dat is wel even een ander
verhaal."

"Neem mijn dagboek maar mee, dan kunnen jullie het lezen,"
stelde Maiken voor.

"O, dat is fijn," zei Annemijn blij. "Dus Meike is ook jouw betovergrootmoeder?"

"Ja, en we dragen beiden bijna dezelfde naam: Meike en Maiken."

"Mijn doopnaam is Anne Meike, maar mijn ouders hebben me
Annemijn genoemd," merkte Annemijn op. "Is dat niet wonder-
lijk?"

"Het wordt inderdaad steeds wonderlijker," mompelde Nadine. "En jouw naam begint ook met Anne, net zoals bij Anne-Sofie."

"Hé, ja, dat was nog niet eens tot me doorgedrongen." Maiken keek Annemijn verrast aan.

"Hoe ben jij in het bezit van jouw dagboek gekomen?" vroeg Annemijn, benieuwd naar Maikens verhaal.

"Ik heb het nog niet zo lang geleden van Anne-Sofie gekregen en Anne-Sofie heeft het dagboek van haar grootmoeder, Meike, gekregen. Anne-Sofie zei dat ik de enige ben die, behalve mijn ouders, nog op het eiland woont waar het dagboek is geschreven en vond dat ik het daarom moest krijgen. En jij? Hoe ben jij aan het dagboek gekomen?"

Annemijn vertelde het verhaal over hoe ze haar stamboom wilde uitzoeken en daardoor bij Janna Ezinga was terechtgekomen, van wie ze het dagboek en een medaillon had gekregen en dat ze nu de reis maakten die in het dagboek beschreven stond.

"Weet jij wie Aurora is?" Nu ze het toch over het medaillon had, kon ze Maiken net zo goed vragen of zij wist wie er op het portretje binnen in het medaillon stond afgebeeld.

"Aurora..." Maiken glimlachte. "Dat is een verhaal apart." Ze pakte de oude foto van Meike met het kleine meisje tussen de bladzijden van Annemijns dagboek vandaan, de foto die Annemijn van haar moeder mee had mogen nemen, en keek er aandachtig naar.

"Die vrouw op de foto is Meike," legde Annemijn uit. "Maar wie het meisje is, weet ik niet." Ze zweeg even. "En hier heb ik nog een foto van een jonge vrouw in vliegenierskleding. Iets van rond de oorlog, volgens mij." Ze liet Maiken de foto zien.

Maikens glimlach werd breder. "O, dit is echt niet te geloven, dat jullie dit bij je hebben."

HOOFDSTUK 28

Het was zover. Anne-Sofie had gezien hoe Annemijn en Nadine bij Maiken naar binnen waren gegaan. O nee, er ontging haar beslist niet veel.

Ze trok de lade van een antieke kast open, haalde er een versleten donkerbruine map uit en ging aan de eetkamertafel zitten. Voorzichtig trok ze de twee zwarte koorden los waarmee de map was dicht gestrikt en sloeg de map open. Boven op een aantal vellen papier lag een sepiakleurige foto van Meike met een klein meisje. Anne-Sofie glimlachte naar de foto alsof ze naar de erop afgebeelde personen glimlachte. Ze liet een vinger langs de afbeelding van het kleine meisje glijden en pakte daarna een foto op van een aantrekkelijke, jonge vrouw, gekleed volgens de mode uit de jaren twintig.

"Lieve moeder," mompelde ze. "Wat had je een prachtige stem… en wat was je dapper."

Onder de foto lag een zwart-wit foto van een jonge vrouw met een ouderwetse vliegenierscap en -bril op haar hoofd en gekleed in een warm gevoerd vliegeniersjack met een dikke kraag die ze, tegen de kou, omhoog had gezet.

"Wat een tijd," fluisterde ze en zuchtte diep.

Haar man Holden kwam de woonkamer binnen en liep naar Anne-Sofie toe. Hij ging achter haar staan en legde zijn oude, gerimpelde handen op haar smalle schouders. Hij boog zich iets voorover en drukte een kus op haar grijze haren.

"Mijn gevallen engel," mompelde hij. Het was een grapje tussen hen die hij vanaf het begin dat ze elkaar hadden leren kennen, gemaakt had. Zij was met haar vliegtuig vanuit het hemelruim op de aarde neergestort tijdens haar missie de mensheid een dienst te bewijzen. Volgens Holden moest ze wel een engel zijn.

Anne-Sofie legde haar licht bevende hand over die van Holden heen en keek even glimlachend naar hem omhoog. Ze legde de foto's naast de map op tafel en keek naar een potloodtekening van een vrouw, staande aan de reling van een schip, gekleed in een ouderwetse lange jurk en haar lichtgekleurde haren wapperend in de wind. Haar blik was op de horizon gericht.

Anne-Sofie glimlachte bij het zien van de tekening. "Daar is het allemaal mee begonnen."

Holden knikte, kuste haar nog een keer op haar wang en schuifelde naar buiten.

Anne-Sofie bladerde door de rest van de tekeningen heen en legde ze daarna, samen met de oude foto's, weer zorgvuldig in de map terug.

Ze pakte haar mobiele telefoon van de tafel – ja, ze was dan wel ouder, maar dat betekende nog niet dat ze niet met haar tijd meeging – en scrolde door haar telefoonboek tot ze het juiste nummer had gevonden.

"Hallo, met Anne-Sofie. Hoe is het? Goed? Zeg, ze zijn hier aangekomen." Ze babbelde nog een poosje met de persoon aan de andere kant van de lijn en verbrak daarna de verbinding.

Ja, het dagboek was in de familie gebleven, dacht Anne-Sofie tevreden. En het andere dagboek had Meike naar Nederland gestuurd. En zoals Meike het gewild had, hadden de boeken rustig liggen wachten totdat er iemand zou komen die serieus op zoek was naar het familieverleden. En die was nu op bezoek bij Maiken.

Anne-Sofie pakte de map met tekeningen en foto's van de tafel en ging op weg naar Maiken.

*

"Laat ik beginnen met Aurora. O, kijk, daar komt Anne-Sofie aan." Maiken sprong uit de fauteuil omhoog om haar binnen te laten.

Nadat ook Anne-Sofie achter een kop thee en een stuk taart zat, pakte ze de oude map erbij. "Zo," zei ze, geheimzinnig glimlachend. "Dus jullie hebben ieder een dagboek van Meike? En jullie zijn er inmiddels achtergekomen dat we familie van elkaar zijn?"

Annemijn en Maiken knikten en Nadine knikte automatisch met hen mee.

"Ja, ongelooflijk," zei Annemijn. "Dan hebben we deze hele reis in ieder geval niet voor niets gemaakt." Ze keek opgelucht van de een naar de ander. "Ik heb er zomaar ineens familieleden bij," lachte ze.

"Ik vermoedde tijdens onze ontmoeting in de kerk al dat jullie degenen waren die op zoek waren naar Meikes verleden," zei Anne-Sofie. "Jij lijkt namelijk op Meike, Annemijn."

Annemijn dacht heel even terug aan het moment dat Espen, nadat ze hem de foto van Meike met het kleine meisje had laten zien,

265

hetzelfde tegen haar had gezegd. Bah! Ze wilde nu niet aan Espen denken.

"Maar hoe wist u dat wij daarnaar op zoek waren, behalve dan dat Annemijn op Meike lijkt?" vroeg Nadine nieuwsgierig aan Anne-Sofie.

Anne-Sofie glimlachte. "Dat vertel ik jullie zo meteen, maar zoals jullie vast al wel weten, is Meike hier op het eiland, op Magerøya, blijven wonen."

"Ja, dat weten we, maar ik heb het tweede dagboek nog niet gelezen," merkte Annemijn op. "En dus weet ik nog niet hoe het verder is gegaan."

"Als je het goed vindt, wil ik jullie alvast wel het een en ander over de gebeurtenissen in het tweede dagboek vertellen," zei Anne-Sofie. "Of wil je zelf eerst het dagboek lezen?"

"O nee, vertelt u gerust iets," reageerde Annemijn enthousiast.

"Goed," zei Anne-Sofie. "Waar zal ik beginnen?"

*

Het duizelde Annemijn en Nadine door alle informatie die ze voorgeschoteld kregen. Oude foto's en door Rune gemaakte tekeningen van zijn gezamenlijke reis met Meike lagen verspreid over de tafel.

Anne-Sofie las, ondanks haar hoge leeftijd, met krachtige stem een stukje uit het tweede dagboek voor:

Rune heeft mij ten huwelijk gevraagd. Het kan hem niet schelen dat ik zwanger ben. Hij zegt dat hij zowel van mij als van mijn kindje zal houden, dat hij al tijdens onze reis van mij is gaan houden, maar dat hij wist dat ik op weg was naar een andere man en daarom niets met mij mocht beginnen. Maar nu is alles anders en ligt de weg weer open. En ik besef dat ik ook steeds meer van hem ben gaan houden, dat mijn liefde voor Rune meer echt en puur is dan mijn liefde voor Onne dat geweest is. Hoe kan ik mij er anders zonder al te veel moeite bij neerleggen dat Onne uit mijn leven is verdwenen? Rune weet zoveel in mij los te maken, zoveel nieuwe, liefdevolle gevoelens, en wij praten zoveel met elkaar over alles wat we hier meemaken. Ja, Rune is mijn man. Ik voel het, ik weet het... Ik heb een lied voor hem geschreven en ik heb het Midzomernachtlied genoemd. Ik wil het voor hem zingen op onze trouwdag.

Anne-Sofie zweeg. "Is het niet bijzonder dat Meike het lied voor Rune, haar uiteindelijke grote liefde, heeft gezongen en dat jij, Maiken, hetzelfde voor jouw grote liefde, Olof, hebt gedaan, maar dan ruim honderd jaar later?"

"Ja, dat is zeker bijzonder te noemen," knikte Maiken.

"Eigenlijk was Meike tijdens haar reis naar het noorden al verliefd op Rune geworden en achteraf was dat maar goed ook," vond Nadine.

"Maar nu weet ik nog steeds niet wie Aurora is," verzuchtte Annemijn.

"Aurora..." Anne-Sofie bladerde door het dagboek en overhandigde het daarna aan Annemijn. "Misschien dat jij wilt lezen?"

267

Ons dochtertje is geboren. Aurora is de naam van ons kleine won-
der, genoemd naar het fabelachtige noorderlicht, Aurora Borea-
lis, dat hier tijdens heldere, koude nachten te zien is. Maar vooral
omdat het 'dageraad' betekent, het begin van een nieuwe dag, dat
voor mij net zo goed de betekenis heeft van aan het begin van een
nieuw leven staan. Want wie had gedacht dat er hier een nieuw le-
ven voor mij op dit rotsachtige, ruige eiland weggelegd zou zijn?
Een nieuw leven samen met Rune en Aurora...Ik hoop dat Aurora
een prachtig leven mag krijgen en tot een bijzondere vrouw mag
opgroeien. En misschien vertel ik haar dan ooit over haar al even
bijzondere vader, over Onne...

"Aurora," mompelde Annemijn. "Daar is ze dan."
Anne-Sofie zweeg even. "Aurora was mijn moeder en jouw overgrootmoeder, Annemijn. En ook van Maiken."
Maiken knikte bevestigend bij Anne-Sofies woorden en Annemijn keek verbaasd van de een naar de ander. "O, dit is echt heel
erg bijzonder! En kregen Meike en Rune later ook nog kinderen?"
"Ja," knikte Anne-Sofie. "Maar Aurora was Onnes dochter. Kijk,
dit is Aurora als kind." Anne-Sofie pakte de foto van Meike met
het kleine meisje en wees naar het meisje.
"Aha," zei Nadine. "Dan weten we eindelijk wie dat meisje is. Wij
hebben dezelfde foto bij ons."
"En dit…" Anne-Sofie haalde een andere foto tevoorschijn. "Dit
is Aurora als volwassen vrouw, in artiestenkleding. Ze was zangeres."
Op de foto stond een knappe, jonge vrouw met een vlot kortge-

knipt pagekapsel afgebeeld. Ze was gekleed in de stijl van de jaren twintig: een rechte kuitlange, mouwloze zijden jurk met franjes en borduursel. Om haar hoofd droeg ze een brede band van glanzende stof waaraan een grote bloem van dezelfde stof bevestigd zat. Ze droeg een lange parelketting die ze diverse keren om haar nek had gedrapeerd. Haar ogen waren zwart omlijnd en hoewel het een zwart-wit foto was, was duidelijk te zien dat ze lippenstift droeg. In haar hand hield ze een met glinsterende steentjes versierde waaier vast.

Het was dezelfde vrouw als in het medaillon, besefte Annemijn plotseling.

"O, wat ontzettend jammer dat ik het medaillon ben kwijtgeraakt." Annemijn keek spijtig van de een naar de ander.

"Medaillon?" Anne-Sofie keek haar vragend aan. "In het tweede dagboek staat iets over een medaillon geschreven."

Annemijn vertelde hoe ze in het bezit van het medaillon gekomen was en hoe het er uitzag. Beurtelings vertelden Nadine en zij over hun avontuurlijke dagboekreis en Annemijns afschuwelijke ervaring met Espen en zijn handlanger. En hoe ze het wonder boven wonder overleefd had.

"Niet te geloven!" riep Maiken verbijsterd uit. "En die Espen is nooit meer teruggevonden?"

Annemijn en Nadine schudden hun hoofd.

"Nee... en ik wil er niet aan denken dat hij misschien toch nog ergens rondloopt," zei Annemijn, griezelend bij het idee.

"Dat is me wel een verhaal, zeg." Anne-Sofie legde even haar rimpelige hand op die van Annemijn en gaf er een troostend kneepje in.

"Vertelt u alstublieft verder over Aurora." Annemijn wilde niet te lang bij Espen stilstaan en keek de oude dame bijna smekend aan.

"Aurora beschikte, net als haar moeder Meike, over een prachtige zangstem. Ze was een talentvolle zangeres en trad door heel het land op," vertelde Anne-Sofie. "Met het Midzomernachtlied had ze een enorm succes. Het lied is van generatie op generatie doorgegeven. Ik kan me nog goed herinneren dat mijn moeder het speciaal voor mij zong." Anne-Sofie keek dromerig voor zich uit. "Helaas heb ik Aurora's talent niet meegekregen," vervolgde ze en keek naar Maiken. "Maar Maiken wel."

Annemijn en Nadine keken vol belangstelling naar de foto van de volwassen Aurora.

"Aurora was degene die weigerde voor de Duitsers op te treden en werd opgepakt, maar die toch naar Zweden wist te ontvluchten, zoals ik jullie in de kerk verteld heb," vervolgde Anne-Sofie zacht. "Dat was het moment waarop mijn vader werd doodgeschoten, omdat hij, tevergeefs, wilde beletten dat Aurora werd meegenomen." Anne-Sofie sloot een moment haar ogen voordat ze verder sprak. "Vanaf dat moment hebben mijn grootmoeder Meike en haar man Rune de zorg voor mijn jongere broers en zus op zich genomen."

"Ongelooflijk," verzuchtte Nadine.

"Maar waar zit de connectie tussen mijn familie in Nederland en degenen die hier op dit eiland wonen?" vroeg Annemijn zich verwonderd af. "Mijn opa kwam uit Noorwegen, maar…"

Anne-Sofie glimlachte. "Jouw opa was een broer van mij. Hij emigreerde naar Nederland. En dat is nog niet alles," ging Anne-

Sofie verder, en ze haalde een zwart-wit foto van een vrouw in vliegenierskleding tevoorschijn. Annemijns mond viel bijna open van verbazing toen ze zag dat het dezelfde foto was als de foto afkomstig uit haar moeders fotoalbum.

Anne-Sofie overhandigde haar de foto en Annemijn keek van de oude dame naar de foto en weer terug, terwijl er langzaam iets tot haar door begon te dringen.

"Bent u dit?" Annemijn tikte hoogst verbaasd met haar vinger op de foto.

Anne-Sofie knikte. "Ja, het is een foto die ik lang geleden naar mijn broer, jouw opa, in Nederland heb gestuurd. Hij is gemaakt in de tijd dat ik voor de ATA vloog, waarover ik jullie ook verteld heb. Dus behalve het zangtalent zitten ook de vliegeniersgenen bij ons vrouwen in het bloed," merkte Anne-Sofie op. "En het geluk om te overleven lijkt bij de vrouwen in onze familie eveneens sterk te bestaan, gezien jouw bloedstollende verhaal, Annemijn. En natuurlijk mijn vliegtuigcrash en... mijn moeder, Aurora, die uiteindelijk weer gezond naar het verwoeste Honningsvåg terugkeerde." Ze pinkte geëmotioneerd een traantje weg.

Maiken stond op om haar te omhelzen. Ze drukte de oude dame even tegen zich aan. "Wat bent u een bijzondere vrouw," zei ze vol genegenheid. Ze maakte zich weer van Anne-Sofie los en schonk nog een kop thee voor haar in. "Zo, dat kunt u wel gebruiken."

Anne-Sofie pakte Annemijns handen beet. "Lieve Annemijn, wat ben ik blij dat ik je heb leren kennen. Welkom op Magerøya, welkom in deze familie."

Annemijn voelde hoe ze een brok in haar keel kreeg. "Dank u...

dank u wel," stamelde ze schor. "Het is geweldig dat ik jullie heb leren kennen en dat alles door een lied dat we toevallig hoorden."

Nadine en Maiken glimlachten bij het zien van het ontroerende tafereeltje. Nadine veegde zelfs even met haar hand langs haar ogen.

"O, verdraaid, ga ik zomaar zitten janken. Maar het is ook zo bijzonder dat Annemijn, na alles wat er onderweg gebeurd is, hier toch nog terecht is gekomen," snotterde ze. "Ik dacht echt dat ik haar nooit meer terug zou zien."

Maiken sloeg troostend een arm om Nadines schouders en terwijl iedereen druk met elkaar in gesprek verwikkeld raakte, dacht Annemijn terug aan de woorden van Janna Ezinga op het moment dat ze haar het medaillon had overhandigd: *Ik hoop dat het je geluk zal brengen.*

Ja, dacht Annemijn verwonderd, Anne-Sofie, Aurora en ik hebben het geluk gehad dat we iets overleefd hebben dat we normaal gesproken misschien niet hadden kunnen navertellen.

Anne-Sofies mobieltje begon geluid te produceren en ze viste het apparaatje uit de zak van haar vest. "Ha, Janna… Ja, ik heb alles verteld."

"Janna?" Annemijn viel van de ene verbazing in de andere.

"Dat is toch die vrouw van wie je het dagboek en het medaillon hebt gekregen?" vroeg Nadine.

Annemijn knikte. "Ja, maar…"

Anne-Sofie beëindigde het gesprek en glimlachte naar de drie vrouwen. "Janna Ezinga wist dat jullie hier waren. Janna en ik kennen elkaar al jaren. Toen zij in het bezit van Meikes dagboek kwam, is ze gaan uitzoeken waar Meike naartoe is gereisd. Dat stond natuurlijk duidelijk in het dagboek vermeld en tijdens een bezoek aan dit eiland heeft zij mij leren kennen en daarna hebben we altijd contact met elkaar gehouden. Maar we zijn de wens van Meike altijd blijven respecteren en hebben de dagboeken net zolang bewaard als nodig was, totdat er iemand kwam die op zoek was naar haar verleden."

"Dit is echt zo onwerkelijk," mompelde Annemijn en ze keek nog eens naar de foto van Anne-Sofie in vliegenierskleding. "Al die tijd hadden mijn ouders deze foto thuis en we wisten niet wie het was."

"En nu zijn jullie hier dankzij het dagboek van Meike," merkte Anne-Sofie op.

"Nu weet ik ook waar mijn onrust vandaan komt," zei Annemijn.

"Onrust?" vroeg Maiken met gefronste wenkbrauwen.

"Ja," ging Annemijn verder. "Ik ben altijd onrustig, wil voortdurend weten wat er achter de horizon te vinden is en kan daardoor geen relatie onderhouden." Haar gedachten gleden af naar Hedde. Waar zou hij nu zijn? Hij deed haar meer dan ze wilde toegeven. Ook al had hij eerst niet in haar onschuld geloofd.

"Jouw onrustige gevoel moet van Onne afkomstig zijn," verstoorde Nadine haar gedachten. "Onne blijkt tenslotte je zeevarende betovergrootvader te zijn. Hoewel, het avontuurlijke kun je ook van Meike meegekregen hebben. Zij ging zomaar op reis naar het onbekende."

"Je hebt iets van allebei," vond Anne-Sofie.

Annemijn schoof haar gedachten aan Hedde met moeite naar de

achtergrond en knikte. "Hopelijk vind ik eens wat meer rust nu ik weet waar dat gevoel vandaan komt. Ik kon er nooit een verklaring voor vinden. O, ik kan het niet uitstaan dat ik het medaillon niet meer heb," verzuchtte ze, voor de zoveelste keer.

"Je zult je er toch bij neer moeten leggen dat het niet anders is," merkte Nadine op.

Annemijn beet op haar lip. "Het was een erfstuk van Onnes familie. Waarom zou Meike het medaillon eigenlijk naar Jakobina Ezinga hebben gestuurd?"

"Het antwoord daarop is in het tweede dagboek terug te vinden," zei Maiken.

Anne-Sofie knikte. "Jullie zullen het vanzelf lezen. Het tweede dagboek is met grote tussenpozen geschreven en bestrijkt een verslag van jaren. Meike heeft daarin alleen de belangrijkste gebeurtenissen genoteerd."

"O, dan gaan we straks meteen beginnen met lezen, Annemijn," zei Nadine enthousiast.

"Jij bent nog nieuwsgieriger en fanatieker dan ik, als het op mijn familie aankomt," lachte Annemijn.

Er werd aangebeld. "Hé, wie is dat?" Maiken stond op om open te doen en even later kwam ze met Olof aan haar zijde de woonkamer binnen. "Mag ik jullie voorstellen aan Olof," zei ze stralend tegen Annemijn en Nadine.

"O, de man waarvoor je gezongen hebt!" riep Nadine nog enthousiaster uit. "Ik vond dat zo romantisch."

"Ja, en nu hoopt Nadine dat Leif Bjorge ook zoiets voor haar zal doen," grinnikte Annemijn.

"Een mens mag toch dromen?" reageerde Nadine verontwaardigd.

"O ja, dat mag zeker," antwoordde Anne-Sofie glimlachend. Ze keek naar het stuk drijfhout met het woord *'dream'* erop dat bij Maiken aan de muur hing en knipoogde daarna naar Olof.

HOOFDSTUK 29

De sfeer in de kerk leek ineens anders nu Annemijn wist wat haar voorouders hier hadden meegemaakt. Ze had de kerk nog een keer willen bezoeken, als een soort van afscheid van haar familie. Een familie die ze door het lezen van de dagboeken had leren kennen. En hoe bijzonder was het dat ze, via het dagboek, hier op dit eiland familieleden had gevonden?

Ze keek nog een laatste keer rond en probeerde zich voor te stellen hoe het eraan toe moest zijn gegaan op het moment dat de oorlog was beëindigd. Hoe Honningsvåg opnieuw moest worden opgebouwd met de kerk als enige vaste basis.

Ze had gevraagd of Nadine met haar mee naar de kerk ging, maar die was zogenaamd druk aan het inpakken. Het was hun laatste dag op Magerøya en als Annemijn heel eerlijk was, wilde ze het liefst nog een keer alleen de kerk bezoeken en waarschijnlijk had Nadine dat wel aangevoeld.

Ze hoorde iemand binnen komen, maar ze bedwong de neiging achterom te kijken. De nieuwkomer ging op een bank achter haar zitten en Annemijn besloot nog even te blijven, omdat het anders net leek of ze vanwege die zojuist binnengekomen persoon de kerk uitliep.

Net toen ze besloot om op te staan, voelde ze iemand op haar schouder tikken. Ze keek achterom, verwachtend een bekende te zien, misschien toch Nadine, of Anne-Sofie.

Het was inderdaad een bekende, o ja! Annemijns adem stokte in haar keel en haar hart leek een slag over te slaan bij het zien van de laatste bekende die ze had verwacht te zien: Espen!

Hij keek haar met een geamuseerde lach aan, maar zijn goudbruine ogen, die ze eens zo mooi had gevonden, vertoonden een verontrustende hardheid.

"Hallo Annemijn," zei hij kalm. "Gelukkig dat ik je hier nog tref voordat je weer naar huis afreist."

Annemijn wist de eerste paar seconden niets uit te brengen. Haar keel voelde plotseling akelig droog aan en haar lippen leken niet te willen bewegen. Haar hele lichaam leek niet te willen bewegen en haar hartslag had plotseling een veel te snel tempo. Hoe kwam Espen hier terecht? Iedereen dacht dat hij zijn val in de maalstroom niet overleefd had.

"Espen…" wist ze met veel moeite uit te brengen.

Hij is een moordenaar, fluisterde een alarmerend stemmetje haar toe.

Weet ik… weet ik… beantwoordde ze zichzelf in gedachten. *Ik moet kalm blijven… vooral kalm…*

Maar ze voelde de zenuwen door haar lijf gieren.

"Ja, dat zie je goed," zei Espen. "Ik ben niet verdronken. Helaas voor jou." Zijn geamuseerde lach veranderde in een harde trek rond zijn mond. "Eerst heb je me bedrogen met die schipper en dan sleur je me ook nog mee het water in. Dat was niet zo verstandig van je, Annemijn. Want nu móést ik je wel weer opzoeken."

Zijn woorden voorspelden niet veel goeds en Annemijn liet een van haar handen ongemerkt van haar schoot glijden, de zak van haar jack in, waar ze haar mobieltje in had gestopt. Op gevoel probeerde ze de handelingen te verrichten die ze zo vaak verrichtte wanneer ze iemand opbelde. Maar wat anders zo eenvoudig was, bleek een stuk ingewikkelder te zijn nu ze het zonder zicht op de toetsen en het schermpje moest doen.

"Haal die hand uit je zak," commandeerde Espen haar.

Toen Annemijn niet direct gehoorzaamde, ving ze een glimp op van een glinsterend, gevaarlijk mes. Ze slikte en haalde geschrokken haar hand weer tevoorschijn.

"Je staat nu langzaam op en loopt de kerk uit. En probeer geen gekke dingen uit te halen, want ik loop vlak achter je." Er lag een dreigende ondertoon in Espens stem.

Met een wild bonzend hart stond Annemijn op en liep langzaam naar de uitgang. Espen volgde haar naar buiten. Waarom was er nu net niemand in de buurt?

"Haal dat mobieltje uit je zak, want volgens mij zat je daarmee te prutsen." Espen hield zijn hand op en Annemijn kon niets anders doen dan gehoorzamen. Met grote tegenzin overhandigde ze Espen haar mobieltje.

Terwijl Espen het apparaatje uitzette en in zijn eigen zak liet verdwijnen, probeerde Annemijn onopvallend om zich heen te kijken, maar de mensen die op straat liepen of langsreden waren te ver van hen verwijderd. Dan zou ze het op een gillen of op een rennen moeten zetten, maar bij de gedachte aan het mes leek haar dat geen goede optie. Espen pakte haar bij de arm en dirigeerde haar in de richting van een geparkeerde auto. Hij opende het portier. "Stap in," siste hij.

Nee, dacht Annemijn, niet nog een keer. Toch gehoorzaamde ze hem en ging op de passagiersstoel zitten. Angstig bedacht ze dat ze waarschijnlijk geen tweede keer het geluk zou hebben het er levend vanaf te brengen.

Espen pakte een rol brede tape uit het dashboardkastje. "Hou je handen bij elkaar," commandeerde hij.

Nee, Espen had vast en zeker niet veel goeds met haar voor, dacht Annemijn, koortsachtig verzinnend hoe ze zou kunnen ontsnappen. Ze wist dat ze machteloos zou zijn met haar handen bij elkaar gebonden en wilde niet meewerken.

"Bij elkaar!" Ruw pakte Espen haar polsen beet en rolde er een stuk tape stevig omheen, waarna hij het met zijn mes van de rol lossneed. "Als ik jou was zou ik vanaf nu maar goed naar mij luisteren." Hij raakte heel even met zijn mes Annemijns pols aan. Er ontstond een dunne, ondiepe snee waaruit langzaam een paar druppels bloed sijpelden. "Laten we zeggen dat dit een waarschuwing is." Espen grijnsde gemeen naar haar.

Annemijn keek geschrokken van het mes naar de snee in haar pols en voelde haar angst toenemen.

"Voeten bij elkaar," droeg Espen haar zacht maar dreigend op.

Annemijn deed dit keer wat van haar gevraagd werd en Espen wikkelde de tape om haar enkels heen. "Zo," zei hij, tevreden glimlachend, en hij legde de rol tape weer terug in het dashboardkastje.

Annemijn besefte dat ze nu heel snel iets moest verzinnen voordat het te laat was.

Espen stapte in en startte de auto. Ze reden bij de kerk vandaan, Honningsvåg door. Annemijn keek om zich heen of ze misschien de aandacht kon trekken, maar al snel lieten ze het stadje achter zich en reden de weg op die van het eiland af leidde.

Waar bracht Espen haar naartoe? vroeg ze zich angstig af. En vooral, wat was hij met haar van plan? Nadine zou haar op den duur missen, maar was dat nog op tijd? In eerste instantie vroeg ze zich af hoe Espen haar had weten te vinden, maar al snel drong het tot haar door dat ze hem, toen ze nog goed met elkaar overweg konden, over haar reis had verteld en het dagboek had laten zien. En waarschijnlijk was hij aan de weet gekomen dat ze na haar ontslag uit het ziekenhuis in Bodø naar Magerøya was vertrokken.

O, als ze alles van tevoren had geweten, bedacht ze boos, dan had ze hem nooit iets over haar reis verteld. Maar het had geen zin om daar boos over te zijn. Ze kon beter bedenken hoe ze zich uit deze zorgwekkende situatie kon bevrijden.

"Wat ben je van plan?" vroeg Annemijn, scherper dan ze wilde.

Espen keek haar even van opzij aan. "Dat ga ik je niet aan je mooie neusje hangen."

"Je schiet er niets mee op mij mee te nemen. Je had je beter gedeisd kunnen houden. Iedereen dacht dat je niet meer in leven was en nu vestig je de aandacht op je door mij te ontvoeren," ratelde Annemijn. "Niet zo slim van je."

"Zo, zo, interessante theorie, maar waar bemoei je je eigenlijk mee," zei Espen met opeengeklemde kaken.

Annemijn bakkeleide en onderhandelde nog een tijdje met Espen door totdat hij kwaad uitriep: "En nu is het genoeg geweest! Als je je mond nu niet houdt, plak ik er tape overheen!"

Van schrik sloot Annemijn haar mond. Geen tape over haar mond!

Dat zou ze niet kunnen verdragen, alsof ze geen adem meer zou kunnen halen. Net zoals toen ze bijna was verdronken. Ze voelde een paniekaanval opkomen en probeerde moeizaam haar ademhaling en haar angsten in goede banen te leiden.

Ze reden de tunnel in die Magerøya met het vasteland verbond en verlieten het eiland. De bijna zeven kilometer lange tunnel maakte haar aanval er niet beter op en zodra ze vanuit de tunnel het daglicht weer in reden, overviel haar een vaag gevoel van misplaatste opluchting.

Annemijn zuchtte diep en Espen keek een moment opzij. "Spannend, vind je niet?" zei hij met een sinistere glimlach. "Ik weet wat we gaan doen en jij nog niet. En je kunt ook niets vragen, anders plak ik je mond dicht. Hè, ik moet even een stop maken, ben ik bang. Iets te veel gedronken." Espen stuurde de auto een verlaten parkeerplaats op. "Ik neem aan dat je er niet vandoor gaat," zei hij, grinnikend een blik op Annemijns aan elkaar getapete enkels werpend. Hij stapte uit en ging iets verderop zijn blaas legen.

Annemijn liet haar blik door de auto dwalen en ontdekte een noodhamer tussen de twee voorstoelen. Schichtig keek ze naar buiten, maar Espen lette niet op haar. Ze liet zich opzij zakken en grabbelde zo goed en zo kwaad als het ging de hamer tussen de stoelen vandaan, wat niet meeviel met haar polsen en enkels aan elkaar getapet.

Espen stond met zijn rug naar de auto gekeerd en had inmiddels een sigaret opgestoken. Hij inhaleerde driftig, met korte tussenpozen, de rook naar binnen. Hij had nog steeds niets in de gaten.

Annemijn boog zich naar haar enkels toe en probeerde met het mesje aan de noodhamer de tape rond haar enkels los te snijden, daarbij iedere keer een blik naar buiten werpend. Na een paar vergeefse pogingen lukte het haar de tape door te snijden, maar ze liet het losjes om haar enkels zitten zodat het leek alsof het nog vast zat. Espen kwam eraan en ze liet het hamertje haastig onder haar jack glijden.

Zodra Espen achter het stuur zat kon hij niet veel meer met zijn mes uitrichten en moest ze een moment afwachten waarop ze niet al te snel reden en proberen hem onverwachts met het hamertje te lijf te gaan, al was het met samengebonden polsen. Het was haar enige kans, dacht Annemijn nerveus.

Espen kwam weer naast haar zitten en keek haar met een onheilspellende blik aan. "Misschien moet ik eerst afmaken waaraan ik begonnen was voordat ik in die verrekte maalstroom terechtkwam."

Wat bedoelde hij? dacht Annemijn ongerust. Afmaken waaraan hij...

Plotseling pakte Espen haar hardhandig bij haar kin beet en draaide haar gezicht naar zich toe. Hij boog zich voorover zodat hun neuzen elkaar bijna raakten en keek Annemijn met fonkelende ogen aan. "Je hebt jezelf aan die schipper gegeven, maar ik had degene moeten zijn die jouw mooie lippen kuste, jouw zachte lichaam streelde, jouw hartstocht opzweepte..." Espen drukte zijn mond op de hare en kuste haar zo ruw dat haar tanden in het zachte vlees aan de binnenkant van haar mond drongen en ze haar eigen bloed proefde. Ze rilde van afschuw en slaakte een gesmoorde kreet. Haar poging Espen te ontwijken mislukte en ze besefte dat ze iets moest doen voordat Espen verder… Nee! Daar wilde ze niet aan denken wat hij verder met haar van plan was.

Het hamertje! schoot het door haar heen. Maar zowel Espen als de tape om haar polsen belemmerden haar te veel in haar bewegingen om het hamertje onder haar jack vandaan te kunnen halen en bovendien was er nog steeds dat mes.

Espen liet een hand door haar haren en langs haar nek glijden, wat haar nog meer deed huiveren, en maakte langzaam zijn mond van de hare los. "Jammer genoeg zullen we nog even moeten wachten. Maar Annemijn, je weet niet half hoe opwindend je bent," zei hij met een gevaarlijke glinstering in zijn goudbruine ogen. "En helemaal als je bent vastgebonden en aan mij bent overgeleverd."

Hijgend van verontwaardiging keek Annemijn hem aan en opende haar mond om iets te zeggen, maar Espen legde een vinger op haar lippen. "Denk erom, ik kan nog steeds tape over je mond plakken…"

"Jij vuile…"

"Annemijn," zei Espen waarschuwend en hij tilde even haar kin op zodat ze hem aan moest kijken. "Vanaf nu ben ik de baas en doe ik met je wat ik wil. Begrepen?"

Annemijn liet zich verslagen in de autostoel terugzakken. Er zat niets anders op dan te wachten totdat ze weer gingen rijden. Dan had haar plan de meeste kans van slagen.

Nee, corrigeerde ze zichzelf, haar plan móést slagen! Anders zag het er beslist niet best voor haar uit. En ze wilde er al helemaal niet aan denken wat Espen eerst met haar van plan was omdat hij dacht dat hij recht op haar had. Die gedachte deed haar opnieuw huiveren.

Espen reed de weg weer op en het duurde niet lang voordat hij vaart moest minderen voor een groepje overstekende rendieren.

"Stomme beesten," gromde Espen en hij trommelde ongeduldig met zijn vingers op het stuur.

Annemijn keek in de zijspiegel. Er reed niemand achter hen en er naderden ook geen tegenliggers. Nu of nooit! dacht ze met de moed der wanhoop. Espen reed langzaam door en hield zijn aandacht op de rendieren gericht. Annemijn haalde onopvallend het hamertje onder haar jack vandaan en klemde het stevig in haar handen vast. Ze wachtte tot ze de rendieren gepasseerd waren en hief daarna haar handen op.

Voordat Espen goed en wel doorhad wat er gebeurde raakte de harde, scherpe punt van het hamertje zijn hoofd.

"Au!" Verbaasd greep hij naar de plek waar Annemijn hem met het hamertje bewerkt had. Ze sloeg hem nog een keer en Espen probeerde haar tegen te houden, waardoor de auto gevaarlijk begon te slingeren. Beurtelings van Annemijn naar zijn hoofd en naar het stuur grijpend probeerde hij de situatie onder controle te houden. Er sijpelde bloed langs zijn slapen naar beneden. Ongeduldig veegde Espen het met zijn hand weg, waardoor zijn gezicht vol rode vegen kwam te zitten.

Annemijn probeerde de lugubere aanblik van Espen te vermijden en schopte ondertussen de losgesneden tape van haar voeten. Ze moest nu ontsnappen, gonsde het door haar heen. Nu! Nu de auto nog niet zoveel vaart had, kon ze het autoportier openen en zich uit de auto laten rollen. Als ze zich tenminste van Espen kon bevrijden, die haar bij een arm had beetgepakt.

Maar uit de auto laten rollen was niet meer nodig, want in haar worsteling met Espen verloor hij de macht over het stuur en raakte de auto naast de weg. Annemijn gilde en Espen vloekte voordat de auto met een harde klap en het geluid van krakend metaal tegen een rotspartij tot stilstand kwam.

Met een smak kwamen ze allebei in de tevoorschijn gekomen airbags terecht en bleven een ogenblik versuft in hun veiligheidsgordel hangen terwijl de airbags langzaam in elkaar zakten en een stofwolk de auto vulde.

Annemijn kwam als eerste bij haar positieven. Snel maakte ze van het ogenblik gebruik om de gordel los te klikken en het autoportier te openen. Ze probeerde uit de auto te klauteren, wat bemoeilijkt werd door haar nog steeds bijeen gebonden polsen. Over haar schouder kijkend zag ze Espen met een wazige blik in zijn ogen in de gordel hangen, alsof hij een shock had opgelopen. Annemijn wendde snel haar blik van zijn met bloed besmeurde gezicht af voordat de aanblik ervan haar misselijk zou maken.

Ze stond bijna buiten de auto toen een hand zich plotseling om haar been klemde. Annemijn gilde en voelde hoe Espen haar terug probeerde te trekken, de auto in. Ze worstelde om haar evenwicht te bewaren en probeerde niet haar angst, maar haar gezonde verstand de overhand te laten krijgen. En haar gezonde verstand zei haar dat ze het hamertje nog steeds vasthield. Met een flinke klap liet ze het op Espens hand terechtkomen. Het had het gewenste effect, want Espen liet haar los en jankte van de pijn.

Wankelend en met haar hart nog luid bonzend van de schrik strompelde Annemijn bij de auto vandaan. Ze moest weg van hier. Ver weg… Maar waar moest ze heen? Verkeer was er niet of nauwelijks en wachten totdat iemand hen passeerde leek haar geen goede optie. Ze wilde niet het risico lopen dat Espen haar alsnog te grazen zou nemen.

De weg slingerde zich aan een kant langs het water, dus bleef er maar een mogelijkheid over. Annemijn liep naar de rotsachtige helling aan de andere kant van de weg en begon met moeite naar boven te klauteren. Ze stopte niet eerder dan dat ze hoog boven aan de helling stond en neerkeek op de verkreukelde voorkant van de auto en Espen, die weer als een slappe pop in de veiligheidsgordel leek te hangen.

Annemijn draaide zich om en liep verder, met het hamertje in haar handen geklemd en de tape nog om haar polsen, met maar een doel voor ogen: weg! Ver weg bij Espen vandaan! De tape was van later zorg, die zou ze op de een of andere manier moeten zien los te snijden, al wist ze niet of haar dat zou lukken. Maar nu was er geen tijd te verliezen!

HOOFDSTUK 30

Annemijn had er geen idee van hoelang ze gelopen had en waar ze zich bevond. Ze keek op haar horloge en probeerde in te schatten hoelang ze sinds het ongeluk al onderweg was.

Ze moest zeker anderhalf uur gelopen hebben, klimmend en dalend over een oneffen rotsachtige ondergrond en regelmatig angstig omkijkend of Espen haar niet volgde. Maar er was niets anders te zien dan uitgestrekt bergachtig terrein. Geen huizen, geen bebouwing, niets om zich op te oriënteren.

Ze zou naar de weg terug willen gaan, maar haar angst om Espen tegen het lijf te lopen, was te groot. Bovendien wist ze niet meer zeker welke kant ze op moest om de weg terug te vinden. En ze kon niemand bereiken, want haar mobieltje zat nog in Espens zak. Ze zuchtte diep. Ach, waarschijnlijk was er op deze verlaten plek helemaal geen bereik.

De tape om haar polsen had ze met veel moeite los weten te snijden op de scherpe rand van een steen. Lossnijden met het mesje in haar noodhamertje was, met bij elkaar gebonden polsen, onbegonnen werk geweest en die poging had ze al snel opgegeven.

Ze besloot een kort rustmoment in te lassen om weer op adem te komen. Uitgeput liet ze zich op de grond zakken en leunde met haar rug tegen een rotsblok aan. Ze was doodmoe, had dorst en haar maag knorde. Bovendien leek de temperatuur steeds verder te dalen. Het was avond. Donker werd het niet, maar het zou nog wel eens onaangenaam koud kunnen worden.

Moedeloos keek ze om zich heen. Misschien had ze toch beter langs de weg kunnen gaan lopen, wachtend totdat er iemand langs was gekomen, maar ze had geen minuut langer in Espens nabijheid willen blijven. Ze besefte dat de situatie waarin ze zich nu bevond ook verre van rooskleurig te noemen was. Het enige lichtpuntje was dat Nadine waarschijnlijk inmiddels alarm had geslagen omdat ze niet meer was komen opdagen. Maar hoe moest iemand weten waar ze zich bevond? Het was naar een speld in een hooiberg zoeken en misschien zelfs nog wel moeilijker dan dat.

Vermoeid sloot Annemijn haar ogen. Ze had het koud en was moe, zo ongelooflijk moe. Er kraakte iets achter het rotsblok, een geluid als een knappend takje en geschrokken veerde ze op. Doodstil bleef ze achter het rotsblok zitten en luisterde met ingehouden adem naar het geluid dat dichter- en dichterbij leek te komen. Voetstappen op de harde ondergrond, af en toe langs een steen schrapend.

Was Espen haar toch gevolgd? Ze had niets gezien, maar in de weidse omgeving zou ze met gemak iets over het hoofd hebben kunnen zien, zeker nu ze zo moe was. Ze diepte het hamertje uit de zak van haar jack op en klemde het zo stevig vast dat haar knokkels wit werden. Beheerst en zo stil mogelijk krabbelde ze overeind en draaide zich naar het geluid toe. Ze zou zich niet zomaar zonder slag of stoot overgeven...

*

"Je bent jezelf niet meer, Hedde," zei Jorn. Ze zaten samen op het dek van de 'Wendelina'. De passagiers waren van boord gegaan voor een excursie en Hedde en Jorn hielden een koffiepauze. "Sinds het gebeuren met Espen en Annemijn lijkt het wel alsof je het plezier in het varen bent kwijtgeraakt." Jorn keek zijn beste vriend ernstig aan.

Jorn had gelijk, dacht Hedde. Sinds Annemijn uit zijn leven was verdwenen, leek het leven lang zo leuk niet meer. Het was alleen niet de bedoeling geweest dat iemand dat aan hem zou merken. "Sorry Jorn, ik had gehoopt dat niemand iets aan me zou merken."

"Je doet je best en de passagiers merken waarschijnlijk niets, maar je beste vriend kun je niet om de tuin leiden." Jorn sloeg Hedde vriendschappelijk op de schouder. "Dus voor de draad ermee. En als jij niets wilt zeggen, zeg ik het wel."

Hedde fronste zijn wenkbrauwen. "Zeg jij het wel?"

"Ja," knikte Jorn, "want ik weet wat je mankeert: liefdesverdriet. Je mist Annemijn."

"Hoe kom je daar nou bij?" riep Hedde zogenaamd verbaasd uit.

"Het is zo duidelijk als wat, jongen," meende Jorn. "Jij vindt haar leuk. Meer dan leuk en ik weet niet hoe diep die gevoelens tussen jullie precies zijn, maar, eh… misschien moet je werk van haar maken."

Hedde keek een ogenblik peinzend langs Jorn heen en besefte dat zijn vriend gelijk had. Hij moest werk van Annemijn maken, al was het alleen maar voor zijn eigen gemoedsrust. Om zeker te weten of er misschien een toekomst voor hen beiden in het verschiet lag. Wanneer hij aan haar terugdacht, en zeker aan de keer dat ze zijn hut was binnengevallen en aan wat daarna gebeurd was, leek zijn hart een sneller tempo aan te nemen en kon hij de warmte van haar zachte lichaam en de bloemachtige geur van haar huid en mooie, lange haren weer precies voor de geest halen.

En dan het wonder dat ze een aanslag op haar leven overleefd had. Maar waarschijnlijk wilde ze geen man in dat leven toelaten en was hun samenzijn gewoon een eenmalig iets geweest. Dat besef deed zijn hart samenknijpen. Toch zou hij dat graag zeker willen weten. Daarnaast baarde het idee dat Espen misschien toch nog ergens rondliep hem ook de nodige zorgen.

"Je weet dat ze zich ergens op Magerøya bevindt, dus wat let je," drong Jorn aan toen Hedde bleef zwijgen. "Je hebt eindelijk een vrouw gevonden die het tegen jouw liefde voor de zee en de 'Wendelina' kan opnemen."

Daar had Jorn een punt. "Oké," zei hij tegen Jorn. "Ik ga iets ondernemen, al weet ik nog niet precies hoe."

"Goed zo, zo ken ik je weer!" En Jorn sloeg zijn vriend voor de tweede keer op de schouder.

*

Het geluid was nu zo dichtbij dat er ieder moment iemand tevoorschijn kon komen. Annemijn ging in een starthouding zitten, het hamertje in aanslag, en wachtte. Haar handen beefden en haar hart klopte luid in haar oren, alsof ze zojuist een marathon had gelopen.

Het moment dat er iets achter het rotsblok vandaan stapte, deed haar, ondanks de belabberde situatie waarin ze zich bevond, bijna in een hysterische lachbui uitbarsten.

Een rendier, grazend van de lage begroeiing, liep op zijn gemak en zich niets van haar aanwezigheid aantrekkend, langs haar heen. Annemijn slaakte een diepe, beverige zucht van opluchting en ging rechtop staan. Ze keek hoofdschuddend naar het grazende dier. "Wil je me voortaan niet zo laten schrikken, zeg."

Ze liet haar blik over de omgeving dwalen en zag nog meer grazende soortgenoten haar kant uit komen. En voor zover ze kon zien, geen Espen. Opgelucht verliet ze haar plek bij het rotsblok en stopte het hamertje weer in haar zak.

Nu voelde ze pas hoe koud het was geworden. Zo koud dat ze weer in beweging moest komen. Ze besloot nog een stukje door te lopen en stuitte daarbij op een snel stromende beek waar ze haar dorst kon lessen. Ze maakte een kommetje van haar handen en dronk van het heldere, ijskoude water. Daarna sloeg ze haar armen over elkaar om haar handen op te warmen en keek nog eens om zich heen, maar dat ontmoedigde haar alleen maar. Bergen, rotsen, stenen, en hier en daar wat groen, niets anders dan verlatenheid. Ja, een paar rendieren en voor de rest in de verste verte geen levende ziel te bekennen, als Espen haar tenminste niet achterna zou komen. Maar daar wilde ze liever niet aan denken. Net zoals ze er niet aan wilde denken dat niemand, inclusief zijzelf, wist waar ze zich bevond.

Ze zou ergens kunnen blijven zitten, maar besefte dat het geen oplossing was te wachten totdat ze zo onderkoeld was geraakt dat ze niets meer zou kunnen ondernemen. Er welde paniek bij haar op. Wat als ze haar niet op tijd zouden vinden? Hoelang kon je het bij een bepaalde temperatuur volhouden voordat je afzwakte en niets meer kon? In een flits beleefde Annemijn weer haar gevecht met het water in de maalstroom. De kou die haar verzwakte, de ademnood...

Ze voelde hoe haar ademhaling onregelmatig werd en zich verzwaarde en de benauwdheid die dat met zich meebracht.

"Nee!" riep ze boos uit. Niet weer die paniek. Ze probeerde diep en in een regelmatig tempo adem te halen. "Die stomme, ellendige Espen," mompelde ze geërgerd. Hij was de oorzaak van alle ellende. Ze had erg veel zin om eens een flink potje te huilen, maar wat schoot ze daarmee op? Helemaal niets.

Ze wilde net weer verder lopen toen een geluid haar aandacht trok. Het was een totaal ander geluid dan zojuist het geval was geweest en ze keek in de richting waar het vandaan kwam. In eerste instantie zag ze niets en luisterde nog eens. Plotseling kwam er, ongeveer honderd meter van haar verwijderd, vanachter een grote rotspartij een kudde dravende rendieren tevoorschijn en daarachter – zag ze dat goed? – reden twee quads!

Vergeten was de kou, de paniek en Espen. Annemijn begon luidkeels te schreeuwen en met haar armen te zwaaien, maar het drong al snel tot haar door dat de bestuurders van de quads haar niet konden horen. Het motorgeluid en het hoefgetrappel van de dravende rendieren overstemden haar geroep en bovendien droegen de quad-bestuurders een helm.

Zo snel als mogelijk was begon ze heuvelafwaarts over de oneffen, rotsachtige ondergrond in de richting van de kudde te lopen. Ze moest opschieten en hun aandacht proberen te trekken, want als de bestuurders van de quads haar niet zagen, zouden ze haar gewoon voorbij rijden en was haar, waarschijnlijk enige, kans op hulp verloren.

In haar haast viel ze nog een keer over een paar losse keien en er schoten tranen van pijn in haar ogen, maar de gedachte dat dit haar laatste kans op redding zou kunnen zijn, maakte haar sterker dan ze zelf had verwacht.

Ze kwam dichterbij en zag dat de quads over een karrenspoor reden. Dat gaf haar nieuwe energie. Ze zwaaide wild met haar armen door de lucht. Er moest toch iemand zijn die vanuit zijn ooghoek iets zag bewegen?

Tot haar grote opluchting draaide een van de bestuurders zijn hoofd haar richting uit en Annemijn zwaaide nog een keer met haar beide armen terwijl ze de laatste tientallen meters naar de quads aflegde. Ze voelde tranen van blijdschap over haar wangen biggelen toen de quads halt hielden en een van de bestuurders afstapte.

Hijgend, huilend en doodop bereikte Annemijn het karrenspoor. De afgestapte bestuurder zette zijn helm af, waardoor lang donker haar zichtbaar werd, wat met een snelle beweging van het hoofd naar achteren geworpen werd. Tot Annemijns verrassing kwam er een vrouwengezicht vanachter het haar tevoorschijn. De vrouw liep naar haar toe en bij het zien van haar donkere ogen en hoge jukbeenderen kreeg Annemijn het vermoeden dat ze een Samische was.

Er werden immers nog steeds rendieren gehoed door sommige leden van de Samische bevolking.

De andere quad-bestuurder gebaarde naar de vrouw en de vrouw gebaarde terug, waarop de andere quad weer in beweging kwam en achter de kudde aan ging.

De vrouw knikte vriendelijk naar Annemijn, maar zodra ze zag hoe Annemijn eraan toe was, nam ze haar met een bezorgde, onderzoekende blik op. "Is alles goed met u?" vroeg ze eerst in het Noors, maar toen Annemijn haar niet-begrijpend aankeek, stelde ze de vraag in het Engels.

Met horten en stoten vertelde Annemijn wat haar was overkomen. Na het aanhoren van haar verbijsterende verhaal schudde de vrouw meelevend haar hoofd. "Kom maar met mij mee." Ze liep in de richting van haar quad en Annemijn volgde haar. "Ik ben trouwens Sunna," zei de vrouw, terwijl ze zich half naar Annemijn omdraaide. Annemijn knikte en schonk haar een vermoeide glimlach.

Sunna hielp Annemijn om op haar quad te stappen en reed met haar naar een 'lavvo', een tent die aan een indiaanse tipi deed denken.

De andere quad stond voor de lavvo geparkeerd en vanuit de opening in de bovenkant van de tent steeg een rookpluim op. Rondom de lavvo graasden rendieren in het verlaten, ruige landschap. Annemijn liet het beeld op zich inwerken. Het leek zo onwerkelijk na het angstige avontuur dat ze had beleefd.

Niet veel later warmde ze zichzelf in de lavvo op bij een knappend vuurtje en kreeg ze wat te drinken.

Sunna's man, de andere quad-bestuurder, vertelde haar over de rendieren en Sunna voegde er, al roerend in een boven het vuur hangende pan met eten, aan toe dat zij samen met haar man wel in een normaal huis woonde, maar nog wel eens van de lavvo gebruikmaakten wanneer ze met de rendieren onderweg waren.

Annemijn luisterde dankbaar naar hun verhalen en langzamerhand begon het tot haar door te dringen dat ze eindelijk veilig was. Hopelijk werd Espen snel opgepakt, anders was haar veiligheid van tijdelijke aard. Maar daar wilde ze nu even niet aan denken.

Tegen de tijd dat Sunna en haar man hulp hadden ingeschakeld en er iemand arriveerde om haar op te halen was Annemijn, warm toegedekt door Sunna, in een diepe, droomloze slaap verzonken.

HOOFDSTUK 31

Daar stond hij dan, op het vliegveld van Honningsvåg en hij had geen idee waar hij moest beginnen met zoeken. Hedde keek om zich heen. Aan de ene kant waren er imposante, kale bergen en aan de andere kant water. En daartussenin lag de weg naar het stadje Honningsvåg zelf. Misschien kon hij maar het beste eerst daarnaartoe gaan om er rond te neuzen en te vragen of iemand twee Nederlandse dames had gezien. Het toeristenbureau leek hem een goede plek om mee te beginnen, want als Annemijn en Nadine daar waren geweest zou iemand zich hen misschien nog herinneren en wisten ze misschien zelfs te vertellen waar ze onderdak hadden gevonden. En wie zei dat Annemijn en haar vriendin zich hier nog op het eiland bevonden? Misschien waren ze al naar huis gereisd. Dat zou een enorme domper zijn, juist nu hij de moed had opgevat Annemijn op te zoeken.

Het goede nieuws was dat Espen en zijn handlanger waren opgepakt en dat was een zorg minder. Maar waar Hedde heel erg van was geschrokken, was het nieuws dat Espen had toegegeven dat hij Annemijn voor de tweede maal ontvoerd had. En dan wilde hij nog niet eens denken aan het feit dat ze een auto-ongeluk hadden gekregen en Annemijn, op de vlucht voor Espen, uren in een verlaten gebied had rondgedoold.

Annemijns reis had veel weg van een horrorvakantie en Hedde hoopte dat ze de schok van het gebeurde op wat voor manier dan ook te boven zou komen.

Na lang aandringen van Jorn had hij dan toch besloten haar op te zoeken. Jorn had hem verzekerd dat hij het wel even zonder Hedde kon stellen op het schip, zeker nu er een nieuwe kok was aangenomen.

Goed, zijn huurauto zou hier ergens staan. Dat kon hij binnen wel even informeren. En zo groot was het eiland ook weer niet dat hij Annemijn niet zou kunnen vinden, toch? Tenzij ze inderdaad naar huis was teruggekeerd, maar daar wilde hij liever niet aan denken.

Hedde voelde aan het pakketje in de zak van zijn jack en dacht terug aan het moment dat Annemijn, op dat moment omgedoopt tot Stormvogel, letterlijk zijn hut was binnengevallen en wat er daarna was gebeurd... O ja, hij zou alles op alles zetten om haar te vinden, zelfs als ze niet meer op het eiland was.

*

De vakantie zat erop, en wat voor vakantie! Als het verfilmd zou worden, zou het bijna een thriller zijn, dacht Annemijn met een wrang glimlachje.

Nadat Sunna en haar man ervoor gezorgd hadden dat ze veilig en wel naar Honningsvåg kon terugkeren, had ze haar angstige avontuur uitvoerig aan de politie verteld.

Espen en zijn handlanger waren eindelijk opgepakt en dat was een enorme geruststelling. Espen bleek, behalve kok, een charmante en geroutineerde dief te zijn die overal werk aannam, mensen van hun kostbaarheden beroofde en daarna weer ergens anders als kok aan de slag ging, waarna het ritueel zich herhaalde. Daarnaast hield hij zich met nog veel meer criminele zaken bezig, wat verklaarde waarom hij Annemijn uit de weg wilde ruimen. Stelen en zakkenrollen was slechts een van zijn manieren om aan geld te komen.

Eindelijk was de nachtmerrie voorbij. Nadine had Annemijn, zodra ze in Honningsvåg was gearriveerd, huilend in de armen gesloten en tegen haar gezegd dat ze haar nooit en dan ook nooit meer ergens alleen naartoe liet gaan.

O ja, dit was me nog eens een vakantie... Annemijn zuchtte diep.

En nu waren Nadine en zij op weg naar het vliegveld van Honningsvåg. Maiken had erop gestaan hen erheen te rijden en Anne-Sofie wilde graag mee om hen uit te zwaaien.

"Het klinkt vreemd, maar ik zal het missen, dit eiland." Nadine keek door het autoraam naar het rotsachtige landschap waar hier en daar een paar rendieren van de schrale begroeiing graasden. "En ik vond de Noordkaap, in tegenstelling tot wat sommigen beweren, wél mooi. Je staat er met je rug naar Europa en je neus naar de Noordpool gekeerd. Die enorme rots die boven zee uitsteekt, het uitzicht... dit hele eiland. Als je de toeristen wegdenkt, geeft het je een soort oergevoel. Het doet me denken aan het Midzomernachtlied: *Met de maan in de rug, de zon op mijn gezicht, zingt mijn hart een lied over liefde, over licht, over steile kusten en de zee waar ik van hou...*"

"Ja, nu begrijpen we het lied ook beter," vond Annemijn. "Het is geen tropisch eiland, geen warm klimaat, het is kaal en onherbergzaam en toch gaan we het missen."

"Ja, dat kan Magerøya met je doen," zei Anne-Sofie glimlachend, zich vanaf de voorstoel naar hen omdraaiend. "Je vindt er niets aan of je sluit het voor altijd in je hart."

"Zo is het," zei Maiken. "En het Midzomernachtlied is niet alleen een liefdeslied maar ook een ode aan het eiland. Meike hield van Rune én van het eiland."

Ja, de reis had, behalve de overwonnen moeilijkheden, veel meer opgeleverd dan ze had durven hopen, peinsde Annemijn. Maar daardoor was het des te moeilijker om afscheid te nemen. Olof, Holden, Maikens ouders en Kjersti, allemaal waren ze bij Maiken thuis geweest om hen gedag te zeggen, voordat Annemijn en Nadine naar huis terugkeerden.

"Dus nu vliegen we eerst naar Kristiansund om onze auto op te pikken en dan reizen we naar huis terug," zei Nadine. "Misschien ligt de 'Wendelina' wel in de haven van Kristiansund en zie je Hedde nog een keer." Ze keek haar vriendin van opzij aan.

"Misschien is het juist beter van niet," zei Annemijn, naar buiten kijkend.

"Waarom niet? Hedde is een hartstikke leuke vent. Ik wist het wel."

"Ach…" was het enige wat Annemijn zei en ze haalde haar schouders op.

"Hedde?" vroeg Maiken. Ze keek via de achteruitkijkspiegel naar Annemijn.

"Ja, Hedde," zei Nadine glimlachend. "Ook een stoere schipper, net als Olof. Hij vond Annnemijn leuk en Annemijn hem, alleen wil ze dat niet toegeven."

"Meisje, meisje." Anne-Sofie schudde haar hoofd en draaide zich weer naar Annemijn toe. "Je moet de liefde een kans geven. Zeker als die voor het grijpen ligt."

"Ja, misschien is dat wel zo, maar…"

"Maar?" vroeg Anne-Sofie met opgetrokken wenkbrauwen.

Annemijn haalde glimlachend opnieuw haar schouders op en bleef Anne-Sofie een antwoord schuldig.

Ze naderden het vliegveld van Honningsvåg. Er kwam een kleine auto vanuit tegenovergestelde richting bij het vliegveld vandaan die even bleef staan voordat hij de weg opdraaide. Maiken nam de afslag naar het vliegveld en Nadine keek uit het raam naar de auto. Ze fronste haar wenkbrauwen. "Wat gek… Ik zou toch zweren dat… Nee, dat kan niet."

"Wat?" vroeg Annemijn nieuwsgierig.

"Nou, het leek net of Hedde in die auto zat."

"Ach, nee." Toch boog Annemijn zich naar het raam toe om naar buiten te kijken, maar de auto was al verdwenen. "Het zal wel verbeelding zijn geweest of iemand die toevallig op Hedde leek."

"Hmm," bromde Nadine, er nog niet helemaal over uit wat ze gezien had.

Eenmaal op het vliegveld namen ze met een brok in hun keel afscheid van Maiken en Anne-Sofie en ze moesten beloven contact te blijven houden.

Het duurde niet lang voordat ze in het gereedstaande vliegtuig konden stappen.

"Nou, daar gaan we dan," zei Nadine, terwijl ze de vliegtuigtrap op klom. Ze draaide zich nog een keer om voordat ze het vliegtuig binnen stapte en zwaaide naar Maiken en Anne-Sofie. "Vaarwel

Magerøya," zei ze daarna plechtig en liep naar binnen.

Ook Annemijn zwaaide naar de beide vrouwen en liet haar blik nog een keer over de omgeving dwalen. O ja, ze zou dit eiland gaan missen, ze zou de mensen die ze hier had leren kennen missen.

Ze gingen in het toestel zitten en Annemijn keek door het kleine raam naar het vliegveld. Ze zag hoe iemand uit een slordig geparkeerde auto sprong en naar de rand van het vliegveld rende. Haar ogen werden groot van verbazing toen ze Hedde herkende. "Je… Je had gelijk…" stamelde ze tegen Nadine.

"Wat?"

"Hedde is hier." Annemijn wees naar buiten en Nadine boog opzij om door het raam te kunnen kijken.

"Zie je wel, ik had het wel goed gezien." Nadine keek naar de ingang van het vliegtuig waardoor nog steeds mensen binnenkwamen. "Snel! Ga naar buiten! Het kan nu nog. Toe!" Ze gaf Annemijn een por tegen haar arm.

"Maar…" protesteerde Annemijn.

"Niets maar, Hedde is hier speciaal voor jou!"

Annemijn stond aarzelend op.

"Dit is je kans, Annemijn!" moedigde Nadine haar aan. "Snel!"

Wilde ze die kans wel? dacht Annemijn terwijl ze langs een verbaasde stewardess heen schoot met het gemompelde excuus dat ze nog iets vergeten was. Ze wurmde zich met nog meer gemompelde excuses langs de passagiers die de vliegtuigtrap op klommen, om met een sprongetje op het vliegveld te belanden.

Maiken en Anne-Sofie keken verbaasd toe hoe ze in de richting van Hedde liep.

Wat moet ik tegen hem zeggen, dacht Annemijn paniekerig. Nog een paar meter en dan ben ik bij hem en ik weet het niet, ik weet het niet, maalde het door haar hoofd.

Maar Hedde was haar voor. "Dag Stormvogel," zei hij met een aarzelende glimlach. "Ik ben blij dat je nog niet bent weggevlogen…"

"Hedde?" Annemijn keek in zijn blauwe ogen die helder tegen zijn gebruinde huid afstaken en ze voelde een verwachtingsvolle blijdschap in zich opwellen, al wist ze niet precies waarom.

"Ik, eh… ik moest je opzoeken, Annemijn."

"O?"

Hedde verplaatste zich van zijn ene op zijn andere been. "Laat ik maar meteen heel eerlijk zijn," begon hij. "Volgens Jorn ben ik mezelf niet meer sinds jij bent vertrokken en dat komt omdat ik je mis, Annemijn. Ik geef om je, veel meer dan ik ooit verwacht had en ik wil je beter leren kennen, zoals ik ook al gezegd heb toen we, eh…" Hedde staarde een moment over Annemijns schouder naar het vliegtuig achter haar.

"Toen ik jouw hut binnen kwam vallen," maakte Annemijn zacht zijn zin af. Haar hart begon steeds luider te bonken bij wat Hedde haar vertelde, maar ze wist zichzelf kalm te houden. Op de achtergrond zag ze Anne-Sofie Maiken aanstoten en naar Hedde en haar wijzen.

"Ja, toen… En ik heb je dan wel mijn excuses aangeboden voor het feit dat ik niet in je onschuld geloofde op het moment dat de diefstallen plaatsvonden, maar ik weet dat het niet genoeg was en ik kan dat niet meer goedmaken. Ik kan alleen maar zeggen dat het me heel erg spijt. Duizendmaal spijt…" Hedde keek Annemijn met een schuldbewuste blik in zijn ogen aan. Een blik waarvoor Annemijn bijna meteen zwichtte.

"Ik begrijp ook wel dat je niet zomaar kon zeggen dat je mij geloofde. Dat ik ook net zo goed wél schuldig…"

"Nee!" onderbrak Hedde haar. "Dat wil ik niet horen. Maar heel misschien kan ik het op een andere manier goedmaken." Hij stak zijn hand in de zak van zijn jack en haalde er een in vrolijk cadeaupapier verpakt pakketje uit dat hij aan Annemijn overhandigde.

Hoewel Annemijn erg blij was hem te zien, schrok ze toch een beetje van het pakketje. Het leek op iets ter grootte van een sieraad en dat kon ze nu echt nog niet aannemen. Daarvoor kenden ze elkaar veel te kort. Met trillende vingers scheurde ze het papier van het pakketje en ja, hoor, een doosje.

O nee, dacht Annemijn, dat is zo persoonlijk. Voorzichtig maakte ze het doosje open en daar lag, op een bedje van donkerrood fluweel, haar zilveren ketting met het hartvormige medaillon.

Annemijn sloeg haar hand voor haar mond. "O…" was alles wat ze uit kon brengen. Ze keek ademloos naar het sieraad. "O," zei ze nog eens en haalde het sieraad voorzichtig uit het doosje. "Het medaillon." Ze keek van het sieraad naar Hedde. "Hoe…?" Er welden tranen van blijdschap in haar ogen op.

"In de tijd dat Espen vermist werd, na zijn val in de maalstroom, is er bij hem thuis het een en ander aan gestolen waar gevonden, waaronder jouw medaillon."

"O, ik ben hier zo blij mee!" riep Annemijn opgetogen uit, lachend door haar tranen heen. "Dank je wel. Dit had ik echt niet verwacht."

Ze keken elkaar een ogenblik zwijgend aan totdat Annemijn, het medaillon stevig in haar hand vastklemmend, Hedde spontaan om de hals viel. "Dank je wel!"

"Graag gedaan," zei Hedde dicht bij haar oor. "Heel graag gedaan."

Annemijn zag hoe Anne-Sofie Maiken dit keer bij haar arm vastgreep en hoe ze blij lachend iets tegen Maiken zei.

Hedde sloeg zijn sterke armen om haar heen en ze bedacht hoe goed dat voelde. Het kon haar plotseling niets meer schelen dat er een vliegtuig stond te wachten. Als vanzelf bogen ze hun hoofden naar elkaar toe. Zijn mond kwam warm en stevig op haar lippen neer en zorgde voor een explosie van geluk ergens rond haar hart. Hedde kon misschien voor de warmte en geborgenheid zorgen die ze nodig had. Misschien kon hij haar het stuk rust in haar leven geven waarnaar ze op zoek was. Zou ze het een kans durven geven?

"Annemijn, ik zou het heel fijn vinden als we elkaar konden blijven zien," mompelde Hedde, zijn mond van de hare losmakend. "Zou jij dat ook willen?"

"Niets liever… Echt, niets liever…" fluisterde ze tot haar eigen verbazing en kuste hem opnieuw.

Hedde maakte zich van haar los en pakte voorzichtig het medaillon uit haar handen. Hij opende de kleine sluiting van de ketting en ging achter haar staan. Annemijn voelde hoe hij de ketting om haar hals drapeerde en met zijn vingers de zachte, gevoelige huid van haar nek raakte op het moment dat hij de sluiting vastmaakte en het verzegelde met een tedere kus. Zijn handen gleden strelend van haar nek naar haar schouders en zijn liefdevolle aanraking zorgde ervoor dat haar knieën knikten en er een ongekende sensatie door haar lichaam raasde.

"Zo, dat is waar dit sieraad thuishoort." Langzaam draaide Hedde Annemijn naar zich toe en veegde een paar verdwaalde tranen van haar wangen. Hij legde zijn handen om haar gezicht en ze zag de intense, warme blik in zijn ogen. Ze glimlachte naar hem en besefte dat ze dit moment voor eeuwig vast zou willen houden.

"Annemijn!" hoorde ze Nadine in de verte roepen. "We gaan vertrekken!"

Annemijn keek over haar schouder en zag Nadine boven aan de vliegtuigtrap uitbundig staan zwaaien.

Hedde zwaaide naar haar terug. "Je moet gaan," zei hij met een spijtige glimlach.

Annemijn knikte en veegde nog een paar tranen van haar wangen.

"Maar laten we elkaar bellen," stelde Hedde voor.

Spijtig om haar vertrek, maar dolgelukkig om haar hereniging met Hedde, wisselden ze nummers met elkaar uit en kusten elkaar nog een keer uitvoerig. Daarna liet Hedde haar los.

"Ik zal je bellen. Ga…" Hij duwde Annemijn zacht in de richting van het vliegtuig. "En ik kom je opzoeken zodra er een mogelijkheid voor is."

"Beloof me dat je echt zult bellen," zei Annemijn, terwijl ze langzaam bij hem wegliep.

"Ik beloof het," zei Hedde.

"Dan sms ik je!" riep Annemijn terug.

"Skypen!" schreeuwde Hedde op het moment dat ze het vliegtuig bereikt had.

"Of een mooie liefdesbrief!" riep Annemijn met haar handen aan haar mond.

"Doe ik! Dag, Stormvogel! Goede vlucht!"

Ze zag hoe Hedde haar een handkus toewierp en stak haar beide armen omhoog om hem gedag te zwaaien. Daarna tilde ze het medaillon op en riep blij naar Maiken en Anne-Sofie: "Het medaillon is terug!"

Maiken zwaaide dat ze het begrepen had, zei iets tegen Anne-Sofie, waarop Anne-Sofie ook nog een keer uitbundig naar haar zwaaide.

Annemijn draaide zich om, haastte zich de trap op, het toestel in en liet zich op de stoel naast Nadine vallen.

Nadines blik viel meteen op het medaillon. "Nee!" riep ze verrast uit en kneep met een brede grijns in Annemijns arm. "Hedde heeft het helemaal goedgemaakt. Ik zie het aan je gezicht, het is raak."

Ze eiste een uitleg over wat er precies tussen Annemijn en Hedde was voorgevallen en Annemijn vertelde haar het hele verhaal.

Het toestel zette zich in beweging en Annemijn zag Hedde, Maiken en Anne-Sofie nu bij elkaar staan. Ze hadden ongetwijfeld kennis met elkaar gemaakt, daar zou Anne-Sofie wel voor gezorgd hebben, dacht Annemijn glimlachend en ze zwaaide nog een keer door het raam naar hen.

Langzaam kwam het toestel van de grond los en ze zag Hedde, Maiken, Anne-Sofie en het woeste landschap van Magerøya steeds kleiner en kleiner worden. Naast haar neuriede Nadine

'*Love is in the air*' en Annemijn keek weemoedig glimlachend toe hoe iedereen uit beeld verdween. Met een gelukzalige zucht dacht ze terug aan Heddes belofte haar te bellen en haar op te zoeken. Daarna gleden haar gedachten naar haar nieuw ontdekte familieleden en naar Meike en Aurora, twee bijzondere vrouwen. Zij hoorden hier op het eiland thuis, maar zouden vanaf nu altijd deel van haar leven blijven uitmaken.

De zon hing als een grote, gouden bal boven het eiland. Straks zou ze voor een klein gedeelte achter de horizon verdwijnen en dan weer langzaam langs de hemel omhoog klimmen, zodat de lichte nacht bijna onmerkbaar overvloeide in een nieuwe dag.

Ik luister naar de wind en sluit mijn ogen, wetend dat jij en ik bij elkaar horen, wij twee, als zonlicht bij midzomer, als het tij bij de zee.

Het Midzomernachtlied klonk in Annemijns hoofd en ze sloot een moment haar ogen. Ja, dacht ze, Hedde en ik horen bij elkaar, als het zonlicht bij midzomer.

Toen ze haar ogen opende was Magerøya uit zicht verdwenen, maar niet uit haar hart. Ze had het eiland voorgoed in haar hart gesloten.

Net zoals ze dat met Hedde had gedaan.

HOOFDSTUK 32

Delfzijl, zomer 2012

"Ik vond het de meest merkwaardige reis die ik ooit gemaakt heb," zei Nadine terwijl ze een hap van haar broodje met oude kaas nam. Ze zaten buiten op het terras van hun favoriete lunchroom waar Augustijn, de aantrekkelijke eigenaar, aanwijzingen aan zijn personeel gaf en zelf ook af en aan liep om bestellingen naar de wachtende lunchroombezoekers te brengen.

"Alleen jammer dat ik geen leuke vent ben tegengekomen," murmelde Nadine met haar mond vol brood en kaas. Ze wierp een steelse blik op de druk in de weer zijnde Augustijn en keek daarna weer naar Annemijn. "En dan ga jij volgend jaar ook nog weg."

"Ja, dat is zeker jammer voor je," vond ook Annemijn. Hedde maakte het zomervaarseizoen af en kwam in het najaar naar Nederland terug. Annemijn zou het volgende jaar als personeelslid meevaren op de 'Wendelina', wat betekende dat ze Nadine lange tijd niet zou zien.

"Wat kijken jullie sip." Augustijn kwam naar hun tafeltje lopen. "Smaken de broodjes niet?"

"O, jawel," zei Annemijn snel. "Ze smaken juist erg goed."

"O, gelukkig," verzuchtte Augustijn. "Ik was even bang dat er misschien iets mis was gegaan."

Nadines mobieltje ging over en ze viste het apparaatje uit haar tas. "Mijn moeder... Momentje hoor." Ze stond op en liep bij Annemijn en Augustijn vandaan.

Augustijn keek haar na en wendde zich daarna weer tot Annemijn.

"Ik heb jullie trouwens een tijd niet gezien."

"We zijn op vakantie geweest."

"Aha, en leuk gehad?"

"Ja, het was een erg bijzondere vakantie."

"Dan moeten jullie mij daar maar eens iets over vertellen," zei Augustijn. Hij keek even in de richting van Nadine en liet daarna zijn blik over het volle terras dwalen. "Maar dat gaat nu niet lukken, vrees ik. Misschien spreek ik jullie straks nog even. Druk, druk, druk, hè?" En Augustijn snelde naar een ander tafeltje.

Nadine stond nog steeds te bellen en Annemijn diepte een van de oude dagboeken uit haar tas op. Het was het dagboek dat ze van Maiken had mogen lenen en zelfs mee naar huis had mogen nemen om het aan haar familie te laten zien. Ze sloeg het open en, etend van haar broodje, las ze een van de laatste passages nog eens door:

Honningsvåg, 6 maart 1921

Aurora is een geweldige zangeres en ik ben zo blij voor haar dat het goed met haar gaat. Ze weet dat ze de dochter van Onne Mennenga is, ik heb het haar verteld. En ook aan haar broers en zus. Ik vind dat daar normaal over gesproken moet kunnen worden, al is dat misschien niet gebruikelijk.

Rune en ik zijn nog steeds gelukkig met elkaar, iets wat met Onne waarschijnlijk niet gelukt was, besef ik nu. Ik heb nooit aan Rune kunnen merken dat hij Aurora anders behandelde dan zijn eigen kinderen.

Een tijdje terug heb ik een portretje van Aurora in het medaillon gedaan dat ik van Onne heb gekregen en het naar Jakobina Ezinga opgestuurd. Jaren geleden heb ik een dagboek naar haar opgestuurd zodat Jakobina kon lezen hoe het mij vergaan is en misschien zijn er nog anderen die oprecht geïnteresseerd zijn in mijn leven hier in het Hoge Noorden. Iemand die iets over mij wil weten of op zoek is naar mij. Of voor verwanten die, jaren later, benieuwd zijn naar de familiehistorie, zodat ze weten dat er iemand vanuit Holwierde op reis is gegaan, op zoek naar de ware liefde.

Het medaillon mag Jakobina aan de familie van Onne teruggeven, als ze dat wil. Het is tenslotte een erfstuk van Onnes familie. Alleen zit er nu een portretje van Onnes dochter in. Ik heb eindelijk besloten dat zowel Onne als zijn familie moet weten dat Aurora bestaat. Ik weet niet of ze het medaillon terug willen hebben en ik weet ook niet of ze willen accepteren dat Onne een dochter heeft, hun kleinkind, het kind van een dienstbode. Waarschijnlijk niet... Maar ze krijgen de kans om haar, nu ze volwassen is, te leren kennen.

Voor zover Annemijn inmiddels wist, had de familie Mennenga het medaillon en ook Aurora niet geaccepteerd. Iets wat ze zich niet kon voorstellen, maar vroeger lagen de zaken meestal wat anders dan tegenwoordig. Maar één ding was er wel gebeurd...
Annemijn sloeg de bladzijde van het dagboek om.

Honningsvåg, 2 juli 1921
Het ongelooflijke is gebeurd: er stond een man voor onze deur en

ik zag het meteen, het was Onne. Ouder en grijzer, maar toch nog steeds dezelfde Onne van toen met dezelfde ogen en dezelfde lach.

Ik had mezelf al diverse malen afgevraagd wat ik zou voelen wanneer ik Onne weer terug zou zien, maar de liefde van toen tussen hem en mij is geen echte liefde meer, al voelen we nog steeds een warme genegenheid voor elkaar. Hij was speciaal hierheen gekomen om kennis te maken met zijn dochter Aurora en verweet mij niets vanwege het feit dat ik hem nooit eerder heb laten weten dat hij een dochter heeft. Hij zei alleen maar dat hij het begreep. Hij heeft volop genoten van Aurora's gezelschap en zij van die van Onne. Aurora heeft voor hem gezongen en Onne was tot tranen toe geroerd. Hij dacht dat ik het niet zou opmerken, maar ik zag hem heftig met zijn ogen knipperen.

Hij vertelde mij dat zijn familie Aurora niet als zijn dochter wil erkennen en ik kon hem geruststellen door hem te zeggen dat ik daar al rekening mee had gehouden en dat ik het des te meer waardeer dat hij wel de moeite heeft genomen Aurora te leren kennen.

Onne heeft inmiddels een eigen gezin en daar ben ik blij om, blij dat hij een plek heeft om naar terug te keren wanneer hij van zijn reizen terugkomt. Een huis gevuld met liefde, zoals Rune en ik dat hebben...

Annemijn glimlachte. Onne en Aurora hadden elkaar in ieder geval leren kennen en dat was meer dan ze had durven hopen. Sinds ze zich in de dagboeken had verdiept, was ze met Meike mee gaan leven en was het fijn om te weten dat alles tot een goed einde was gekomen. Tevreden sloeg ze het dagboek dicht.

Na haar reis had ze Janna Ezinga opgezocht en haar over haar belevenissen onderweg én over haar ontmoeting met Hedde verteld. Vooral met het laatste was Janna heel erg blij geweest, het betrof immers haar lievelingsneef en die zag ze graag gelukkig. Eindelijk was er een vrouw die hem net zo kon boeien, of zelfs nog meer, dan de zee en zijn schip dat deden, had Janna opgelucht lachend gezegd. En dat was een wonder te noemen.

Annemijn glimlachte bij de herinnering aan de woorden van Janna.

Nadine kwam weer bij haar aan het tafeltje zitten. "Zo, ook weer geregeld." Ze liet haar telefoon weer in haar tas glijden. Haar blik viel op het dagboek. "Als jij het uit hebt, wil ik het ook lezen, hoor."

"Natuurlijk. Na alles wat we samen hebben meegemaakt, móét je het zelfs lezen." Annemijn keek op haar horloge. "Ik moet trouwens naar mijn afspraak."

"O, ik ben echt benieuwd," zei Nadine.

"Ik ook. Heel erg benieuwd." Annemijn stopte het dagboek in haar tas en stond op. "Ik kom vanavond vertellen hoe het gegaan is. Oké?"

"Dat is goed," knikte Nadine. "Kom dan meteen eten, mijn moeder komt namelijk ook. Lijkt me gezellig met z'n drieën."

"Is goed. Tot vanavond!"

Annemijn verliet het terras. Ze keek nog een keer achterom en zag Nadine een gesprek met Augustijn voeren. Ze moest zich al heel erg vergissen als Augustijn niet gecharmeerd van Nadine was. Bij ieder bezoek aan de lunchroom keek hij voortdurend naar haar en

Nadine naar hem. Wie weet werd het nog wat tussen die twee.

Annemijn stapte glimlachend in haar auto en reed in de richting van het Damsterdiep. Ze parkeerde haar auto voor een grote villa, gelegen aan het water, en liep even later het pad naar de voordeur op. Het pad was omzoomd met kleurige bloemenperken en de aangrenzende tuin vertoonde veel overeenkomsten met een afbeelding uit een tijdschrift over het buitenleven.

Bij de voordeur drukte Annemijn op de bel en wachtte. De deur werd geopend en een oudere dame met kastanjebruin geverfd haar, in een vlotte coupe geknipt, keek haar afwachtend aan.

"Goedemiddag, ik ben Annemijn Luyten."

"Ach, mevrouw Luyten," zei de oudere dame. "U had gebeld. Komt u binnen." De vrouw deed glimlachend een stap opzij.

"Zegt u maar Annemijn, hoor." Ze schudde de vrouw de hand.

"Als jij mij Aury noemt," zei de vrouw. "Een afkorting van Aurora, een vreemde maar mooie naam, vind je niet? Kom, laten we gaan zitten."

Aury ging Annemijn voor naar een grote serre met uitzicht op het water van het Damsterdiep en gebaarde dat Annemijn kon plaatsnemen op een van de comfortabele loungebanken. Zelf ging ze op de bank tegenover Annemijn zitten.

"Aurora is geen vreemde, maar inderdaad wel een mooie naam," merkte Annemijn op. "Maar als het goed is bent u een achterkleindochter van Onne Mennenga?"

"Ja, ik schijn naar een van zijn dochters genoemd te zijn, maar niemand weet hoe de vork precies in de steel zit, want er valt niets over die dochter te vinden," zei Aury fronsend.

Annemijn haalde een gebloemd stoffen buideltje uit haar tas. "Dan heb ik iets wat in uw familie en ik denk speciaal aan u toebehoort." Ze overhandigde Aury het buideltje.

Aury pakte het verbaasd aan. Voorzichtig trok ze het koordje open waarmee het buideltje was dicht gestrikt en haalde er de ketting met het medaillon uit. "Wat is dit? Wat mooi..." Ze bestudeerde de gegraveerde bloemmotieven op het hartvormige medaillon. "Kan het open?"

"Ja," knikte Annemijn. "En het is een erfstuk van de familie Mennenga."

"Echt waar?" vroeg Aury, nog verbaasder. Ze had het medaillon geopend en keek naar het portretje van de andere Aurora. "Aurora," zei ze zacht, de gegraveerde naam binnen in het medaillon lezend.

"Dit is de Aurora naar wie u vernoemd bent," zei Annemijn glimlachend.

Aury's mond viel open van verbazing. "Echt waar? Dit... dit is heel erg bijzonder," stamelde ze. "Wat weet je nog meer over Aurora en Onne?"

"Wat wilt u weten?" vroeg Annemijn, nog breder glimlachend terwijl ze de oude dagboeken van Meike tevoorschijn haalde samen met de foto van Meike met Aurora als kind en een afbeelding van de volwassen Aurora als zangeres. De laatste was een kopie van Anne-Sofies foto.

"Alles wat je weet... Alles!" Aury keek alsof ze het nog steeds niet kon geloven en veegde vluchtig met haar hand langs haar ogen.

Er welde een blij en voldaan gevoel in Annemijn op bij het besef dat, na ruim honderd jaar, Aurora eindelijk door de familie Mennenga geaccepteerd zou worden, dankzij de reis die zij samen met Nadine naar aanleiding van het dagboek gemaakt had. Annemijn keek hoe de ontroerde Aury het medaillon met Aurora's afbeelding erin vasthield en slikte een opkomende brok in haar keel weg. Ja, met het terugbrengen van het medaillon bij Onnes familie was de cirkel gesloten.

MEER LEZEN?

Uitgeverij Cupido publiceert heerlijke (ont)spannende liefdesromans, vrolijke chicklits en eigentijdse romantische familieromans.

Vrouwen van alle leeftijden kunnen genieten van onze Lekkerlui-lezen-romans, die uitsluitend geschreven worden door vrouwelijke Nederlandse top-auteurs.

Onze boeken hebben allemaal een positieve en vrolijke kijk op het leven en natuurlijk is er altijd een Happy Ending. Want iedere vrouw houdt diep in haar hart van romantiek, maar dat schiet er in het drukke leven van alledag wel eens bij in.

Lekker languit op de bank of ondergedompeld in een warm bad even heerlijk wegdromen met een goedgeschreven boek vol humor en romantiek…
Zo kun je ontspannen en jezelf weer opladen voor de drukke dag van morgen.

** Voor leesbrilhaters en vrouwen die het wat minder kunnen zien, verschijnen onze boeken ook in een mooie gebonden grote-letter-editie.

** Daarnaast hebben we ook een groeiende serie e-pubs.

Meer informatie op www.uitgeverijcupido.nl

Elly Koster

Wester
storm

Uitgeverij Cupido

WESTERSTORM - ELLY KOSTER

Journaliste Evy krijgt een uitnodiging van de beroemde filmster Josh Conrad voor een exclusief interview
in zijn villa bij de spectaculaire Noorse westkust…